2061
스페이스
오디세이

2061:
ODYSSEY THREE

SPACE
ODYSSEY
SERIES
03

2061 스페이스 오디세이

아서 C. 클라크
송경아 옮김

ODYSSEY 2061 THREE

황금가지

2061: ODYSSEY THREE
by Arthur C. Clarke

일러두기
『2001 스페이스 오디세이』(번역 김승욱)와 『2010 스페이스 오디세이』(번역 이지연)의 원문을 본문에서 인용한 경우, 역자의 동의를 얻어 번역문을 그대로 사용하였습니다.

이 책을 1달러에 샀지만

이 책이 그 정도 가치가 있는 물건이었는지는 끝까지 몰랐던

뛰어난 편집자,

주디린 델 레이를 추억하며.

저자의 말

『2010 스페이스 오디세이』가 『2001 스페이스 오디세이』에 곧장 연결된 후편이 아니었듯이, 이 작품도 『2010 스페이스 오디세이』에 직선적으로 이어지는 후편이 아니다. 이 책들은 전부 같은 주제에 대한 변주곡으로 보아야 한다. 인물과 상황을 많이 공유하고 있지만 같은 우주에서 일어날 필요는 없는 일인 것이다.

1964년(인류가 달에 착륙하기 5년 전에!) 스탠리 큐브릭이 '인구에 회자될 훌륭한 공상과학 영화'를 만들어 봐야 한다고 제안한 후 이루어진 발전들 때문에, 전편들을 쓸 때는 아직 일어나지도 않았던 발견과 사건과 이야기 들이 합쳐지면서 이 책들은 완전한 일관성을 갖출 수 없게 되었다. 1979년 눈부시게 성공한 보이저 호의 목성 접근 비행 덕분에 『2010 스페이스 오디세이』를 쓸 수 있게 되었고, 훨씬 더 야심찬 갈릴레오 미션의 결과가 들어오면 그 영역으로 돌아갈 생각이었다.

예정대로라면 갈릴레오 호는 거의 2년 동안 목성의 모든 주요 위성을 방문하면서, 목성 대기권에 탐사구를 떨어뜨렸을 것이다. 그것은 1986년 5월 우주 셔틀에서 발사되고 1988년 12월 목적지에 도달했을 것이다. 그래서 1990년경에는 목성과 목성의 달들에 대한 새로운 정보의 홍수를 이용할 수 있을 거라고 바랐다…….

안타깝게도, 그 시나리오는 챌린저 호의 비극 때문에 사라졌다. 이제 제트 추진 연구소(JPL)의 깨끗한 방에 놓여 있는 갈릴레오 호는 다른 발사체를 찾아야 할 것이다. 운이 좋으면 갈릴레오 호는 예정보다 7년밖에 늦지 않게 목성에 도착할 것이다.

나는 기다리지 않기로 했다.

아서 C. 클라크

콜롬보, 스리랑카

1987년 4월

1부

마법의 산

얼어붙은 세월

"일흔 살치고는 몸이 매우 좋으십니다. 예순다섯 살이 넘으셨다고는 상상도 못 했습니다."

글라주노프 박사가 메드컴의 최종 출력물을 보다가 위를 쳐다보며 말했다.

"기분 좋은 말이군요, 올렉. 당신도 아주 잘 알듯이 백세 살에 드니 더욱요."

"세상에, 백 세라니! 당신이 루덴코 교수의 책을 직접 읽은 나이라는 건 아무도 상상하지 못할 겁니다."

"옛 친구 카테리나! 그녀의 100번째 생일에 파티를 하기로 계획했죠. 그녀가 결국 그 파티를 열지 못해서 아주 안타까웠어요. 지구에서 시간을 너무 많이 보내면 그렇게 되지요."

"아이러니하지요. 그분이 '중력이 노화를 가져온다.'라는 유명한 슬로건을 만들어 냈는데 말이지요."

헤이우드 플로이드 박사는 생각에 잠긴 채, 겨우 6000킬로미터 떨어져 있지만 자신은 결코 다시 그 위를 걸을 수 없는, 늘 모습이 바뀌지만 아름다운 행성을 바라보았다. 인생에서 가장 바보 같은 사고 때문에 옛 친구들이 사실상 모두 죽은 다음에도 그는 여전히 매우 건강하다는 것은 훨씬 더 아이러니한 일이었다.

모든 경고를 미리 받아 그런 일이 절대로 자신에게는 일어나지 않을 거라는 확신을 갖고 있었는데도 플로이드는 지구에 온 지 일주일째 되는 날 2층 발코니에서 뛰어내리는 실수를 하고 말았다.(그는 축하를 받고 있었다. 하지만 그런 축하를 받을 자격이 있었다. 레오노프 호가 돌아온 새로운 세계에서 그는 영웅이었다.) 덕분에 복합 골절에 합병증이 발병했지만, 파스퇴르 우주 병원에서 최고의 치료를 받을 수 있었다.

그때가 2015년이었다. 그리고 지금은 2061년이었다. 정말 믿을 수 없는 일이었지만, 벽에는 달력이 걸려 있었다.

헤이우드 플로이드의 생물학적 시계는 단순히 그 병원의 중력이 지구 중력의 6분의 1이었기 때문에 느려진 것이 아니었다. 그의 인생에서 두 번 그 시계는 실제로 거꾸로 갔다. 몇몇 권위자들은 이의를 제기하지만, 이제 동면이 노화 과정을 멈추는 데서 그치지 않는다는 사실은 널리 믿어졌다. 동면은 회춘을 촉진한다. 플로이드는 목성 왕복 여행을 다녀와 실제로 더 젊어졌다.

"그럼 정말 내가 가도 안전하다고 생각합니까?"

"이 우주 안에서 안전한 건 아무것도 없어요, 헤이우드. 내가 할 수 있는 말은 생리학적으로 반대할 이유는 없다는 것뿐입니다. 어쨌든 당신을 둘러싼 환경은 사실 여기나 유니버스 호 선상이나 마찬가지일 테니까요. 그 우주선의 의료 수준은 파스퇴르 병원이 갖추고 있는 최고급 의료 수준에는 미치지 못할 수도 있지만, 마힌드란 박사는 좋은 사람입니다. 자기가 해결할 수 없는 문제가 있다면, 그는 당신을 다시 동면 상태에 넣어 우리에게 도로 부칠 겁니다. 착불로요."

플로이드가 바라던 소견이었지만, 왠지 기쁨과 슬픔이 섞여 착잡했다. 그는 거의 반세기 동안 자기 집이었던 곳과 최근에 사귄 새 친구들에게서 몇 주 동안 떨어져 있게 될 것이다. 그리고 유니버스 호는 이제는 라그랑주 박물관의 주요 전시품 중 하나가 되어 달 뒷면 위에서 떠돌고 있는 원시적인 레오노프 호에 비교하면 호사스러운 여객선이었지만, 아직 장기 우주여행에는 위험 요소들이 있었다. 특히 지금 그가 갈 준비를 하고 있는 선발 여행 같은 것은……

그렇지만 백세 살(아니면 고 카테리나 루덴코 교수의 복잡한 노인학에 따르면, 건강하고 원기 왕성한 예순다섯 살)에도 플로이드가 찾고 있었던 것이 바로 그런 위험일 것이다. 지난 10년 동안 너무 편안하고 질서 정연한 삶을 누리다 보니 희미한 불만을 느끼고 초조감이 더해 가고 있었다.

화성 재개발, 수성 기지 건립, 가니메데 녹화 등 온갖 신나는 프로젝트가 태양계에서 진행되고 있었지만, 그가 아직 상당히 남아 있는 에너지와 흥미를 정말로 집중할 수 있는 목표는 없었다. 2세기 전, 과학 시대의 최초 시인들 중 한 명이 오디세우스/율리시스의 입을 통해 그의 감정을 완벽하게 묘사했다(앨프리드 테니슨의 시 「율리시스」의 일부이다. ―옮긴이).

영원한 침묵에서 구원되어, 더 나은 것이 되어,
새로운 것을 가져온다. 그리고 추악하기만 한 일이다,
세 번의 해 동안 나 자신을 쌓아 두고 쟁여 둔다는 것은.
이 늙은 영혼은 지는 별처럼 지식을 좇아
인간 생각의 궁극적 한계 너머까지 열망하는데.

'세 번의 해'라니, 세상에! 40년이 넘었다. 그의 옆에 있으면 율리시스는 얼굴을 들지 못했을 것이다. 그러나 그가 너무나 잘 알고 있는 그다음 구절은 훨씬 더 적절했다.

어쩌면 심연들이 우리를 삼킬지도 모르지.
어쩌면 우리가 '행복의 섬'에 다다라
옛 친구인 위대한 아킬레스를 만나 보게 될지도 모르지.
잃은 것은 많지만 아직 남은 것도 많도다,
이제는 지난날 하늘과 땅을 움직였던
그런 힘은 갖고 있지 못하지만, 지금의 우리도 우리.
예나 똑같은 영웅의 기상은,
세월과 운명으로 쇠약해졌지만 의지는 강하네.
분투하고, 추구하고, 발견하고, 결코 굴하지 않을 것이다.

추구하고, 발견하고……. 자, 이제 플로이드는 자기가 무엇을 추구하고 발견하게 될 것인지 알았다. 그것이 정확히 어디 있을지 알고 있기 때문이었다. 대재앙 규모의 사고가 일어나지 않는 한, 그것을 놓칠 염려는 없었다.

그는 평소에 그런 목적을 의식하지 못했고, 심지어 지금도 왜 갑자기 그런 마음이 강하게 들었는지 잘 알지 못했다. 그는 다시 인류를 감염시킨 열병—그의 평생 두 번째로!—에 자신이 면역되어 있다고 생각했지만, 잘못 알았던 것 같다. 아니면 유니버스 호에 타는 얼마 안 되는 저명인사 손님 목록에 들라는 예기치 못한 초대장이 그의 상상력에 불을 지르고 자기가 갖고 있는 줄도 몰랐던 열정을 깨운 것일 수도 있었다.

다른 가능성도 있었다. 이렇게 오랜 세월이 흐른 뒤에도, 플로이드는 여전히 1985~1986년의 조우가 일반 대중에게 얼마나 용두사미였는지 기억할 수 있었다. 이제 예전에 겪은 실망을 보상하고도 남을 기회가 찾아온 것이다. 그에게는 마지막 기회이고, 인류에게는 최초의 기회였다.

20세기에는 우주선이 천체에 접근 비행하는 것만 가능했다. 하지만 이번에는 실제로 착륙할 것이다. 그것은 그 나름대로 암스트롱과 올드린이 달에 내딛은 첫걸음만큼 선구적인 일이었다.

2010~2015년에 목성 파견 임무에 참가했던 헤이우드 플로이드 박사의 상상력은 점점 외계로 날아가, 다시 한번 우주의 심연에서 돌아오는 유령 같은 방문객에 이르렀다. 태양을 돌 준비를 하면서 시시각각 속도를 얻고 있는, 그 가장 유명한 혜성을 지구와 금성 궤

도 사이에서, 지금 건조 중인 우주 여객선 유니버스 호의 첫 항해에서 만날 것이다.

정확한 랑데부 지점은 아직 정해지지 않았지만, 그는 이미 결심했다.

"핼리, 내가 간다……."

헤이우드 플로이드가 속삭였다.

첫눈에 본 모습

꼭 지구를 떠나야 하늘의 온전한 광휘를 맛볼 수 있는 것은 아니다. 별이 가득한 하늘은 완벽하게 맑은 밤에 인공조명 하나 없이 높은 산에서 볼 때보다 우주에서 본다고 더 눈부시고 아름다운 것은 아니다. 대기권 너머에서 별들이 더 밝아 보이기는 하지만, 눈이 실제로 그 차이를 감별할 수는 없다. 물론 한눈에 천구의 절반을 본다는 압도적인 스펙터클은 창문으로는 볼 수 없는 관측 경험이지만.

그럼에도 헤이우드 플로이드는 파스퇴르의 자기 방에서 혼자 보는 우주의 광경이 더 만족스러웠다. 거주 지역이 천천히 회전하는 우주 병원의 그림자 쪽에 있을 때는 더욱 그랬다. 그럴 때 그의 사각형 시야에는 별과 행성, 성운 말고는 아무것도 보이지 않는다. 그리고 때때로, 다른 모든 것을 가려 버리며 태양의 새 라이벌인 루시퍼가 깜박이지 않는 눈으로 노려본다.

인공 밤이 시작하기 약 10분 전에, 그는 완전히 어둠에 적응할 수 있도록 붉은 비상등까지 포함해 선실 불을 전부 끌 것이다. 우주 공학자로서는 좀 늦은 나이에 그는 맨눈으로 보는 천문의 기쁨을 알게 되었고, 이제는 별자리의 작은 부분만 스쳐 보아도 사실상 모든 별자리를 알아볼 수 있었다.

혜성이 화성 궤도 안쪽을 지나가고 있던 그 5월의 거의 모든 '밤'마다, 그는 별자리표에서 혜성의 위치를 확인했다. 좋은 쌍안경이 있으면 쉽게 찾을 수 있는 목표였지만, 플로이드는 고집스럽게 쌍안경의 도움을 받지 않았다. 그는 나이 들어가는 자신의 눈이 얼마나 도전에 잘 응하는지 보려는 작은 게임을 하고 있었다. 마우나케아 산의 천문학자 두 명이 이미 그 혜성을 눈으로 관측했다고 주장했지만 아무도 그 말을 믿지 않았고, 파스퇴르의 다른 거주자들이 한 비슷한 주장은 더 큰 의구심만 불러일으켰다.

그러나 오늘 밤에는 최소한 광도 6일 것이라고 예보되었다. 운이 좋을 수도 있었다. 그는 감마에서 엡실론까지 선을 긋고, 그 위에 놓인 상상의 정삼각형의 정점을 노려보았다. 의지의 힘으로 태양계 건너편까지 시야를 집중시킬 기세였다.

그러면 그렇지! 그가 76년 전 처음 보았을 때와 똑같이, 눈에 잘 띄지는 않지만 틀림없었다. 정확히 어디를 보아야 하는지 몰랐다면 알아차리지도 못하거나, 어느 먼 성운인 줄 알고 무시했을 것이다.

헤이우드 플로이드의 맨눈에, 그것은 작고 완벽한 원형의 안개 방울일 뿐이었다. 아무리 열심히 보아도 꼬리는 흔적도 찾을 수 없었다. 그러나 몇 달 동안이나 작은 함대처럼 혜성을 따라오던 무인 우주 탐사구들은 이미 첫 번째 먼지와 가스가 분출했다고 기록했다. 그 먼지와 가스는 곧 별들 사이를 가로질러 빛나는 깃털을 만들어 낼 것이고, 그 깃털은 창조자 태양의 정반대 쪽을 가리킬 것이다.

다른 모든 사람들처럼, 헤이우드 플로이드는 그 혜성이 태양계로 들어오면서 차갑고 어두운, 아니 거의 검다고 해도 좋을 중심핵이 변형되는 모습을 지켜보았다. 70년 동안 단단히 냉동되어 있었던 물과 암모니아, 다른 종류의 얼음들의 복잡한 혼합체는 녹으며 거품을 내기 시작했다. 대충 맨해튼 섬 모양과 크기의 날아다니는 산 하나가 53시간 주기로 자전축 위에서 돌고 있었다. 태양열이 단열층에 스며들면서 가스 증발이 일어나 핼리 혜성은 새는 스팀 보일러처럼 보이기 시작했다. 먼지와 유기 화학물질의 혼합물과 수증기가 뒤섞인 제트 기류가 대여섯 개의 작은 크레이터에서 터져 나오고 있었다. 가장 큰 것은 풋볼 경기장만 했는데, 그곳 시간으로 새벽이 지난 후 약 두 시간마다 정기적으로 분출했다. 지구의 간헐천 같아 보였기 때문에, 금방 '올드페이스풀'(미국 옐로스톤 국립공원에 있는 간헐천—옮긴이)이라는 이름이 붙었다.

이미 플로이드는 그 크레이터 가장자리에 서서, 우주에서 본 이미지들을 통해 익숙하게 알고 있는 어둡고 일그러진 풍경 위로, 태양이 떠오르기를 기다리는 판타지를 꿈꾸고 있었다. 그렇다, 계약서에는 우주선이 핼리 혜성에 착륙했을 때 승객이 우주선 밖으로 나가는 일에 대해서는 아무런 언급이 없었다.(승무원과 과학 직원 들의 경우는 반대였다.)

반면, 콕 집어 그것을 금지하는 조항도 없었다. 작은 글자로도.

'나를 막으려면 애 좀 먹을 거야. 난 아직 우주복을 잘 다룰 수 있어. 만약 내가 틀렸다면……'

문득 헤이우드 플로이드는 타지마할 관광객이 옛날에 했다는 말을 떠올렸다.

"이런 기념비를 위해서라면 내일이라도 죽을 수 있어."

그는 핼리 혜성으로 기꺼이 만족할 터였다.

재진입

그 당혹스러운 사고를 제쳐 놓더라도 지구로 돌아오는 길은 쉽지 않았다.

첫 번째 충격은 루덴코 박사가 그를 긴 잠에서 깨운 직후에 닥쳤다. 월터 커노는 그녀 옆에 둥둥 떠 있었다. 반쯤 의식이 돌아온 상태에서도 플로이드는 뭔가 잘못되었다는 것을 알 수 있었다. 그가 깨어나는 것을 보고 그들은 좀 과장되게 기뻐했고, 긴장감을 숨기지 못했다. 그가 완전히 회복되고서야 그들은 찬드라 박사가 더 이상 함께 있지 않다는 것을 알려 주었다.

화성 너머 어딘가에서, 모니터들도 시간을 꼭 집어낼 수 없는 어느 사이엔가, 그의 생명이 그냥 멈추어 버렸다. 우주에서 표류하던 그의 시신은 레오노프 호의 궤적을 따라 떠돌다 태양의 불로 다 타 버린 지 오래였다.

죽음의 원인은 전혀 알 수 없었지만, 막스 브라일로브스키가 한 가지 견해를 말했다. 매우 비과학적인 얘기였지만, 의무장교 카테리나 루덴코도 반박하려 들지 않았다.

"그는 HAL 없이 살 수 없었던 겁니다."

하고 많은 사람 중에 월터 커노가 다른 의견을 덧붙였다.

"HAL이 그것을 어떻게 받아들일지 궁금합니다. 저 밖에서 뭔가가 우리 방송을 전부 모니터링하고 있을 거예요. 조만간 HAL도 알게 되겠지요."

이제 커노도 가 버렸다. 최연소자인 제니아만 빼고 모두 가 버렸다. 20년 동안 그녀를 보지 못했지만, 매년 크리스마스가 되면 제니아가 보낸 카드가 도착했다. 마지막 카드는 아직 그의 책상에 핀으로 꽂혀 있었다. 러시아의 겨울 눈 속에서 매우 배고파 보이는 늑대들이 지켜보는 가운데 선물을 잔뜩 실은 트로이카가 속력을 내어 달리는 그림이었다.

45년이라니! 때로는 레오노프 호가 지구 궤도에 돌아와 온 인류의 박수갈채를 받던 일이 겨우 어제 같았다. 그러나 그것은 경의는 담겨 있지만 진정한 열광이 빠져 있는, 묘하게 가라앉은 박수갈채였다. 목성으로 가는 임무는 더할 나위 없는 성공이었다. 일단은 판도라의 상자를 열었으니까. 하지만 상자의 내용물은 아직 다 밝혀지지 않았다.

'티코 자기장 이상-1(TMA-1)'으로 알려진 검은 석판이 달에서 출토되었을 때, 그 존재를 아는 사람들은 몇 명 되지 않았다. 디스커버리 호가 목성으로 불행한 항해를 하고 난 다음에는, 400만 년 전 다른 지성체가 태양계를 지나가며 명함을 남겨 두었다는 것을 전 세계가 알게 되었다. 그 소식은 몰랐던 사실이었으나, 깜짝 놀랄 소식은 아니었다.

그리고 그것은 모두 인류가 존재하기 훨씬 전에 일어난 일이었다. 목성을 돌던 디스커버리 호에서 수수께끼의 사건이 일어나긴 했지만, 그 원인이 우주선의 기능 불량이 아니라는 증거는 없었다. TMA-1의 철학적 중요성은 엄청났지만, 실질적인 면에서 인류는 아직 우주에서 혼자였다.

이제 그것은 더 이상 사실이 아니었다. 겨우 몇 광분(光分) 떨어진 곳에, 우주에서는 돌 던지면 닿을 만한 곳에, 별을 창조하고 자기 자신의 알 수 없는 목적을 위해 지구의 1000배나 되는 크기의 행성을 파괴할 수 있는 지성체가 있었다. 더 불길한 것은 그 지성체가 인류를 알고 있다는 사실이었다. 그들은 루시퍼의 맹렬한 탄생이 목성을 파괴해 버리기 직전 목성의 위성들 사이에서 디스커버리 호가 쏘아 보낸 마지막 메시지를 통해 그것을 보여 주었다.

이 모든 행성들은 에우로파를 제외하고는 당신들 것입니다.
에우로파에는 착륙을 시도하지 말길.

이 새로이 나타난 밝은 별은 매년 태양 뒤를 지나갈 때의 몇 달만 빼고 밤을 사라지게 만들었고, 인류에게 희망과 공포를 동시에 가져왔다. 미지(未知)는, 특히 전능과 결합된 것처럼 보일 때 공포라는 원시적인 감정을 불러일으키고야 말기 때문이다. 희망은 그것이 전 지구적 정치에 만들어 낸 변화 때문이었다.

인류를 단결시키는 것은 우주로부터의 위협뿐이라는 말은 자주 있었다. 루시퍼가 위협인지는 아무도 몰랐지만, 도전인 것은 확실했다. 그리고 그것으로 충분하다는 것이 밝혀졌다.

헤이우드 플로이드는 파스퇴르의 유리한 위치에서 마치 외계의 관찰자처럼 지정학적 변화를 지켜보았다. 처음에는 일단 몸이 다 회복되면 우주에 남아 있을 생각이 없었다. 그런데 말도 안 되게 긴 시간이 걸리는 바람에 의사들은 당황하고 짜증을 냈다.

평온한 노년에 돌아보며, 플로이드는 왜 자기 뼈가 회복되지 않았는지 알 수 있었다. 그는 전혀 지구로 돌아가고 싶지 않았던 것이다. 그의 하늘을 채운 눈부시게 희고 파란 구체로 그가 내려가야 할 이유가 하나도 없었다. 찬드라가 어떻게 살려는 의지를 잃어버렸을지 잘 이해할 수 있을 것 같은 시간들이 있었다.

그가 첫 번째 아내와 함께 유럽행 비행기에 타지 않았던 것은 순전히 우연이었다. 이제 매리언은 죽었다. 매리언에 대한 기억은 누군가 다른 사람이 누렸을지도 모르는 다른 삶의 일부 같았고, 그들의 두 딸은 각자의 가족들과 함께 있는 상냥하지만 낯선 사람들이었다.

그러나 캐롤라인을 잃어버린 것은 자신이 한 행위 때문이었다. 그 일에서 그가 선택의 여지가 없었다고 해도 달라지는 건 없었다. 캐롤라인은 왜 그가 그들이 함께 만든 그 아름다운 집을 떠나 태양에서 멀리 떨어진 차가운 불모지로 갔는지 결코 이해하지 못했다.(그 자신은 진짜 이해했을까?)

임무의 절반이 지나기도 전에 캐롤라인의 마음이 돌아섰다는 것을 알게 된 후에도 플로이드는 크리스가 자신을 용서해 주기를 필사적으로 바랐다. 그러나 이런 위안마저 얻을 수 없었다. 그의 아들은 아버지 없이 너무 오래 있었다. 플로이드가 돌아와 보니, 크리스는 캐롤라인의 삶에서 플로이드의 자리를 가져간 남자에게서 아버지를 찾은 뒤였다. 그는 아들과 완전히 소원해졌다. 플로이드는 결코 그 아픔을 극복하지 못할 거라고 생각했지만, 물론 극복하게 되었다. 어느 정도는.

몸은 교활하게도 그의 무의식적 소망과 공모했다. 오랜 회복 기간을 끝내고 마침내 파스퇴르에서 지구로 돌아갔을 때, 수상할 정도로 골괴사와 닮은 증세를 포함해 아주 심각한 증후군이 재빨리 나타나는 바람에 그는 얼른 궤도로 되돌아갔다. 그리고 달로 갔던 짧은 여행 몇 번을 제외하면 내내 그곳에 머물렀다. 그는 천천히 회전하는 우주 병원의 무중력과 6분의 1 중력 사이의 체제에서 사는 데 완전히 적응했다.

플로이드는 은둔자가 아니었다. 은둔자와는 거리가 멀었다. 요양하고 있는 동안에도 그는 보고서를 구술하고, 무한히 많은 위원회에 증거를 제출하고, 언론 매체의 대리인들과 인터뷰를 했다. 그는 유명 인사였고, 유명세가 지속되는 동안 그 경험을 즐겁게 누렸다. 그것은 내면의 상처를 보상하는 데 도움이 되었다.

2020년부터 2030년까지 첫 번째 10년은 너무 빨리 지나간 것 같아서 이제는 그 시기에 생각을 집중할 수가 없었다. 늘 있는 위기, 스캔들, 범죄, 재앙 들이 있었다. 특히 그 시기에 캘리포니아 대지진이 있었다. 그는 기지의 모니터 스크린으로 지진의 여파를 지켜보며 공포감을 느끼는 한편 매혹되었다. 스크린은 적당한 위치에서 모니터 최고 배율로 사람들을 하나하나 보여 줄 수 있었다. 그러나 그가 보는 전지적 시점에서는 불타는 도시에서 종종거리며 달아나는 점들이 보일 뿐이었다. 지상 카메라들만이 진정한 공포를 드러내 보여 주었다.

이 지각 변동의 결과는 나중까지 분명해지지 않았지만, 그 10년 동안 정치의 지각 변동 역시 지질학의 지각 변동만큼이나 가차 없이 진행되었다. 그러나 지질학과는 반대의 의미에서, 마치 시간이 거꾸로 흐르는 듯이 움직였다. 지구에는 최초에 판게아라는 초대륙이 하나 있었고 그것이 억겁의 세월을 거치며 산산이 흩어져 왔다. 인간이라는 종도 무수한 부족과 나라 들로 흩어져 왔다. 이제 그것이 한데 합쳐지면서, 언어와 문화의 오래된 구분이 흐려지기 시작하고 있었다.

루시퍼가 그 과정에 속도를 붙이기는 했지만, 그것은 몇십 년 전 제트 시대의 도래가 전 지구 범위 여행을 촉발시켰을 때 시작되었다. 거의 같은 때에(물론 우연의 일치는 아니었다.) 위성과 광섬유가 통신혁명을 일으켰다. 2000년 12월 31일 장거리 요금 폐지라는 역사적 사건과 함께, 전 세계 어디로 전화를 걸어도 국내 요금만 내면 되었고, 인류는 남 말 하기 좋아하는 하나의 거대한 가족으로 탈바꿈하면서 새 밀레니엄을 맞았다.

대부분의 가족이 그렇듯이 인류가 언제나 평화롭지는 않았지만, 이제 인류의 분쟁은 행성 전체를 위협하지 않았다. 두 번째이자 마지막인 핵전쟁에서는 첫 번째 전쟁보다 폭탄이 더 많이 사용되지 않았다. 정확히 딱 두 발이었다. 폭발력은 더 컸지만, 사상자는 훨씬 적었다. 두 발 다 인구가 거의 없는 원유 시설에서 사용되었기 때문이다. 그 시점에 중국, 미국, 러시아의 3대국은 칭찬할 만한 속도와 지혜로 움직여, 살아남은 전투원들이 제정신을 차릴 때까지 전투 지대를 봉쇄했다.

2020년부터 2030년까지의 10년이 지나자, 강대국들 사이의 대전쟁은 지난 세기 캐나다와 미국 사이의 전쟁과 마찬가지로 생각할 수도 없는 것이 되었다. 인간 본성에 무슨 거대한 발전이 일어났기 때문은 아니고, 죽음보다 삶을 원한다는 정상적인 선호를 제외하면 어떤 한 가지 요인에 따라 변한 것도 아니었다. 평화의 장치들 중 많은 것은 의식적으로 계획되지도 않았다. 무슨 일이 일어났는지 깨닫기도 전에, 정치가들은 그런 장치가 제자리에 있고 잘 기능하고 있다는 것을 알게 되었다…….

어떤 정치가나 신념을 가진 이상주의자가 '평화 인질' 운동을 발명해 낸 것이 아니었다. 어떤 순간에 통계를 내어 봐도 미국에는 평균 10만 명의 러시아인 관광객이 있고, 러시아에는 평균 50만 명의 미국인 관광객이 있어서, 60만 명의 대부분이 옛날 여행자들과 마찬가지로 여행지의 배관에 대해 불평하고 있다는 사실을 알아차린지 꽤 되고 나서야 그 이름이 지어졌다. 더 중요한 것은, 양쪽 그룹 다 없어서는 안 될 사람들이 전체 인구 대 여행객의 비율로는 설명할 수 없을 만큼 많았다는 것이다. 부자, 특권층, 정치 권력층의 자녀들.

누군가가 전쟁을 바란다고 해도, 대규모 전쟁을 계획하는 건 이제 불가능했다. 1990년대에, 군대가 30년 동안 소유하던 것과 비교할 만한 해상도를 가진 영상 위성을 진취적인 뉴스 매체들이 쏘아 올리기 시작하면서 투명성의 시대가 밝아 왔다. 펜타곤과 크렘린은 펄 펄 뛰었다. 그러나 그들은 로이터 통신, AP 통신, 그리고 오비털 통신사의 하루 24시간 잠들지 않는 카메라의 상대가 되지 못했다.

2060년, 세계는 완전히 무장해제하지는 않았지만 사실상 평화로워졌고, 남은 핵무기 50개는 모두 국제적 통제 아래 있었다. 인기 있는 군주 에드워드 8세가 최초의 행성 대통령에 뽑혔을 때, 반대는 놀라울 정도로 거의 없었다. 10여 개의 국가만이 반대했는데, 그들은 여전히 중립을 고집하는 스위스(그래도 그곳의 식당과 호텔 들은 두 팔 벌려 새 관료 체제를 맞이했다.)부터 훨씬 광신적으로 독립에 집착하는 포클랜드인까지(그들은 이제 분개한 영국과 아르헨티나가 자기들을 서로 떠넘기려고 하는 모든 시도에 저항했다.) 영토 크기나 중요성 면에서 제각각이었다.

거대하지만 전적으로 기생적인 무기 산업이 해체되자 세계 경제는 전례 없고 때로는 위험하기까지 한 경기 부양을 받게 되었다. 이제는 중요한 자원과 영리하고 재능 있는 공학자들이 엉뚱한 데 쓰이거나 심지어 헛되이 낭비되는 일이 없었다. 대신 그들은 세계를 재건함으로써, 수 세기에 걸친 파괴와 방치를 회복하는 데 종사할 수 있었다.

그리고 새 세계를 세움으로써, 이제 인류는 진정 감히 꿈꿀 수 있는 수천 년의 미래 동안 인류의 잉여 에너지를 전부 흡수할 수 있는 도전을, '전쟁의 도덕적 등가물'을 발견했다.

거물

태어났을 때 윌리엄 청은 '세계에서 제일 비싼 아기'라고 불렸다. 그는 그 칭호를 겨우 2년 쥐고 있다가 여동생에게 물려주었다. 그녀는 아직도 그 칭호를 갖고 있고, 이제 가족법이 폐지되었으므로 그 지위는 절대 도전받지 않을 것이다.

그들의 아버지인 '전설적인 로렌스 경'은 중국이 '한 가구 한 자녀' 정책을 다시 도입해 엄중히 실시할 때 태어났다. 그의 세대는 심리학자와 사회학자 들에게 끝없는 연구 재료가 되었다. 형제자매가 없고, 많은 경우 삼촌이나 고모도 없는 세대는 인류 역사에서 희귀한 사례였던 것이다. 종의 복원력 덕택인지 중국 대가족 제도의 장점 덕택인지는 앞으로도 알 수 없겠지만, 그 이상한 시대의 아이들은 눈에 띄게 상처가 없었다. 그러나 아무런 영향도 받지 않았다고 할 수는 없었다. 로렌스 경은 쓸쓸했던 자신의 유년 시절을 보상받기 위해 최선을 다했다.

22년에 로렌스 경의 두 번째 아이가 태어났을 때는 아기 면허 시스템이 법제화되어 있었다. 적당한 요금을 지불하기만 하면 원하는 만큼 아이를 가질 수 있었다.(이 제도가 정말 무시무시하다고 생각한 사람들은 그때까지 살아남은 구식 공산주의자들만이 아니었지만, 인민 민주주의 공화국의 초기 의회에서 그들은 실용적인 동료들에게 표에서 밀렸다.)

아기 1번과 2번은 공짜였다. 3번에는 100만 솔이 들었다. 4번은 200만 솔, 5번은 400만 솔 등등이었다. 이론적으로 인민 공화국에 자본주의자가 없다는 사실은 가볍게 무시되었다.

젊은 미스터 청(물론 에드워드 왕이 그를 영제국 기사단 중급 훈작사로 봉하기 오래전의 일이었다.)은 마음에 품은 목표를 결코 드러내지 않았다. 다섯 번째 아이가 태어났을 때 그는 여전히 상당히 가난한 백만장자였다. 그러나 아직 겨우 마흔이었고, 홍콩을 사들이는 일에 걱정했던 만큼 자기 자본이 많이 들지 않자 수중에 상당한 양의 잔돈이 남았다는 것을 깨달았다.

전설은 이렇게 시작되었다. 그러나 로렌스 경에 대한 다른 이야기들처럼, 이 이야기도 사실과 신화를 구분하기 어렵다. 그가 의회 도서관에 있는 자료를 몽땅 신발 상자 크기만 한 해적판 메모리로 만들어 팔아 처음 재산을 쌓았다는 끈질긴 소문은 절대로 사실이 아니다. 분자 메모리 모듈 소동은 지구 밖에서 벌어진 작전이었고, 달 조약에 미국이 서명하지 못했기 때문에 가능했던 일이다.

로렌스 경은 수조 솔 규모의 부자는 아니었지만, 그가 세운 회사들의 결합체 덕분에 지구에서 가장 큰 재력가가 되었다. 아직도 '새

영토'로 불리는 곳의 초라한 비디오카세트 행상 아들이 이룬 것치고는 작은 성취가 아니었다. 그는 아기 6번을 위해 800만을 냈고, 아기 8번을 위해 3200만 솔을 냈지만 눈곱만큼도 신경 쓰지 않을 것이다. 아기 9번을 위해 미리 6400만 솔을 내야 하게 되자 세계적인 언론의 관심을 받았고, 아기 10번 이후에는 그가 또 아이를 가져 2억 5600만 솔을 내게 될 것인지 아닌지에 내기가 걸렸다. 그러나 그때 철강과 실크라는 최고의 자산을 정교한 비율로 결합시킨 레이디 재스민은 청 왕조가 자리를 제대로 잡았다고 판단했다.

우연이 정말로 있다면, 로렌스 경이 개인적으로 우주 사업에 관여하게 된 것이야말로 순전히 우연이었다. 물론 그는 대규모 해양과 항공 사업에도 흥미가 있었지만, 이런 것들은 그의 다섯 아들과 그 동료들이 처리하고 있었다. 로렌스 경이 진짜 사랑하는 것은 통신이었다. 이제 몇 종 안 남은 신문, 책, 종이판과 전자판 잡지, 그리고 무엇보다도, 세계적 텔레비전 네트워크를 사랑했다.

그다음 로렌스 경은 가난한 중국인 소년에게 한때 부와 권력의 상징으로 보였던 낡고 웅장한 '페닌슐라 호텔'을 사서, 자신의 주거지이자 주 사무실로 바꾸었다. 그는 거대한 쇼핑센터들을 지하로 밀어 넣는 단순한 방법을 써서 그곳을 아름다운 정원으로 둘러쌌다. 새롭게 만든 그의 '레이저 굴착 회사'는 그 과정에서 상당한 돈을 벌었고 다른 여러 도시들이 참고할 만한 선례를 만들었다.

어느 날 항구 맞은편 도시의 비할 데 없는 스카이라인을 찬탄하다가, 그는 훨씬 더 큰 발전이 필요하다고 결심했다. 페닌슐라 호텔 낮은 층의 전망은 찌그러진 골프공같이 생긴 커다란 건물 때문에 수십 년 동안 막혀 있었다. 로렌스 경은 이 건물을 없애야겠다고 결심했다.

세계 5위 안에 든다고 널리 여겨지는 홍콩 플라네타리움 책임자의 생각은 달랐지만, 곧 로렌스 경은 어떤 값에도 살 수 없는 사람을 찾게 된 것에 기뻐했다. 두 사람은 그 후로 오랫동안 친구로 지냈다. 그러나 헤센슈타인 박사가 로렌스 경의 60번째 생일을 위해 특별 프레젠테이션을 준비했을 때, 그는 자신이 태양계의 역사를 바꾸는 데 일조하게 될 줄은 알지 못했다.

얼음 밖으로

1924년 예나에서 차이스가 처음 시제품을 만든 지 100년도 더 되었지만, 여전히 사용되고 있는 광학 플라네타리움 몇 개가 관중 위로 극적인 모습을 자랑하며 우뚝 솟아 있었다. 그러나 홍콩은 몇십 년 전에 훨씬 더 다용도로 쓰이는 전자 시스템을 쓰기 위해 3세대 플라네타리움 개발에서 물러났다. 그 커다란 돔은 본질적으로, 수천 개의 독립된 패널로 만들어진 거대한 텔레비전 스크린이었다. 패널 위에는 상상할 수 있는 어떤 이미지도 보여 줄 수 있었다.

그 프로그램은 아니나 다를까 13세기 중국 어딘가에서 로켓을 발명한 이름 모를 발명가에게 바치는 헌사로 시작했다. 처음 5분은 로켓에 대한 초고속 역사 개괄이었다. 첸쉐썬 박사의 경력에 집중하느라 그 분야의 러시아인, 독일인, 미국인 개척자들에 대해서 적절하게 다 언급하지는 못한 것 같았다. 그러나 이런 시간과 장소에서,

그의 중국 동포들이 로켓 개발의 역사에서 첸쉐썬을 고다드, 폰 브라운, 코롤리예프만큼 중요한 인물로 내세운다고 해서 이상할 건 없었다. 그가 유명한 제트 추진 연구소의 설립을 돕고 캘리포니아 공과대학교 최초의 고다드파 교수로 임명된 후 고국으로 돌아가기로 결정했을 때 날조된 국가 보안 혐의 때문에 미국에서 체포된 사실을 언급하며 그들이 분개하는 것도 당연했다.

1970년 대장정 1호 로켓으로 최초의 중국 위성이 발사된 것은 거의 언급되지 않았다. 그때는 미국인들이 이미 달 위를 걷고 있었기 때문일 것이다. 사실, 20세기의 나머지는 몇 분 만에 끝나고, 카메라가 전 세계를 다 보여 주며 이야기는 2007년 첸 호의 비밀 건조로 넘어갔다.

중국 우주 기지로 추정되던 것이 갑자기 궤도에서 획 이탈해 '우주비행사 알렉세이 레오노프 호'에 탄 러시아-미국 파견대를 앞질러 목성으로 향했을 때 다른 우주여행 강국들이 보인 경악에 나레이터는 별로 흡족한 티를 내지 않았다. 그 이야기는 윤색이 필요 없을 정도로 극적이었고, 비극적이었다.

불행히도 그때를 묘사할 수 있는 시각 자료 원본은 거의 없었다. 그 프로그램의 많은 부분은 특수 효과와 사후의 광범위한 사진 연구에 기반한 지적 복원에 의존해야 했다. 에우로파의 얼음 덮인 표면 위에 잠깐 체류하는 동안, 첸 호의 승무원들은 너무 바빠서 텔레비전 다큐멘터리를 만들기는커녕 무인 카메라를 세울 수도 없었다.

그렇지만 그 당시에 오간 말들은 최초의 목성 위성 착륙이라는 드라마의 많은 부분을 전달했다. 다가가는 레오노프 호에서 헤이우드 플로이드가 한 해설 방송은 훌륭한 배경지식을 제공해 주었고, 당시 상황을 묘사하는 에우로파의 자료 영상도 아주 많았다.

"바로 지금 이 순간 저는 우주선의 망원경 중에서 가장 성능이 뛰어난 망원경으로 에우로파를 보고 있습니다. 이 망원경의 배율로 보면 여러분이 맨눈으로 바라보는 달보다 열 배나 크게 보입니다. 그리고 그 모습은 정말이지 기괴합니다.

에우로파의 표면은 균일한 분홍색입니다. 드문드문 작은 갈색 반점이 있지요. 구부러지고 서로 엇갈리는 가는 선들이 이리저리 복잡하게 뒤얽혀 그물망을 이루어 위성 전체를 덮고 있습니다. 그 모습은 사실 의학 교과서에 실려 있는 사진과 굉장히 흡사해요. 동맥과 정맥이 그려 내는 혈관 분포도 같죠.

이러한 줄무늬 중 몇몇은 수백 킬로미터 길이로 뻗어 있습니다. 심지어 수천 킬로미터에 이르는 것도 있지요. 보기에는 퍼시벌 로웰을 비롯한 20세기 초의 천문학자들이 화성에서 봤다고 착각한 환상의 운하들처럼 보이기도 합니다.

하지만 에우로파의 운하들은 잘못 본 것이 아니랍니다. 물론 인공적으로 판 운하는 아니지만요. 더 대단한 것은 뭐냐면 그 운하들에 정말로 물이 담겨 있다는 것입니다……. 얼음 상태이긴 해도 물이 있어요. 왜냐하면 위성 에우로파는 거의 전부가 대양으로 덮여 있기 때문이지요. 평균 수심이 50킬로미터나 됩니다.

태양으로부터 굉장히 멀리 떨어져 있기 때문에 에우로파의 표면 온도는 극도로 낮습니다. 약 영하 150도죠. 그러니 에우로파의 단일 대양이 전부 한 덩어리로 얼어붙은 얼음 상태일 거라고 생각할 수도 있을 겁니다.

그런데 놀랍게도 그렇지가 않습니다. 왜냐하면 에우로파 내부에서 기조력에 의해 많은 열이 발생하기 때문입니다. 같은 힘이 이웃 위성인 이오에 거대 화산들의 분출을 이끌어 내기도 하죠.

그렇게 해서 얼음은 지속적으로 녹고, 깨져 올라오고, 동시에 얼어붙습니다. 그러면서 우리 지구의 극지방에서 볼 수 있는 물 위에 뜬 얼음판에서와 같이 틈이 갈라지고 죽죽 줄이 그어지는 것입니다. 지금 제가 보고 있는 것이 그런 금들이 얽히고설킨 복잡한 무늬입니다. 대부분 어두운색이고 굉장히 오래된 것이죠……. 아마 형성된 지 수백만 년일 겁니다. 하지만 몇 가닥은 순수한 흰색을 띠죠. 그런 건 새로 생겨 이제 막 벌어진 틈새입니다. 그래서 거기 덮인 얼음 더께는 고작 몇 센티미터 두께밖에 안 되죠.

첸 호는 이처럼 새하얗게 그어진 줄 바로 옆에 착륙해 있습니다. 길이가 1500킬로미터나 되어 '대운하'라고 명명된 틈입니다. 추측컨대 중국 우주선은 대운하의 물을 뽑아 올려 연료 탱크를 채우려고 의도한 것 같습니다. 그렇게 하면 목성 위성계를 탐사하고 또 지구로 귀환할 수 있게 되지요. 쉽지는 않을 겁니다. 하지만 틀림없이 무척 주의를 기울여 착륙 장소를 조사했을 것이고, 어떻게 작업해야 할지 철저히 생각해 둔 후에 착수했겠지요.

중국에서 왜 이렇게 큰 위험을 감수했는지, 그리고 왜 에우로파에 대한 소유권을 주장하는지 이젠 명백해졌죠. 연료 재보급처인 겁니다. 에우로파가 핵심 역할을 할 수 있습니다. 태양계 전반의……."

'그러나 그렇게는 되지 않았지.'

로렌스 경은 인공 하늘을 채운 줄무늬와 얼룩덜룩한 원반 아래 있는 값비싼 의자에 비스듬히 기대며 생각했다. 인류는 아직 수수께끼로 남은 이유들 때문에 여전히 에우로파의 대양에 접근할 수 없었다. 접근할 수 없을 뿐만 아니라, 보이지도 않았다. 목성은 태양이 되었고, 목성의 내부 위성은 둘 다 안에서부터 끓어오르는 증기 구름 속으로 사라졌기 때문이다. 그는 오늘날이 아니라 2010년으로 되돌아온 것처럼 에우로파를 바라보고 있었다.

로렌스 경은 그때 소년기를 갓 벗어난 나이였고 중국 정치에 대해서는 못마땅했지만, 자기 동포가 새 세계에 처음 막 착륙하려는 찰나라는 것을 알고 느꼈던 자부심을 여전히 기억할 수 있었다.

물론 그곳에는 착륙 순간을 기록할 카메라가 없었지만, 복원은 아주 훌륭했다. 칠흑 같은 하늘에서 에우로파의 얼음 풍경으로 조용히 떨어져 대운하라는 이름이 붙은, 최근에 물이 얼어붙으면서 생긴 빛바랜 줄무늬 옆에서 쉬려는 것이 그 불운한 우주선이라고 정말 믿을 수도 있을 것 같았다.

그다음에 무슨 일이 일어났는지는 모두 다 안다. 그 순간을 시각적으로 재생하려는 시도를 하지 않은 것은 현명한 일이리라. 대신, 에우로파의 이미지가 사라지고, 모든 러시아인들에게 유리 가가린의 초상화가 낯익은 만큼이나 모든 중국인들에게 낯익은 초상화가 나타났다.

첫 번째 사진에는 1989년 졸업식 날의 루퍼트 창이 있었다. 100만 명은 되어 보이는 사람들 속에 묻혀 있는, 20년 후의 미래 역사에 약속된 자신의 자리에 대해 전혀 모르는 진지한 젊은 학자의 모습.

가라앉은 음악을 배경으로, 해설자는 첸 호 과학 장교로 임명될 때까지 창 박사의 경력에서 제일 흥미로운 부분만 짧게 요약했다. 사진으로 그의 일생이 소개되었고, 임무 직전에 찍은 사진이 마지막이었다.

로렌스 경은 플라네타리움 안의 어둠이 고마웠다. 창 박사가 다가오는 레오노프 호를 겨냥해서, 수신될지 어떨지도 전혀 알지 못하면서 보낸 메시지를 들으며 그의 눈에 고인 눈물을 보았다면 그의 친구도, 적도 놀랐을 것이다.

"……레오노프 호에 타고 계신다는 거 압니다. ……시간이 별로 없을 것 같아서…… 위치하고 있을 것 같은 방향으로 우주복 안테나를 겨냥하고 있습니다……."

신호는 몇 초 동안 고통스럽게 사라졌다가, 그다음 눈에 띄게 커지지는 않았지만 훨씬 또렷한 소리로 돌아왔다.

"……이 내용을 지구로 전달해 주세요. 첸 호는 세 시간 전에 파괴되었습니다. 내가 유일한 생존자입니다. 우주복의 무선 송신기를 통해서 말하고 있어요……. 송신 범위가 될지 모르겠지만 다른 방법이 없습니다. 부디 주의 깊게 들어 주세요. 에우로파에 생명체가 있습니다. 다시 말합니다. 에우로파에는 생명체가 있습니다……."

신호가 다시 사라졌다…….

"……에우로파의 자정이 지난 직후였지요. 양수 작업은 꾸준히 계속되어 탱크가 거의 절반이나 찼을 때입니다. 리 박사와 내가 파이프 단열 상태를 점검하러 나왔습니다. 첸 호는 대운하 가장자리에서 30미터쯤 떨어진 곳에 착륙해 있었지요……. 파이프가 첸 호로부터 수직으로 내려가서 얼음을 뚫고 들어간 상태였어요……. 얼음은 매우 얇아서 그 위를 걷는다는 것은 안전하지 못했습니다. 따뜻한 상승 수류가……."

다시 긴 침묵…….

"……아무런 문제도 없었지요. 5킬로와트짜리 조명이 우주선 위에 달려 있었으니까요. 크리스마스트리 같은 모습이었죠. 아름답게, 얼음을 통해 저 밑으로 빛이 비쳐 내렸습니다. 황홀하게 여러 색이 비쳐 보이고 있었어요. 리 박사가 먼저 발견했습니다. 엄청나게 큰 시커먼 덩어리가 저 깊은 물 속으로부터 떠올라 오고 있는 겁니다. 처음에 우린 그게 물고기 떼인 줄 알았습니다. 하나의 생물이라기에는 너무나도 컸거든요. 그랬는데 그놈이 얼음을 부수면서 치솟아 오르기 시작했죠.

……어마어마하게 큰 축축한 해초 다발같이 생긴 게, 뭍으로 기어 올라오는 겁니다. 리 박사는 카메라를 가지러 우주선으로 다시 뛰어갔습니다. 나는 남아서 관찰하면서 통신으로 보고를 했죠. 그놈은 무척 천천히 이동해서 뛰기만 하면 쉽게 떼어 놓을 수 있었어요. 경계심을 느끼기보다 흥분이 훨씬 더 컸습니다. 놈이 어떤 종류의 생물인지 알 것 같았지요……. 캘리포니아 쪽 켈프 숲 사진을 본 적이 있었는데……. 그렇지만 내 생각은 크게 빗나갔죠.

……그놈이 뭔가 안 좋은 상태에 빠져 있다는 걸 알았어요. 정상 생활 환경보다 150도나 낮은 온도에서 살아남을 수 있을 턱이 없죠. 놈은 전진하면서 딱딱하게 얼어 가는 중이었지요. 유리처럼 조각들이 얼어서 깨져 나오는 겁니다. ……그래도 그놈은 여전히 우

주선을 향해 전진해 오고 있었습니다. 마치 검은 물결이 덮쳐 오듯이…… 계속 느려지면서도 그렇게…….

난 이때까지도 너무나 놀란 상태라 생각이 똑바르게 돌아가질 못했어요. 게다가 그놈이 뭘 하려고 그러는지 상상도 할 수 없었지요…….

……우주선으로 기어오르는데, 그놈이 전진하는 대로 일종의 얼음 굴이 만들어지더군요. 어쩌면 그게 추위를 막아 주는 단열 수단이었겠죠. 흰개미가 진흙으로 오밀조밀 굴을 지어 올려 햇빛으로부터 몸을 보호하는 것과 같은 방식으로 말입니다.

……몇 톤짜리 얼음이 우주선 위에 얹힌 겁니다. 맨 먼저 통신 안테나가 부서져 떨어졌어요. 이어서 착륙 다리들이 툭툭 휘기 시작하는 게 보였죠. 모든 게 느린 화면 같았어요, 꿈을 꾸는 것처럼요.

우주선이 주저앉을 참이 되어서야 겨우 난 그 생물이 뭘 하려고 한지를 알아차렸습니다……. 그러니 그때는 너무 늦었지요. 우린 변을 당하지 않을 수도 있었어요, 그 환한 불들만 껐더라면.

아마도 그놈은 광영양 생물이었을 겁니다. 얼음을 통해 비치는 태양 빛을 받아 생물학적 주기에 시동이 걸리는 거였겠죠. 아니면 촛불에 나방이 꼬이듯 빛을 보고 온 것일 수도 있지요. 우리가 켜 둔 강한 투광 조명은 에우로파에 지금껏 비쳤던 어떤 빛보다도 더 밝았을 겁니다…….

이윽고 우주선은 부서져 내렸습니다. 외피가 갈라지고, 습기가 응결되는 바람에 얼음 결정 구름이 서렸지요. 불은 전부 꺼졌습니다. 딱 하나 남은 조명등이 지면에서 2미터쯤 위 강선에 매달려 이리저리 흔들리고 있었을 뿐.

그러고 난 직후에 무슨 일이 일어났던지는 모르겠습니다. 그다음 일로 내가 기억하는 건 내가 불빛 아래 서 있었던 겁니다. 옆에는 우주선의 잔해가 있고요. 새로 내린 눈이 고운 가루처럼 내 주위 사방을 덮었죠. 거기 찍힌 내 발자국들이 아주 선명하게 보였습니다……. 그 지점에서 난 도망쳤던 것 같아요. 중간에 빠진 시간은 아마 겨우 일이 분이었을 겁니다.

그 식물은……, 난 여전히 그놈이 식물이었다고 생각하고 있습니다만……, 꼼짝도 하지 않았어요. 난 그놈이 떨어지면서 손상을 입은 게 아닌가 싶었습니다. 사람 팔만큼 굵은 커다란 부분들이 뜯어져 나왔거든요. 나무에서 잔가지가 떨어지는 것처럼요.

그런데 본줄기가 다시 움직이기 시작했습니다. 우주선 외피에서 몸을 빼더니 내 쪽으로 기어오기 시작하더군요. 그때 바로 난 그놈이 빛을 감각한다는 걸 확신했습니다. 1000와트 전구 바로 밑에 서 있던 참이니까요. 흔들리던 그 불빛이 이제는 멈춰 있었지요.

참나무 둥치를 상상해 보세요……, 아니, 그보다 오히려 줄기와 뿌리가 여럿인 반얀나무가, 중력에 눌려 납작하게 찌부러진 모양으로 땅바닥을 기어오려 한다고 상상하면 되겠군요. 그놈은 불빛에서 5미터도 채 떨어지지 않은 데까지 오더니 옆으로 퍼지기 시작했지요. 마침내는 내 주위를 완전한 원으로 에워쌌습니다. 추측컨대 그 정도가 놈의 내성 한계였던가 봅니다……. 빛에 끌려 오던 것이 그보다 더는 못 오고 피해 물러나는 지점이죠. 그러고 나서는 몇 분간 아무 일도 일어나지 않았습니다. 나는 그놈이 죽은 건가 했어요. 결국에는 꽁꽁 얼어붙은 줄 알았죠.

그런데 여러 개의 가지들에 커다란 눈이 돋아나는 걸 보게 됐지요. 꽃이 피는 광경을 시간 간격을 두고 찍은 영상을 돌려 보는 것 같았습니다. 실제로 난 그것들이 꽃이었다고 생각해요. 한 송이 한 송이가 사람 머리만큼 크더군요.

섬세하고 아름다운 빛깔을 띤 막들이 한 겹 한 겹 펼쳐지기 시작했습니다. 그런 상황에서도 그때 내 머릿속엔 이건 아무도, 어떤 생명체도 본 적 없는 색채들이로구나 하는 생각이 들었어요. 우리가 우리의 빛을, 치명적인 빛을 이 행성에 가져오기까지 그 색채들은 존재가 없었던 겁니다.

덩굴손들이, 꽃술들이 하늘하늘 흔들렸어요……. 날 둘러싸고 있는 그 살아 있는 벽 쪽으로 가 보았지요. 정확히 어떤 일이 벌어지는지를 보려고요. 그때도 그랬고 다른 때도 줄곧 그랬지만, 난 그 생물이 추호도 겁나지 않았습니다. 그놈이 악의를 품고 있었던 게 아니라고 난 확신합니다……, 놈에게 의식이라는 것이 있기나 하다면 말이지만요.

수십 개의 커다란 꽃송이들이 각각 조금 벌어졌거나 거의 활짝 피어났거나 한 상태로 달려 있었습니다. 그쯤 되니 나비를 연상시키더군요. 이제 막 번데기 상태에서 우화 중인 나비요. 날개는 구깃구깃 접혀 있고 아직 연약하기 짝이 없는……. 내가 점점 진실에 다가가고 있었던 겁니다.

하지만 그것들은 얼어 가고 있었습니다. 형태를 갖추자마자 죽어가는 참이었죠. 그러더니 한 마리 한 마리씩 그것들을 낳아 준 꽃눈으로부터 분리되어 떨어져 내렸습니다. 마른 땅으로 끌려 올라온 물고기처럼 잠시 퍼덕이며 이리저리 튀어 돌아다녔어요. 마침내 나는 그것들이 정말 무엇인지 깨달았습니다. 그 얇은 막들은 꽃잎이 아니었어요. 지느러미였던 겁니다. 하여튼 지느러미에 해당하는 기관이죠. 이것이 바로 자유롭게 헤엄쳐 다니는 그 생물의 유생 단계였던 거예요. 아마도 그놈은 생애의 대부분을 해저에 뿌리 내리고 살아가겠죠. 그러다가 이렇게 이동성이 있는 자손들을 내보내어 새로운 삶터를 찾게 하겠죠. 지구의 산호가 하는 것과 똑같습니다.

나는 그 자그마한 생물 하나를 좀 더 가까이 보려고 무릎 꿇고 앉았습니다. 아름다웠던 색채들은 이제 흐려져 우중충한 갈색으로 변해 갔어요. 꽃잎을 닮은 지느러미들은 일부 부서져 나갔습니다. 얼어붙으면서 건드리기만 해도 산산조각이 나서 떨어지는 거죠. 그런데도 그것은 아직 약하게 움직이고 있었고 내가 접근하자 피하려고 했어요. 어떻게 내 존재를 감각하는지 궁금했지요.

그러다가 눈치챈 건 그 꽃술들……, 내가 꽃술이라고 부른 그 기관 끝부분에 하나같이 환한 파란색 점들이 붙어 있다는 거였습니다. 반짝이는 게 자잘한 사파이어 같더군요……. 아니면 가리비의 외투막을 따라 조르륵 있는 파란 눈들 같달까요. 빛은 감지하지만 제대로 상을 맺지는 못하는 눈 말이에요. 내가 관찰하고 있는 사이에 선명하던 파란색이 흐릿해지고, 사파이어는 빛을 잃어 우중충한 빛깔의 평범한 돌멩이로 변해 버렸지요…….

플로이드 박사……, 아니면 이외에 들고 계신 분들이 누구시든……, 저에겐 남은 시간이 길지 않습니다. 목성이 이제 곧 내 신호를 가로막을 테죠. 하지만 이야기는 거의 끝났습니다.

그때에 이르러 난 내가 무슨 일을 해야 할지 알았습니다. 그 1000와트 등이 매달린 강선은 거의 지면에 닿을 정도로 낮게 드리워져 있었지요. 그걸 몇 번인가 홱홱 잡아챘습니다. 그러자 불꽃 비를 흩뿌리며 등이 나가더군요.

너무 늦은 건 아닌가 생각했어요. 몇 분 동안 아무 일도 일어나지 않았거든요. 그래서 내 주위에 얽혀 있는 가지들의 벽으로 가 발로 걷어챘습니다.

느릿느릿, 그 생물이 몸을 풀어내기 시작했습니다. 그렇게 운하 쪽으로 퇴각하기 시작했죠. 빛은 충분했어요. 난 모든 걸 다 볼 수 있었습니다. 가니메데와 칼리스토가 하늘에 떠 있고, 거대한 목성은 가느다란 초승달 상태고……, 밤이 내린 곳에 대규모 오로라 현상이 일어나고 있었지요. 이오의 자기장 통로 목성 쪽 끝에요. 헬멧에 붙어 있는 등은 쓸 필요도 없었어요.

그 생물이 물로 돌아가는 길에 나는 계속 옆에 따라갔습니다. 움직임이 느려지면 발길질을 더 해서 재촉하면서요. 한 발 한 발 얼음 파편이 내 장홧발 밑에 버적버적 밟히는 느낌이 났지요……. 운하에 가까워지자 그놈은 기력을 되찾고 힘을 내는 것 같았어요. 제 본연의 집에 가까이 왔음을 아는 것처럼요. 난 놈이 살아남을지, 살아서 장차 다시 꽃눈을 맺을지 궁금했어요.

그놈은 수면을 뚫고 모습을 감추었어요. 마지막 몇 마리 죽은 유생을 낯선 곳인 땅 위에 남겨 두고요. 그러느라 노출된 얼어붙지 않은 물은 몇 분간 부글부글 거품이 끓어오르다, 보호가 되는 얼음이

딱지처럼 덮어 위쪽 진공으로부터 물을 봉해 줬지요. 그런 뒤에 나는 뭐라도 건져 볼 게 있나 알아보러 걸어서 우주선으로 돌아갔습니다……. 그 이야기는 하고 싶지 않군요.

부탁하고 싶은 것은 딱 두 가지입니다, 박사. 분류학자들이 이 생물을 분류할 때에 내 이름을 따서 명명해 줬으면 좋겠습니다.

그리고……, 다음 우주선이 지구로 돌아가게 될 때에……, 우리 유골을 중국으로 송환해 달라고 부탁해 주세요.

몇 분만 있으면 목성이 우리 사이에 끼어들어 통신을 두절시킬 겁니다. 누군가 내 통신을 받고 있긴 한지 알았으면 좋겠군요. 아무튼, 다시 일직선상으로 송신이 가능해지면 이 내용을 되풀이할 생각입니다……, 내 우주복의 생명 유지 시스템이 그때까지 버텨 준다면요.

여기는 에우로파 지상의 창 교수입니다. 우주선 첸 호의 난파를 보고합니다. 우리는 대운하 옆에 착륙하여 양수기를 얼음 가장자리에 설치하고……."

신호가 느닷없이 확 사라졌다가, 잠시 돌아오더니, 잡음 수위 이하로 완전히 사라져 버렸다. 창 교수의 메시지는 더 이상 오지 않을 것이다. 그러나 그 메시지는 이미 로렌스 청의 야심을 우주로 날려 보냈다.

가니메데 녹화

　　롤프 판 데르 베르흐는 알맞은 시간, 알맞은 장소에 있었던 알맞은 사람이었다. 다른 어떤 조합도 효과가 없었을 것이다. 역사의 흐름을 바꾸느냐 마느냐 하는 면에서 말이다.

　　그는 알맞은 사람이었다. 아프리카너(남아프리카에 살고 있는 네덜란드계 백인 — 옮긴이) 난민 2세였고 훈련받은 지질학자였기 때문이다. 두 가지 요인이 똑같이 중요했다. 그는 알맞은 장소에 있었다. 그곳은 목성의 위성 중 가장 큰 것이어야 했기 때문이다. 이오, 에우로파, 가니메데, 칼리스토의 순서에서 바깥쪽으로 세 번째.

　　시간은 상대적으로 그다지 중요하지 않았다. 그 정보는 적어도 10년 동안 데이터 뱅크 속에서 시한폭탄처럼 째깍거리며 시간을 흘려보내고 있었기 때문이다. 판 데르 베르흐는 57년까지 그 정보와 마주치지 못했다. 마주치고 나서도 자기가 미친 게 아니라고 스스로를 설득하느라 1년이 더 걸렸다. 그리고 그가 원래 기록을 조용히 빼내어 아무도 자기 발견을 베끼지 못하도록 한 것이 59년이었다. 그제야 그는 안심하고 가장 큰 문제, 즉 '이제 무엇을 할 것인가'로 주의를 전부 기울일 수 있었다.

이런 일이 자주 그러하듯이, 모든 일은 판 데르 베르흐와 직접적으로는 관계도 없는 분야에서 겉보기에는 사소한 관찰과 함께 시작되었다. 행성 공학 태스크포스 팀의 멤버인 그의 일은 가니메데의 천연 자원을 조사하고 목록으로 만드는 것이었다. 이웃에 있는 출입 금지된 위성으로 장난칠 일은 거의 없었다.

그러나 에우로파는 아무도 오랫동안 무시할 수 없는 수수께끼였다. 바로 이웃하는 위성에 살고 있을 땐 더더욱 그랬다. 에우로파는 7일마다 가니메데와 한때 목성이었던 밝은 소형 태양 사이를 지나가며 12분 동안 지속하는 일식을 만들었다. 가장 가까운 곳에서 보면 그 달은 지구에서 본 달보다 약간 작아 보였지만, 궤도 반대편에 있을 때는 더 작아져서 크기가 겨우 4분의 1로 줄었다.

일식은 장관일 때가 많았다. 가니메데와 루시퍼 사이를 미끄러져가기 직전, 새 태양의 빛이 자신이 만들어 낸 대기를 통해 굴절되면서, 에우로파는 진홍빛 불의 고리로 윤곽이 그려진 불길한 검은 원반이 되었다.

에우로파는 인간 생애의 절반도 안 되는 시간에 형태가 바뀌었다. 언제나 루시퍼를 마주 보는 쪽 반구의 얼음층은 녹아서 태양계의 두 번째 대양을 만들었다. 10년 동안 그 바다에서는 위의 진공으로 거품이 나오며 부글거리다가 마침내 평형에 도달했다. 이제 에우로파에는 얇지만 쓸 만한(인간에게는 쓸 만하지 않지만) 수증기, 황화수소, 탄소와 아황산가스, 니트로겐, 기타 여러 종류의 희귀한 가스들이 있는 대기권이 있었다. 이름이 잘못 붙어 버린 '암흑면'은 여전히 영원히 얼어 있지만, 이제 기후가 온화해지고 액체 상태의 물이 있고 섬 몇 개가 흩어져 있는 영역이 아프리카만큼 커졌다.

지구 궤도의 망원경으로 관찰된 것은 딱 이 정도였다. 완전한 규모의 탐험대가 처음 갈릴레이 위성으로 발사된 것은 2028년, 에우로파가 이미 영원한 구름 덮개로 가려진 다음이었다. 신중하게 레이더로 탐사해 보았지만 한쪽 면의 잔잔한 대양과 다른 쪽 면의 거의 마찬가지로 잔잔한 얼음 외에는 새로 드러난 사실이 별로 없었다. 에우로파는 여전히 태양계 부동산에서 가장 평평한 곳이라는 명성을 유지하고 있었다.

10년 후, 그 명성은 더 이상 사실이 아니게 되었다. 에우로파에 뭔가 급격한 사건이 일어났다. 그곳에는 이제 '황혼 지대'의 얼음에서 튀어나온, 거의 에베레스트만큼 높은 산 하나가 솟아 있었다. 이웃 이오에서 끊임없이 일어나는 화산 활동 같은 것이 이 커다란 덩어리를 하늘 쪽으로 밀고 나온 것이리라. 루시퍼가 뿜어내는 광대한 열 흐름이 그 사건의 방아쇠를 당겼을 수도 있다.

그러나 이런 뻔한 설명에는 문제가 있었다. 제우스 산은 보통 화산이 만드는 원뿔이 아니라 불규칙적인 피라미드였고, 레이더 스캔은 화산 활동의 특징인 용암의 흐름을 전혀 보여 주지 않았다. 구름이 순간적으로 흩어진 동안 가니메데의 망원경으로 찍은 조악한 사진들은 그 산이 주위의 얼어붙은 풍광과 마찬가지로 얼음으로 되어 있음을 시사했다. 해답이 무엇이든 간에, 제우스 산의 생성은 그 산이 솟아오른 세계에 트라우마가 된 경험이었다. 왜냐하면 '암흑면'의 조각난 얼음덩이들이 고르지 못하게 바닥에 깔린 패턴 전체가 완전히 바뀌었기 때문이다.

어느 개성 있는 과학자가 제우스 산은 '우주의 빙산'이라는 이론을 내세웠다. 즉 우주에서 에우로파로 떨어진 혜성의 파편이라는 것이다. 운석을 맞은 칼리스토가 머나먼 옛날에 그런 폭격이 일어났다는 것을 충분히 증명해 주었다. 안 그래도 식민지 이주 지망자들이 해결해야 할 문제가 넘쳐나는 가니메데에서 그 이론은 매우 인기 없었다. 판 데르 베르흐가 그 이론을 설득력 있게 반박했을 때 주민들은 매우 안도했다. 판 데르 베르흐에 따르면, 그런 크기라면 어떤 얼음덩이도 충돌로 부서진다는 것이다. 부서지지 않는다고 해도, 에우로파의 중력(강하지는 않지만) 때문에 재빨리 붕괴해 버렸으리라는 것이다. 레이더로 측량한 결과, 제우스 산은 아주 천천히 가라앉고 있지만, 전체적 형태는 전혀 바뀌지 않고 그대로였다. 얼음 때문은 아니었다.

물론 그 문제는 탐사구 하나만 에우로파의 구름 사이로 보내면 해결될 수 있었다. 불행히도, 그 영원히 뒤덮인 구름 아래 무엇이 있는지는 몰라도 그것이 호기심을 해결하라고 용기를 북돋워 주지 않았다.

이 모든 행성들은 에우로파를 제외하고는 당신들 것입니다.

에우로파에는 착륙을 시도하지 말길.

우주선 디스커버리 호가 파괴되기 직전 쏘아 보낸 마지막 메시지는 아무도 잊지 않았지만, 그것을 어떻게 해석할 것이냐는 끝없는 논쟁거리였다. '착륙'이란 로봇 탐사선까지 언급한 것인가, 아니면 사람이 탑승한 선체만 말한 것인가? 유인 비행이건 무인 비행이건 상관없이 다 안 되는 걸까? 가까운 접근 비행은 어떨까? 아니면 위쪽 대기에 풍선을 띄우는 것은?

과학자들은 결과를 알아내고 싶어 안달이었으나, 일반 대중은 눈에 띄게 두려워했다. 태양계에서 가장 큰 행성을 폭발시킬 수 있는 힘이라면, 어떤 힘이든 거기에 장난을 쳐서는 안 되는 것이다. 게다가 이오, 가니메데, 칼리스토, 그 외 수십 개의 작은 위성들을 탐사하고 개발하는 데도 여러 세기가 걸릴 것이다. 에우로파는 미뤄 둘 수 있었다.

그래서 판 데르 베르흐는 가니메데에서 해야 할 일이 이렇게 많을 때 실용적 중요성이 없는 연구에 귀중한 시간을 낭비하지 말라는 말을 여러 번 들었다.("수경 재배 농장에 쓸 탄소, 인, 질산염을 어디서 찾을 수 있을까요? 바너드 절벽은 얼마나 안정적입니까? 프리지아의 진흙 더미가 더 흘러내리면 위험하지 않을까요?" 기타 등등.) 그러나 그는 자신의 보어인 선조들에게 불굴의 의지를 물려받았다. 수많은 다른 프로젝트를 하면서도, 그는 어깨 너머로 계속 에우로파를 쳐다보고 있었다.

그리고 어느 날, 겨우 몇 시간이었지만, '암흑면'에서 불어온 돌풍에 제우스 산 주변의 하늘이 맑아졌다.

수송

"나도 가진 것을 전부 두고 떠나리……."

저 구절은 어느 기억의 심연에서 표면으로 떠올라 왔을까? 헤이우드 플로이드는 눈을 감고 과거에 집중해 보려고 했다. 확실히 시의 구절이었다. 그리고 그는 대학을 나온 뒤로 시를 한 줄도 읽지 않았다. 대학 시절에도 영문 감상 세미나 때 잠깐 동안을 제외하면 거의 읽지 않았다.

단서가 더 없으면 영문학 전체에서 그 한 행을 찾는 데 기지의 컴퓨터를 한동안, 어쩌면 10분 넘게 써야 할지도 몰랐다. 그러나 그렇게 되면 비용이 많이 드는 것은 말할 필요도 없고, 커닝이 될 것이다. 플로이드는 지적 도전을 받아들이는 편이 더 좋았다.

물론 전쟁 시였다. 하지만 어떤 전쟁이지? 20세기에는 전쟁이 아주 빈번했다.

플로이드가 여전히 마음의 안갯속을 헤매며 찾고 있는 동안, 손님들이 도착했다. 손님들은 오랫동안 6분의 1 중력에 거주한 사람들답게 힘들이지 않고 우아한 슬로모션으로 움직였다. 파스퇴르 공동체는 소위 '원심성 계층화'에 강하게 영향을 받았다. 어떤 사람들은 절대 허브의 무중력 상태를 벗어나려 하지 않았지만, 언젠가는 지구에 돌아가려고 하는 사람들은 천천히 회전하는 원반 가장자리 부분의 정상에 가까운 무게 체제를 더 좋아했다.

조지와 제리는 현재 플로이드의 가장 오래되고 가까운 친구들이었다. 그들에게는 뚜렷한 공통점이 아주 적었기 때문에, 그것은 놀라운 일이었다. 자신의 기복이 심한 감정적 사회생활(결혼 두 번, 공식적 계약 세 번, 비공식적 계약 두 번, 세 아이)을 뒤돌아보면서 플로이드는 그들이 맺은 장기간의 안정적 관계를 부러워했다. 그 안정성은 지구나 달에서 때때로 그들을 방문하는 '조카'들에게 전혀 영향을 받지 않는 것 같아 보였다.

"자네들 한 번이라도 이혼을 생각해 본 적 있나?"

한번은 플로이드가 놀리듯이 물어본 적이 있었다.

보통 때와 마찬가지로 조지는 전혀 말문이 막히지 않았다. 곡예같지만 심원하고 진지한 그의 지휘는 클래식 오케스트라의 재유행에 크게 기여했다. 그가 재빨리 대답했다.

"이혼은 절대. 살인은 자주 생각하지만."

"물론 완전 범죄는 안 되겠지. 세바스찬이 말해 버릴 테니까."

제리가 비꼬았다.

세바스찬은 그 커플이 병원 당국과 긴 싸움을 한 끝에 들여온 아름답고 말 많은 앵무새였다. 그 새는 말을 할 뿐만 아니라 시벨리우스 바이올린 콘체르토의 도입부 소절을 노래할 수 있었다. 제리는 그 곡과 안토니오 스트라디바리의 도움으로 반세기 전에 명성을 쌓았다.

이제 조지, 제리, 세바스찬에게 작별 인사를 할 시간이었다. 어쩌면 겨우 몇 주 동안의 작별이고, 어쩌면 영원한 작별이었다. 플로이드는 이미 기지의 와인 저장고를 거덜 낼 정도로 여러 번 파티를 해서 다른 사람에게는 모두 작별 인사를 했고, 끝내지 않은 일은 없는 것 같았다.

초기 모델이지만 아직 완벽하게 쓸 만한 컴섹인 아치는 들어오는 메시지에 적당한 답변을 보내거나, 긴급하거나 개인적인 메시지는 유니버스 호에 탄 그에게 전송하거나 해서 메시지를 전부 처리하도록 프로그램되어 있었다. 이렇게 세월이 흘렀는데도 그가 원하는 사람과는 이야기할 수 없다고 생각하니 이상한 일이었다. 그 대가로 그도 원하지 않는 전화를 피할 수 있지만 말이다. 항해가 며칠 지나면, 우주선이 지구에서 멀어져 실시간 대화는 불가능해졌고, 통신은 전부 녹음된 목소리나 텔레텍스트(화면과 자막을 제공하는 방송 —옮긴이)로 이루어져야 했다.

"자넨 우리 친구인 줄 알았는데 우리를 자네의 유언 집행자로 삼아 버리다니 더러운 속임수야. 게다가 우리에게 아무것도 안 남길 거면서."

조지의 불평에 플로이드가 웃었다.

"자네들이 놀랄 거리가 몇 가지 있을지도 모르지. 하여간 세부 사항은 아치가 알아서 할 거야. 아치가 이해하지 못하는 게 있을 경우를 대비해서 내 메일만 모니터해 줘."

"아치가 이해하지 못하면 우리도 못 할 거야. 우리가 자네의 과학 공동체나 과학 종류의 헛소리에 대해 뭘 알겠나?"

"그 사람들은 자기들이 알아서 할 수 있어. 내가 없는 동안 청소 직원이 물건을 너무 심하게 어지르지 않게 봐 줘. 내가 돌아오지 않는다면…… 전하고 싶은 개인적인 물건이 몇 가지 있어. 주로 가족들에게 가는 거야."

가족! 가족과 살면서 겪어 온 일에는 기쁨도 있었지만 고통이 있었다.

매리언이 비행기 사고로 죽은 지 63년이 되었다. 63년! 그때 느꼈던 슬픔을 기억해 낼 수도 없었기 때문에 죄책감이 가슴을 찔렀다. 기억한다고 해도 기껏해야, 그 슬픔은 진짜 기억이 아니라 인공으로 재건축된 기억이었다.

그녀가 아직 살아 있었다면 그들은 서로에게 어떤 의미였을까? 그녀는 지금쯤 겨우 100살이었을 것이다…….

그리고 그가 한때 그토록 사랑했던 두 어린 소녀는 이제 자기 아이들과 손자들이 있는 60대 후반의 상냥한 회색 머리 이방인들이었다. 마지막으로 세어 보았을 때 그쪽 가족은 아홉 명이었다. 아치가 도와주지 않으면 그는 그들의 이름을 기억해 낼 수도 없었다. 그러나 최소한 그들은 크리스마스 때마다 그를 기억했다. 애정 때문에라도, 아니면 의무감 때문에라도.

두 번째 결혼은 중세 양피지에 적힌 글씨를 지우고 다시 쓰는 것처럼 첫 번째 결혼의 기억 위에 겹쳐졌다. 그 결혼도 50년 전 지구와 목성 사이의 어딘가에서 끝났다. 그는 아내와 아들과 화해하고 싶었지만, 사고가 나서 파스퇴르로 가기 전 열린 온갖 환영식 사이에 딱 한 번 그들을 잠깐 만날 시간밖에 없었다.

그 만남은 성공적이지 못했다. 상당한 비용과 어려움을 치르고 우주 병원에서 가진 두 번째 만남도 그랬다. 사실, 바로 이 방에서였다. 크리스는 그때 갓 결혼한 스무 살 젊은이였다. 플로이드와 캐롤라인이 마음이 맞은 것 한 가지가 있다면, 크리스의 결정이 못마땅하다는 것이었다.

그러나 알고 보니 헬레나는 매우 좋은 사람이었다. 그녀는 결혼하고 겨우 한 달 후에 태어난 크리스 2세에게 좋은 어머니였다. 그리고 다른 많은 젊은 아내들처럼 '코페르니쿠스 재앙' 때문에 홀몸이 되었을 때에도, 그녀는 분별을 잃지 않았다.

매우 다른 방식이기는 하지만 크리스 1세와 크리스 2세 둘 다 우주에 아버지를 잃어버렸다는 사실에는 기이한 아이러니가 있었다. 플로이드는 여덟 살짜리 아들에게 완전한 이방인이 되어 잠깐 되돌아왔다. 그래도 크리스 2세는 적어도 태어나서 열 살 때까지는 아버지와 함께 살았다.

그런데 크리스는 요즘 어디 있는 걸까? 이제 가장 절친한 친구가 된 캐롤라인과 헬레나도 그가 지구에 있는지 우주에 있는지 모르는 것 같았다. 그러나 그것은 흔한 일이었다. 가족들은 크리스가 처음으로 달 방문을 한 것도 '클라비우스 기지'의 날짜 도장이 찍힌 엽서들을 받고서야 알았다.

플로이드에게 온 카드는 여전히 책상 위 눈에 잘 띄는 곳에 테이프로 붙어 있었다. 크리스 2세는 유머 감각도, 역사 감각도 좋았다. 그는 할아버지에게 그 유명한 석판 사진을 부쳤다. 반세기도 더 된 과거에 티코 발굴지에서 우주복을 입은 사람들이 주위에 모인 가운데 우뚝 솟아 있는 사진이었다. 사진 속 다른 사람들은 이제 모두 죽었고, 석판은 더 이상 달에 있지 않았다. 많은 논쟁을 거친 후 2006년에 사람들은 그것을 지구로 가져와 국제연합 광장에 다시 세웠다. 인류가 더 이상 혼자가 아님을 일깨워 주려는 의도였다. 5년 후 루시퍼가 하늘에서 활활 타오르자, 그 사실을 일깨워 줄 기념물은 필요 없어졌다.

카드를 봉투째로 주머니에 집어넣는 플로이드의 손가락이 떨렸다. 때때로 그의 오른손이 멋대로 움직이는 것 같았다. 그가 유니버스 호에 탈 때 가져갈 개인 소지품은 그것이 전부일 것이다.

"25일이라, 자네가 없어진 줄도 모르게 갔다 오겠군. 그건 그렇고, 정말로 디미트리를 우주선에 태울 거야?"

제리가 묻자 조지가 코웃음 쳤다.

"그 꼬마 코사크! 내가 22년에 그의 두 번째 교향곡을 지휘했지."

"제1 바이올린이 라르고를 연주하다가 토한 게 그때 아니었어?"

"아니, 그건 미하일로비치가 아니라 말러였어. 그리고 그건 금관악기였기 때문에 아무도 눈치채지 못했어. 그 불운한 튜바 연주자만 빼놓고. 그 사람은 다음 날 자기 악기를 팔아 버리더군."

"다 꾸며낸 말이지!"

"당연하지. 하지만 그 늙은 악당에게 내가 사랑한다고 전해 줘. 그리고 우리가 비엔나에서 보낸 그날 밤을 기억하냐고 물어봐. 또 누구를 우주선에 태운댔지?"

"언론인 패거리들을 뽑았다는 소문이 무시무시하던데."

제리가 생각에 잠겨 말했다.

"엄청난 과장이야. 그건 장담할 수 있어. 나를 포함해서 모두들 로렌스 경이 개인적으로 뽑은 거야. 지성, 위트, 아름다움, 카리스마, 아니면 그걸 보충하는 다른 미덕들 때문에."

"소모품이어서 그런 건 아니고?"

"음, 자네가 말을 했으니 말인데, 우리는 모두 상상할 수 있는 온갖 법적 책임에서 청 우주항공사를 면책하겠다는 우울한 법률 서류에 서명해야 했어. 하여간 내 서류는 저 파일에 들어 있어."

"우리가 거기서 뭘 받을 가능성은 없는 거야?"

조지가 희망을 갖고 물었다.

"없어. 내 변호사들은 그게 철통같은 계약이래. 청은 나를 핼리 혜성에 데려갔다 데려오고, 음식과 물과 공기와 전망 좋은 방을 주기로 했어."

"그 대가로는?"

"돌아와서 나는 최선을 다해 앞으로 있을 여행을 홍보하고, 비디오 몇 편에 출연하고, 칼럼 몇 편을 써야 해. 일생에 한 번 있는 기회인데, 이 정도면 적절하지. 아 맞아, 동료 승객들을 즐겁게 해 줘야 해. 동료 승객들도 나를 즐겁게 해 줘야 하고."

"어떻게? 춤추고 노래라도 하나?"

"음, 자리를 뜰 수 없는 청중들에게 내 회고록에서 고른 부분들을 읽어 주며 괴롭혀 주고 싶은데. 하지만 전문가들과 경쟁할 수는 없을 거야. 자네들 이바 멀린이 탄다는 거 알아?"

"뭐라고! 어떻게 그녀를 파크 애비뉴의 독방에서 꾀어낸 거지?"

"하지만 그 여자는 100살 하고도……, 아얏, 미안, 헤이."

"그녀는 일흔이야, 플러스 마이너스 다섯 살."

"마이너스 쪽은 잊어버려. 「나폴레옹」이 나왔을 때 난 겨우 어린 아이였다고."

세 사람이 각자 그 유명한 작품에 대한 기억을 훑는 동안 긴 침묵이 흘렀다. 어떤 비평가들은 스칼렛 오하라가 그녀가 맡았던 가장 뛰어난 역할이라고 생각하지만, 일반 대중에게 이바 멀린(사우스웨일스의 카디프에서 태어나 결혼 전 이름은 이블린 마일스)은 여전히 조세핀으로 보였다. 거의 반세기 전, 데이비드 그리핀의 논쟁적인 장편 서사 영화는 프랑스인들을 기쁘게 했지만 영국인들을 격분시켰다. 하지만 이제는 양쪽 다 그가 가끔 예술적 충동 때문에 역사적 사실을 무시해 버렸다는 것에 동의했다. 특히 마지막에 웨스트민스터 수도원에서 황제가 대관식을 올리는 화려한 장면이 그랬다.

"그거 로렌스 경에게 아주 놀라운 소식이겠구먼."

조지가 생각에 잠겨 말했다.

"그 일에는 내가 어느 정도 인정받을 부분이 있다고 생각해. 이바의 아버지는 천문학자였고, 한때 내 밑에서 일했어. 그리고 이바는 언제나 과학에 아주 흥미를 느꼈지. 그래서 내가 영상 통화를 몇 번 했어."

헤이우드 플로이드는 인류의 상당수처럼 자기도 「바람과 함께 사라지다 2」에 이바가 출연했을 때부터 그녀에게 빠져 버렸다고 덧붙일 필요를 느끼지 않았다.

플로이드는 말을 계속했다.

"물론 로렌스 경은 기뻐했지. 하지만 나는 그녀가 천문학에 보통이 넘는 흥미를 지녔다고 경을 설득해야 했어. 안 그러면 항해가 사교적 재난이 될 수도 있을 테니까."

"그 말을 하니까 떠오르는군. 우리도 자네에게 작은 선물을 준비했어."

조지가 등 뒤에 별로 잘 숨겨 놓지 못한 작은 선물을 꺼내 놓으며 말했다.

"지금 열어 봐도 돼?"

"저 사람이 그래도 될까?"

제리가 초조하게 물었다.

"이러면, 난 반드시 열어 보겠어."

플로이드는 밝은 녹색 리본을 풀고 종이를 벗기면서 말했다.

그 안에는 멋진 액자에 든 그림이 있었다. 플로이드는 미술에 대해 거의 모르지만 그 그림은 전에 본 적이 있었다. 정말이지, 누가 그 그림을 잊을 수 있겠는가?

파도에 희롱당하고 있는 급조된 뗏목에는 반쯤 벗은 조난자들이 득시글댔다. 어떤 사람들은 이미 빈사 상태였고, 다른 사람들은 수평선에 뜬 배에 필사적으로 손을 흔들고 있었다. 그림 아래에 제목이 있었다.

메두사 호의 뗏목

(테오도르 제리코, 1791~1824)

그리고 그 아래에 조지와 제리가 쓴 메시지가 있었다. '가는 길이 재미의 절반이지.'

"이 한 쌍의 악당들 같으니라고. 난 자네들이 정말 좋아."

플로이드는 그들 양쪽을 다 껴안으며 말했다. 아치의 키보드 위에 있는 '주목' 신호가 힘차게 번쩍이고 있었다. 이제 갈 시간이었다.

친구들은 말보다 더 웅변적인 침묵 속에서 떠났다. 헤이우드 플로이드는 거의 반생 동안 그의 우주였던 작은 방을 돌아보았다.

갑자기 그는 그 시가 어떻게 끝나는지 기억해 냈다.

"나는 행복했노라. 이제 행복하게 가노라."

우주선단

로렌스 청 경은 감상적인 사람이 아니었고, 매우 국제적인 사람이어서 애국심 같은 감정을 진지하게 받아들이지 않았다. 대학생 시절에는 제3 문화혁명 때 닳은 인조 돼지 꼬리를 잠깐 달고 다닌 적이 있긴 했지만. 그러나 첸 호의 비극을 다룬 프로그램이 플라네타리움에서 다시 상영되자 그는 깊이 감동했고, 그의 엄청난 영향력과 에너지의 많은 부분을 우주에 집중하게 되었다.

오래지 않아 그는 달로 주말여행을 갔고, 끝에서 두 번째 아들인 찰스(3200만 솔의 자식)를 청 우주화물운송의 부사장으로 임명했다. 새 회사에는 겨우 캐터펄트 발진식 수소 연료 램 로켓 두 대밖에 없었다. 그나마 로켓 연료를 뺀 상태의 무게가 1000톤도 안 되는 것들이었다. 그 로켓들은 곧 구식이 되겠지만, 찰스에게는 이런 경험이 몇십 년 안에 필요해질 거라고 로렌스 경은 확신했다. 마침내 우주

시대가 진정으로 시작될 찰나이기 때문이다.

라이트 형제에서 값싼 대량 항공 운송이 도래할 때까지 걸린 시간은 반세기에 지나지 않았다. 태양계가 훨씬 더 큰 도전을 맞기까지는 두 배의 시간이 걸렸다.

그러나 1950년대 루이스 알바레스와 그의 팀이 뮤온 촉매 융합을 발견했을 때, 그것은 이론적인 흥미만 자극하는, 실험실의 감질 나는 호기심에 지나지 않는 것 같았다. 위대한 러더퍼드 경이 원자력이 가진 전망을 비웃었던 것과 마찬가지로, 알바레스도 '저온 핵융합'이 실용적으로 중요해질지 의심했다. 사실, 2040년이 되어서야 안정적인 뮤온-수소 '화합물'이 예상치 않게 우연히 대량생산되면서 인류사의 새 장이 열렸다. 중성자의 발견이 원자력 시대를 연 것과 마찬가지였다.

이제 최소한의 차폐물만 있으면 휴대할 수 있는 작은 핵 발전소를 만들 수 있었다. 이미 재래식 핵융합에 엄청난 투자가 이루어졌지만, 세계의 전자 공공시설은 (처음에는) 영향을 받지 않았다. 그러나 우주여행에 준 영향은 즉각적이었다. 그 영향은 100년 전 제트 혁명이 항공 화물 운송에 끼친 영향에나 비견할 수 있을 것이다.

더 이상 에너지를 제한받지 않는 우주선은 훨씬 더 빠른 속도를 낼 수 있었다. 태양계 비행 시간은 이제 연이나 월 단위가 아니라 주 단위로 잴 수 있었다. 그러나 뮤온 구동기는 여전히 반작용 장치, 즉 원칙상으로는 화학적 연료를 쓰는 선조들과 다르지 않은 복잡한 로켓이었다. 로켓에 추진력을 주려면 작동 유체가 필요했고, 모든 작동 유체 중에서 가장 싸고 깨끗하고 편리한 것은 맹물이었다.

태평양 우주 공항에서는 이 유용한 물질이 떨어질 것 같지 않았다. 하지만 그다음 기항지인 달에서는 사정이 달랐다. 서베이어, 아폴로, 루나 계획에서는 물의 흔적도 발견되지 않았다. 달에 물이 조금 있었다고 해도, 영겁에 달하는 시간 동안 유성 폭격이 그 물을 끓여 우주로 뿌려 버렸을 것이다.

최소한 달 학자들은 그렇게 믿었다. 그러나 갈릴레오가 최초의 망원경을 달로 돌리자 그 반대되는 단서들이 눈에 띄기 시작했다. 어떤 달 산맥은 일출 후 몇 시간 동안 꼭대기가 눈으로 뒤덮인 듯이 밝게 반짝였다. 가장 유명한 것은 장대한 크레이터 아르타르코스의 가장자리였다. 현대 천문학의 아버지 윌리엄 허셜은 달의 밤에 그곳이 아주 밝게 빛나는 것을 관찰하고 분명히 그곳은 활화산이라고 판단했다. 그의 생각은 틀렸다. 그가 본 것은 지구의 빛이 얼어붙을 듯 차가운 어둠 속에서 300시간 동안 응축된 얇고 투명한 서리층에 반사된 것이었다.

아르타르코스로부터 구불구불 흘러 나가는 물결 모양의 협곡인 슈뢰터의 골짜기 아래에서 발견된 거대한 얼음 매장층은 우주 비행의 경제학을 완전히 바꾸어 놓을 방정식의 마지막 인수였다. 달은 딱 필요한 곳에, 즉 행성들로 가는 기나긴 길이 시작하는 지구 중력장 제일 바깥쪽 경사지 위쪽 높은 곳에 주유소가 되어 줄 수 있었다.

청 선단의 첫 우주선 코스모스 호는 지구-달-화성으로 화물과 승객을 운반하도록 설계되었다. 그리고 10여 개의 기구와 정부 들 사이의 복잡한 거래를 거쳐, 아직도 실험적인 뮤온 구동기의 시험 비행선으로 만들어졌다. '비의 바다' 조선소에서 건조된 그 우주선에는 유상하중(배나 비행기의 유료 승객과 화물 —옮긴이)이 0일 때 달에서 간신히 이륙할 수 있는 추진력만 있었다. 그 우주선은 궤도에서 궤도로 다니며 어떤 세계의 표면에도 내려앉지 않을 것이다. 언론의 관심을 끄는 데 재능이 있는 로렌스 경은 그 우주선이 스푸트니크 1호 발사 100주년 기념일인 2057년 10월 4일에 첫 항해를 시작하도록 준비했다.

2년 후 코스모스 호는 자매 우주선과 만났다. 갤럭시 호는 지구-목성 구간을 운항하도록 설계되었고, 유상하중을 상당히 희생시켜야 하긴 하지만, 목성의 어떤 위성까지도 곧장 기동할 수 있을 정도로 충분한 추진력이 있었다. 필요하다면 수리를 받기 위해 달 정박지로 돌아갈 수도 있었다. 그 우주선은 단연코 인간이 만든 것 중 가장 빠른 탈것이었다. 만약 추진 연료 전체를 오르가즘 같은 단 한 번의 가속으로 불태운다면, 우주선은 1초에 1000킬로미터의 속도를 낼 것이고 지구에서 목성까지 일주일 만에 갈 수 있을 것이다. 가장 가까운 별까지는 딱 1만 년 걸릴 테다.

선단의 세 번째 우주선, 로렌스 경의 자랑이자 기쁨인 유니버스 호는 두 자매의 건조 과정에서 터득한 모든 지식을 구현하고 있었다. 그러나 유니버스 호는 비행 위주로 만들어진 것이 아니었다. 그 우주선은 처음부터 곧장 태양계의 보석인 토성으로 날아가는, 우주의 길을 유람할 수 있는 최초의 여객선으로 설계되었다.

로렌스 경은 유니버스 호의 첫 항해가 훨씬 더 극적으로 보이도록 계획했으나, 건조가 지연되었다. 개량 트럭 운전자 노조의 달 지부와 분쟁이 생기는 바람에 그의 스케줄이 망쳐졌다. 2060년이 끝날 때까지 몇 달 동안 첫 비행 테스트를 하고 로이드 보험사에서 증명서를 교부받을 시간밖에 없을 테고, 그다음 유니버스는 핼리 혜성과 랑데부를 하기 위해 지구 궤도를 떠나야 했다. 매우 아슬아슬한 상황이었다. 아무리 로렌스 청 경이라고 해도, 핼리 혜성은 기다려 주지 않을 테니까.

제우스 산

측량 위성 에우로파 6호는 거의 15년 동안 궤도에 떠 있었고 이제 설계 수명을 한참 넘어섰다. 그것을 다른 위성으로 대치해야 하는가는 가니메데의 작은 과학 기관에서 상당한 논쟁 주제였다.

그것은 데이터 수집 기구가 보통 갖고 있는 수집품들에 더해, 이제 사실상 쓸모없는 이미지 시스템을 싣고 있었다. 여전히 완벽하게 작동하기는 했지만, 보통 에우로파에서 보이는 것이라곤 흩어지지 않는 구름의 전경뿐이었다. 혹사당하는 가니메데의 과학 팀은 일주일에 한 번 그 기록을 퀵 룩 모드로 스캔한 다음 미가공 데이터를 지구로 쏘아 보냈다. 에우로파 6호가 기한을 다하고 그 재미없는 기가바이트의 흐름이 마침내 말라 버리면 차라리 마음이 놓일 터였다.

그런데 몇 년 만에 처음으로 뭔가 흥미로운 것이 보였다.

"궤도 71934. 암흑면에 들어와서 제우스 산을 똑바로 향하고 있어요. 하지만 다음 10초 동안은 아무것도 보이지 않을 겁니다."

최근의 데이터 덤프(저장된 데이터의 복사판 혹은 복사 데이터 — 옮긴이)를 검토하자마자 판 데르 베르흐를 부른 부장 천문학자가 말했다.

화면은 완전히 검었지만 판 데르 베르흐는 1000킬로미터 아래 구름 이불 밑에서 흘러가고 있는 얼어붙은 풍경을 상상할 수 있었다. 몇 시간 후면 아득히 먼 태양이 그곳을 비출 것이다. 에우로파는 지구 날짜로 7일에 한 번씩 자전하기 때문이다. 절반 정도 되는 시간 동안 열은 없어도 충분한 빛이 있었기 때문에 그곳은 '암흑면'이 아니라 사실 '황혼 지대'라고 불러야 했다. 그렇지만 그 부정확한 이름은 감정적인 타당성을 지니고 있었기 때문에 그대로 굳어졌다. 에우로파는 일출은 알고 있었지만, 루시퍼출(出)은 결코 알지 못했다.

이제 일출이 다가오고 있었다. 탐사구가 달리기 때문에 1000배나 빠른 속도였다. 어둠 속에서 지평선이 나타나면서, 희미하게 빛을 발하는 끈이 화면을 이등분하고 있었다.

빛이 어찌나 갑작스럽게 폭발했던지 판 데르 베르흐는 원자탄이 내뿜는 환한 빛 속을 들여다보고 있나 보다고 생각할 정도였다. 몇 분의 1초 만에 그 빛은 무지개의 모든 색채로 번져 나가더니, 해가 산 위로 뛰어오르면서 순백색이 되었다. 다음 순간 자동 필터가 회로를 차단하면서 모든 것이 사라졌다.

"저게 전부입니다. 아쉽게도 그때 근무 중인 오퍼레이터가 없었어요. 있었다면 카메라를 아래로 돌려 찍으면서 우리가 살펴볼 수 있게 산을 잘 보여 주었을 텐데요. 하지만 당신이 보면 좋아할 줄 알았어요. 이게 당신 이론이 틀렸다는 걸 입증한다고 해도 말이죠."

"어떻게요?"

판 데르 베르흐는 화가 나기보다는 어리둥절해서 물었다.

"슬로모션으로 살펴보면 내가 무슨 말을 했는지 알게 될 거예요. 저 아름다운 무지개 효과는 대기권에서 일어난 게 아니에요. 산 그 자체가 일으킨 겁니다. 얼음만 그런 효과를 만들 수 있어요. 아니면 유리나……, 거의 있을 법하지 않은 일이지만요."

"불가능하지는 않아요. 화산에서는 천연 유리가 생성되니까……. 하지만 그건 보통 검은색이죠……. 당연하지!"

"예?"

"어……. 데이터를 자세히 훑어보기 전엔 뭐라고 말하지 않겠어요. 하지만 내 추측으로는 수정일 겁니다. 투명 석영. 그걸로 아름다운 프리즘과 렌즈를 만들 수 있죠. 더 관찰할 가능성은 없나요?"

"없는 것 같습니다. 저건 순전히 행운이었어요. 해와 산, 카메라가 모두 딱 알맞은 순간에 줄지어 있었던 겁니다. 1000년 동안 다시 일어나지 않을 일이에요."

"하여간 고마워요. 나한테 복사본 하나 보내 줄 수 있어요? 서두를 필요는 없어요. 난 페린(달의 크레이터 ―옮긴이)으로 현지 조사 여행을 갈 테니, 돌아와서나 볼 수 있을 겁니다."

판 데르 베르흐는 약간 미안해하는 웃음을 잠깐 짓고는 덧붙였다.

"당신도 알겠지만 저게 진짜 수정이라면, 한몫 단단히 잡을 수 있을 겁니다. 우리 국제 수지 문제가 풀릴지도 모르죠……."

그러나 그건 물론 순전한 판타지였다. 에우로파가 어떤 놀라운 보물을 숨기고 있다고 하더라도, 디스커버리 호의 마지막 메시지는 인류가 그곳에 접근하지 못하게 금지했다. 50년이 지났다고 그 차단 조치가 해제될 거라는 조짐은 없었다.

바보들의 배

항해를 시작하고 처음 48시간 동안 헤이우드 플로이드는 유니버스 호 선상의 엄청나게 화려한 생활 방식을 정말이지 믿을 수가 없었다. 이렇게 안락하고 널찍한 공간을 누릴 수 있다니. 그러나 동료 승객들은 대부분 그것을 당연하게 받아들였다. 전에 한 번도 지구를 떠나 본 적이 없는 사람들은 우주선이란 전부 이런 줄로 알았다.

플로이드는 어떤 것이 맞는지 제대로 된 시각에서 보기 위해 항공학의 역사를 돌이켜보아야 했다. 살면서 그는 뒤에서 작아지고 있는 행성의 하늘에서 일어났던 혁명을 목격, 아니 경험했다. 투박한 그 옛날 레오노프 호와 세련된 유니버스 호 사이에는 정확히 50년이 놓여 있었다. 감정적으로는 믿어지지 않았지만, 숫자와 논쟁해 봤자 쓸모없는 일이다.

그리고 라이트 형제와 첫 번째 제트 여객기 사이에 놓인 것도 겨우 50년이었다. 그 반세기의 시작에는 두려움을 모르는 비행사들이 탁 트인 의자에 앉아 고글을 쓰고 강한 바람에 몸을 드러낸 채 비행장에서 비행장으로 휙휙 날아다녔다. 그 끝에는 대륙 사이를 시속 1000킬로미터로 날아가는 비행기에 할머니들이 평화로이 잠들어 있었다.

그러니 그는 자신의 사치스러운 개인실과 우아한 실내장식에, 혹은 그것을 깔끔하게 유지해 줄 스튜어드가 있다는 사실에 놀라지 않았어야 할 것이다. 그의 스위트룸에서 가장 놀라운 특징은 넓은 창이 있다는 점이었다. 처음에는 그 창이 한시도 늦춰지지 않는 우주의 진공에 맞서 몇 톤의 기압을 버티고 있다는 생각에 마음이 아주 불편했다.

미리 인쇄물을 보고 마음의 준비를 했지만 그가 가장 놀랐던 것은 중력의 존재였다. 유니버스 호는 항로 중간 몇 시간 동안 적하와 재적하를 하는 때만 제외하고 계속 가속하면서 항해하도록 만들어진 최초의 우주선이었다. 우주선의 거대한 추진 연료 탱크에 5000톤의 물이 완전히 실리면 지구 중력의 10분의 1이 만들어졌다. 대단한 중력은 아니지만, 느슨한 물건들이 둥둥 떠다니지 못하게 하는 데는 충분했다. 이건 특히 식사 시간에 편리한 일이었다. 승객들이 수프를 너무 힘차게 젓지 않는 법을 배우는 데는 며칠 걸렸지만.

지구에서 떠난 지 48시간 되었을 때, 유니버스 호의 승객들은 이미 네 개의 뚜렷한 계층으로 세분화되어 있었다.

가장 귀족인 계층은 스미스 선장과 항해사들이었다. 그다음은 승객들이었다. 그다음은 선원들, 즉 임관되지 않은 선원과 스튜어드들이었다. 마지막은 삼등 선실……

다섯 명의 젊은 우주 과학자들은 자신들을 '삼등 선실'이라 불렀다. 처음에는 농담이었지만 나중에는 어느 정도 쓸쓸함이 담기게 되었다. 임시방편으로 만들어진 비좁은 그들의 숙소와 자신의 호화로운 선실을 비교하면서, 플로이드는 그들의 마음을 알 수 있었다. 곧 플로이드는 그들의 불만을 선장에게 전하는 전달자가 되었다.

그러나 모든 사정을 고려하면 그들은 투덜거릴 일이 별로 없었다. 황급히 출항 준비를 할 때는 그들과 그들의 장비가 들어갈 시설이 있을지 없을지도 아슬아슬했다. 지금은 혜성이 태양을 돌고 다시 한번 태양계 경계 밖으로 떠나기 전의 중요한 며칠 동안, 그들은 혜성에 기구를 배치할 일만 고대하면 되었다. 과학 팀원들은 이 항해를 통해 자기들의 명성을 쌓을 수 있었고, 자기들도 그 사실을 알고 있었다. 기진맥진한 순간들이나, 기기 장비들이 잘못 작동해 분노를 터뜨리는 순간에만 그들은 시끄러운 환기 시스템, 폐소 공포증에 걸릴 것 같은 선실, 때때로 알 수 없는 곳에서 풍겨 나오는 이상한 냄새에 대한 불평을 시작했다.

그러나 결코 음식에 대해서는 불평하지 않았다. 음식은 모든 사람이 매우 훌륭하다고 생각했다. 선장이 그들에게 장담했다.

"다윈이 비글 호에서 먹던 것보다 훨씬 좋습니다."

그 말에 빅터 윌리스가 재빨리 쏘아붙였다.

"다윈이 어떻게 알겠소? 그리고 어쨌든 비글 호 지휘관은 영국에 돌아가서 다윈 모가지를 잘랐다고요."

빅터다운 말이었다. 빅터는 아마 행성에서 가장 잘 알려진 과학

커뮤니케이터(그의 팬들에게는)이거나 팝 과학자(마찬가지로 셀 수 없이 많은 비방자들에는. 그 비방자들을 적이라고 부르는 것은 불공평했다. 때때로 마지못해 그의 재능이 보편적으로 통한다는 데 찬탄하곤 했으니까.)일 것이다. 그의 부드러운 태평양 중부 지역 억양과 카메라에 대고 하는 커다란 몸짓은 널리 패러디되었고, 긴 턱수염이 다시 유행한 것은 완전히 그의 공(혹은 과)이라고 여겨졌다. 비평가들은 "그렇게 털을 많이 기르는 사람은 숨길 것이 많아 그렇겠지."라고 말하기를 좋아했다.

확실히 여섯 VIP 중 제일 먼저 알아볼 수 있는 사람은 빅터였다. 이제 자신을 명사라고 치지 않는 플로이드는 언제나 아이러니하게 그들을 '그 유명한 다섯 명'으로 불렀지만. 이바 멀린은 드물게 아파트에서 나오는 경우 눈에 띄지 않고 파크 애비뉴를 걸을 수 있을 때가 많았다. 디미트리 미하일로비츠는 평균 신장에서 넉넉히 10센티미터는 작았다. 그는 그것에 상당히 짜증을 냈다. 그것은 진짜건 합성이건 그가 1000피스 오케스트라를 좋아하는 이유를 설명하는 데는 도움이 되겠지만, 그의 대중적 이미지를 개선시키지는 않았다.

지구에 돌아가면 확실히 달라지겠지만, 클리퍼드 그린버그와 마거릿 음발라도 '유명하지만 잘 알려지지 않은 사람' 범주에 들어갔다. 수성에 처음 착륙한 이력이 있는 클리퍼드 그린버그는 유쾌한 사람이었지만, 매우 기억하기 힘든 평범한 얼굴의 소유자였다. 게다가 그가 뉴스를 휩쓸었던 시절은 이제 30년 전의 과거였다. 그리고 토크쇼와 독자 사인회에 중독되지 않은 작가들이 대부분 그렇듯이, 미즈 음발라의 독자 수백만 명도 대부분 그녀를 알아보지 못할 것이다.

미즈 음발라가 얻은 문학적 명성은 2040년대의 센세이션 중 하나였다. 보통 그리스 신들에 대한 학문적 연구는 베스트셀러 목록 후보에 오르지 못한다. 그러나 미즈 음발라는 그 영원하고 무궁무진한 신화와 현대 우주 시대라는 배경을 조화시켰다. 한 세기 전에는 천문학자와 고전학자 들이나 알던 이름들이 이제는 교육받은 사람이라면 누구든지 알고 있어야 할 지리 지식의 일부분이 되었다. 거의 매일 가니메데, 칼리스토, 이오, 타이탄, 이아페투스에서 뉴스가 들어오게 되었다. 아니면 카르메, 파시파에, 히페리온, 포이베같이 훨씬 덜 알려진 위성들에서…….

그러나 그녀가 모든 신들의 아버지이자 다른 많은 이들의 아버지이기도 한 주피터(제우스)의 복잡한 가족사에 초점을 맞추지 않았다면, 그 책은 그저 그런 성공만 거두었을 것이다. 그리고 운 좋게, 천재적인 편집자 한 명이 원래 제목 '올림푸스에서 바라본 세상'을 '신들의 정열'로 바꾸었다. 질투하는 학자들은 대개 그 책을 '올림푸스의 욕망'이라고 불렀지만, 자기들이 그걸 썼으면 좋았겠다고 바라는 건 마찬가지였다.

'바보들의 배'라는 문구를 처음 사용한 것이 매기 M(동료 승객들은 그녀를 재빨리 그렇게 이름 붙였다.)이라는 사실은 별로 놀랍지 않았다. 빅터 윌리스는 그 문구를 열렬히 차용했고, 곧 재미있는 역사적 메아리를 발견했다. 거의 1세기 전에, 캐서린 앤 포터라는 작가가 소설 속에서 한 무리의 과학자와 작가 들을 원양 여객선에 태우고 출항해 아폴로 17호가 발사되고 달 탐험의 첫 단계가 끝나는 장면을 지켜보았던 것이다. 이 얘기를 전해 듣자 미즈 음발라는 불길하다는 듯이 말했다.

"생각 좀 해 보겠어요. 세 번째 버전('바보들의 배'는 히에로니무스 보슈의 미술 작품 이름으로도 유명하다. ─옮긴이)이 나올 때인가 보죠. 하지만 물론, 지구에 돌아올 때까지는 모르죠……."

거짓말

롤프 판 데르 베르흐가 제우스 산으로 다시 생각과 에너지를 기울일 때까지 몇 달이 흘러갔다. 가니메데 개척 작업은 시간을 다 바쳐야 하는 일이었다. 그는 다르다노스 기지에 있는 사무실에서 나와 한 번에 몇 주씩 외근을 하며 길가메시-오시리스 모노레일 구간 후보지를 측량했다.

갈릴레이 위성(목성의 4대 위성인 이오, 에우로파, 가니메데, 칼리스토—옮긴이) 중 세 번째이자 가장 큰 달의 지형도는 목성이 폭발했을 때 완전히 바뀌었고, 지금도 여전히 바뀌고 있었다. 에우로파의 얼음을 녹인 새로운 태양은 바깥쪽으로 40만 킬로미터 떨어져 있는 이곳에서는 그만큼 강력하지 않았다. 그러나 영원히 그쪽을 향하고 있는 면의 중심부를 온대 기후로 만들기에는 충분했다. 북위 40도에서 남위 40도에 이르기까지, 작고 얕은 바다들이 생겼다. 어떤 것은 지구의 지중해만큼 컸다. 20세기에 보이저 호가 비행하며 만든 지도에서 아직까지 살아남은 특징은 많지 않았다. 녹아내리는 영구 동토층과, 두 개의 안쪽 달에 작용하는 것과 같은 조석력으로 생겨나는 간헐적인 구조 운동 때문에 새로운 가니메데는 지도 제작자의 악몽이 되었다.

그러나 바로 그 요인들 때문에 그곳은 행성 공학자의 천국이기도 했다. 매우 건조하고 훨씬 덜 쾌적한 화성을 제외하면, 이곳은 언젠가 인간이 탁 트인 하늘 아래를 보호 장비 없이 걸을 수 있을 가능성이 있는 단 하나의 세계였다. 가니메데에는 충분한 물, 생명을 이루는 모든 화학물질, 그리고 최소한 루시퍼가 빛나는 동안에는, 지구의 여러 부분보다 더 따뜻한 기후가 있었다.

무엇보다도, 더 이상 전신 우주복이 필요하지 않았다. 여전히 숨을 쉴 수는 없었지만 대기권은 간단한 얼굴 마스크와 산소 실린더만 사용하면 될 정도로 밀도가 높았다. 특정 날짜를 정해 놓고 약속한 것은 아니었지만, 미생물학자들은 몇십 년 더 있으면 이런 도구도 버릴 수 있으리라고 장담했다. 그들은 이미 가니메데 표면에 여러 종류의 산소 생성 박테리아를 흩뿌렸다. 대부분은 죽었지만 어떤 것들은 잘 자랐고, 대기권 분석 차트에서 천천히 올라오는 곡선은 다르다노스 기지에 오는 모든 방문객에게 제일 먼저 자랑스럽게 전시되는 전시물이었다.

오랫동안 판 데르 베르흐는 언젠가 에우로파 6호가 제우스 산의 궤도에 있을 때 구름이 다시 맑게 갤 날을 바라면서, 에우로파 6호에서 들어오는 데이터 흐름을 계속 지켜보았다. 그럴 가능성이 거의 없다는 것은 알고 있었지만, 아주 적은 가능성이라도 존재하는 동안에는 다른 연구를 하려는 노력을 하지 않았다. 서두를 것은 없었고, 그는 훨씬 더 중요한 일을 책임지고 있었다. 게다가 아주 사소하고 재미없는 이론으로 그 현상이 설명되어 버릴 수도 있었다.

그런데 에우로파 6호의 수명이 갑자기 끝나 버렸다. 우연히 유성이 충돌한 결과로 그렇게 된 것이 거의 확실했다. 지구에서는 빅터 윌리스가 지난 세기의 UFO 열광자들보다 더 극성인 '유로넛'들을 인터뷰해서 자기 체면을 깎았다는 것이 여러 사람의 의견이었다. 어떤 유로넛들은 탐사구가 고장 난 것이 그 아래 세계에서 적대적인 행동을 취했기 때문이라고 주장했다. 그들은 그 탐사구가 설계 수명의 거의 두 배인 15년 동안 아무 간섭 없이 작동할 수 있었다는 사실은 깡그리 무시했다. 빅터를 칭찬하자면, 그는 이 지점을 강조하고 그 광신자들의 다른 주장을 대부분 무너뜨렸다. 그러나 애초에 그들에게 언론의 관심을 전혀 주지 말았어야 한다는 것에 절대다수가 동의했다.

판 데르 베르흐는 동료들에게 '완고한 네덜란드인'이라고 불리는 것을 아주 좋아하며 그 말에 맞게 살려고 최선을 다하는 사람이었다. 그런 그에게 에우로파 6호의 실패는 참을 수 없는 도전이었다. 대체 탐사구를 만들 기금이 모집될 희망도 전혀 없었다. 난처할 정도로 오래 살고 수다스러웠던 탐사구가 침묵하게 되자 모두들 상당히 안도했기 때문이다.

그러면 어떤 대안이 있을까? 판 데르 베르흐는 앉아서 선택지를 생각해 보았다. 그는 지질학자지 천체 물리학자가 아니었기 때문에,

자기가 가니메데에 착륙했을 때부터 그 질문의 대답이 바로 코앞에 있었다는 사실을 문득 깨닫기까지 며칠이 걸렸다.

아프리칸스어(남아프리카공화국의 공용어 ― 옮긴이)는 세상에서 욕설에 제일 뛰어난 언어다. 예의 바르게 말해도 멋모르는 구경꾼은 마음에 상처를 입을 수 있다. 판 데르 베르흐는 몇 분 동안 아프리칸스어로 울분을 푼 다음 티아마트 관측소에 전화를 걸었다. 관측소는 눈부신 작은 원반 같은 루시퍼가 머리 위에서 영원히 수직으로 비추는 적도에 세워져 있었다.

우주에서 가장 화려한 대상을 다루는 천체 물리학자들은 자기 삶을 행성 같은 작고 지저분한 것에 바치는 단순한 지질학자들을 깔보는 경향이 있다. 그러나 여기 바깥 변경에서는 모든 사람이 다른 모두를 도왔고, 윌킨스 박사는 관심을 보일 뿐만 아니라 호의적이었다.

티아마트 관측소는 단 하나의 목적을 위해 지어졌다. 그 목적은 실제로 가니메데에 기지를 설립한 주요 이유이기도 했다. 루시퍼 연구는 순수 과학자들뿐만 아니라 원자핵공학자, 기상학자, 해양학자 들에게, 특히 정치가와 철학자 들에게 엄청나게 중요했다. 행성을 태양으로 바꿀 수 있는 존재들이 있다는 것은 생각만 해도 충격적이었고, 많은 사람이 밤에 잠을 이루지 못했다. 인류는 가능한 한 많이 그 과정에 대해서 배워 놓는 편이 좋으리라. 언젠가 그것을 모방하거나 막아야 할 필요가 있을지도 모르니까.

그래서 티아마트는 10년이 넘도록 루시퍼를 관찰하고 있었다. 가질 수 있는 온갖 종류의 계기 장비를 갖고 전체 자기장대(帶)에 걸쳐서 그 스펙트럼을 끊임없이 기록했고, 작은 충돌 크레이터 너머에 매달린 겨우 100미터 정도 되는 접시에서 나오는 레이더로 그곳을 적극적으로 탐사했다.

"그래요. 에우로파와 이오를 자주 봤죠. 하지만 우리 불빛은 루시퍼에 고정되어 있기 때문에, 에우로파와 이오가 지나갈 때 몇 분 동안만 볼 수 있어요. 그리고 당신의 제우스 산은 딱 햇빛 쪽 면에 있어요. 그래서 그때는 늘 안 보여요."

윌킨스 박사가 말했다.

"나도 압니다. 하지만 레이저 빔을 약간만 옮기면 루시퍼와 일직선에 오기 전에 에우로파를 볼 수 있잖습니까? 10도나 20도면 햇빛 쪽 면까지 충분히 볼 수 있을 텐데요."

판 데르 베르흐는 조바심을 내며 말했다.

"루시퍼를 놔두고 에우로파 궤도 반대편 정면을 잡는 데는 1도면 충분해요. 하지만 그러면 거리가 세 배 이상 멀어지고, 우리는 반사율의 100분의 1로만 볼 수 있을 겁니다. 작동은 하겠지만요. 시도는 해 볼게요. 주파수 사양, 웨이브 인벨로프, 분극, 뭐든 간에 당신네 원격 탐사하는 사람들에게 도움이 될 만한 걸 주세요. 빔을 1~2도 옮길 위상이동 네트워크를 금세 뚝딱 만들 수 있을 겁니다. 그 이상은 모르겠어요. 그건 우리가 한 번도 생각해 본 적 없는 문제니까. 생각을 해 두었어야 하려나……. 그런데, 에우로파에서 얼음과 물 말고 무엇을 발견할 거라고 예상하는 겁니까?"

"내가 그걸 알면 도움을 요청하지 않겠지요, 안 그렇습니까?"

판 데르 베르흐가 쾌활하게 말했다.

"그리고 나도 당신이 출판할 때 이름을 내달라고 부탁하지 않을 테고요. 내 이름이 알파벳 뒷자리라서 참 유감입니다. 당신은 겨우 한 글자 차이로 내 앞에 있을 텐데."

그것이 1년 전의 일이었다. 장거리 스캔은 별로 잘 되지 않았고, 빔을 옮겨 행성이 합을 이루기 직전에 에우로파의 햇빛 쪽 면을 보는 것은 예상보다 더 어려운 일이었다. 그러나 마침내 그 결과가 들어왔다. 컴퓨터는 그것들을 처리했고, 판 데르 베르흐는 루시퍼가 생겨난 후 에우로파의 광물학적 지도를 보는 최초의 사람이었다.

그곳은 윌킨스 박사의 추측대로 대부분 얼음과 물이었고, 황 매장층이 여기저기 섞인 현무암이 튀어나와 있었다. 그러나 두 가지 비정상적인 면이 있었다.

하나는 이미지 처리 과정에서 생긴 것 같았다. 레이더 반향이 전혀 보이지 않는, 2킬로미터 길이의 아주 똑바르게 서 있는 물체가 있었다. 판 데르 베르흐는 윌킨스 박사가 그것을 보고 어리둥절하도록 내버려 두었다. 그는 제우스 산에만 관심이 있었다.

그가 그것을 식별해 내는 데는 오랜 시간이 걸렸다. 미친 사람이나 정말 필사적인 과학자만 그런 일이 가능하다는 꿈을 꿀 것이기 때문이다. 심지어 모든 매개변수를 정확성의 한계까지 점검한 지금도, 그는 아직 그것을 믿을 수 없었다. 그리고 그다음엔 어떻게 해야 할지 생각도 해 보지 않았다.

윌킨스 박사가 자기 명성이 데이터 뱅크에 퍼지는 것을 보고 싶어 안달을 하며 그를 불렀을 때, 그는 아직 결과를 분석하고 있다고 중얼거렸다. 그러나 마침내 더 미룰 수 없는 때가 왔다.

"썩 흥미로운 건 없군요. 희귀한 형태의 석영일 뿐입니다. 그래도 지구의 샘플과 비교해 봐야겠어요."

판 데르 베르흐는 의심 없는 동료에게 말했다. 처음으로 동료 과학자에게 거짓말 한 순간이었고, 그도 그것이 끔찍했다.

하지만 달리 어떻게 할 수 있었겠는가?

파울 아저씨

롤프 판 데르 베르흐는 파울 아저씨를 10년 동안 보지 못했고, 다시 직접 만날 수 있을 것 같지도 않았다. 그러나 그는 그 늙은 과학자를 매우 친밀하게 느꼈다. 파울 아저씨는 그의 세대의 마지막 사람이었고, 조상들의 생활 방식을(드물게 그가 원할 때만) 회상할 수 있는 단 한 사람이었다.

가족 전부와 친구들 대부분에게 '파울 아저씨'로 불리는 파울 크뢰허르 박사는 필요할 때면 언제나 옆에서 그에게 정보와 충고를 주는 사람이었다. 직접 옆에서든, 5억 킬로미터의 무선 링크 끝에서든. 소문에 따르면 노벨상 위원회는 20세기 말 총체적인 숙청을 겪은 후 이제 다시 절망적으로 혼란해진 분자 물리학에 그가 한 공헌을 엄청난 정치적 압력 때문에 무시했다고 한다.

그것이 사실이었다고 해도, 크뢰허르 박사는 아무 원한도 품지 않았다. 그는 잘난 체하지 않고 겸손했고, 동료 추방자들의 불평 많은 파벌들 속에서도 개인적인 적을 만들지 않았다. 사실, 그는 매우 보편적인 존경을 받았기 때문에 남아프리카합중국(USSA)을 다시 방문해 달라는 초대도 몇 번 받았다. 그러나 언제나 점잖게 거절하고, 그 이유는 남아프리카합중국에서 물리적 위험에 빠질까 봐 염려되어서가 아니라, 자기가 향수병에 빠져 버릴까 봐 두려워서라고 서둘러 설명했다.

이제 100만 명도 안 되는 사람만 알고 있는 언어로 보안을 하면서도 판 데르 베르흐는 매우 신중하게 말을 에두르고, 가까운 친척 외에는 의미가 없는 말들을 사용했다. 그러나 파울은 조카의 메시지를 아무 어려움 없이 이해했다. 하지만 진지하게 받아들일 수는 없었다. 그는 젊은 롤프가 바보짓을 한 건 아닌지 걱정이 되었고, 될 수 있으면 좋게 타이르려고 했다. 롤프가 출판하겠다고 달려들지 않아서 다행이었다. 최소한 침묵을 지킬 분별은 있었다.

그런데 만약에, 정말 만약에 그게 사실이라면? 파울의 뒷머리에 남은 얼마 안 되는 머리털이 쭈뼛 섰다. 과학적, 재정적, 정치적인 것을 포함해 전체적인 가능성의 스펙트럼이 눈앞에 갑자기 열렸고, 생각하면 할수록 더욱 엄청나 보였다.

독실한 선조들과는 달리 크뢰허르 박사는 위기나 당황한 순간에 의지할 신이 없었다. 지금은 자기에게 신이 있었으면 하고 바랄 지경이었다. 그러나 기도할 수 있다고 해도 별 도움은 되지 않았을 것이다. 컴퓨터 앞에 앉아 데이터 뱅크에 접근하기 시작하면서, 그는 조카가 거대한 발견을 했기를 바라는지 아니면 완전히 말도 안 되는 소리를 했기를 바라는지 도무지 알 수가 없었다. 악마가 정말 이렇게 믿을 수 없는 속임수를 인류에게 부릴 수 있었을까? 파울은 "선하신 하느님은 미묘하나 심술궂지는 않다."라는 아인슈타인의 유명한 말을 기억해 냈다.

'백일몽은 그만.'

파울 크뢰허르 박사는 속으로 말했다. 내가 싫고 좋은 것, 내가 바라거나 두려워하는 것과 실제는 아무 상관도 없다…….

태양계 너비의 절반을 건너온 도전장이 그에게 던져졌다. 진실을 알아낼 때까지 그는 평화를 누릴 수 없을 것이다.

"아무도 우리에게 수영복을 가져오라고
말해 주지 않았어……."

　스미스 선장은 다섯 번째 날, 턴어라운드(선박이나 비행기가 선객, 화물을 내리고 다시 탑재하는 데 걸리는 적하, 재적하 시간 ― 옮긴이) 바로 몇 시간 전까지 작은 깜짝 소식을 감추고 있었다. 기대했던 대로 사람들은 얼떨떨하고 못 미더워하며 그 발표를 받아들였다.

　제일 처음 회복한 사람은 빅터 윌리스였다.

　"수영장이라고! 우주선에! 농담하시는 거죠!"

　선장은 뒤로 몸을 기대고 즐거워할 준비를 했다. 그는 이미 비밀을 알고 있었던 헤이우드 플로이드를 보고 웃었다.

　"음, 콜럼버스가 자신의 뒤를 잇는 배에 있는 시설을 보면 즐거워할 거라고 생각합니다."

　"거기 다이빙 보드도 있어요? 난 대학 챔피언이었는데."

　그린버그가 탐내듯이 물었다.

"사실은, 있어요. 겨우 5미터지만, 지구의 10분의 1인 우리 중력에서는 3초간 자유 낙하를 할 수 있습니다. 더 길게 낙하하고 싶다면, 커티스 기관장이 기꺼이 추진력을 줄여 주겠죠."

"정말요? 그리고 내 궤도 계산을 전부 망치라고요? 물이 퍼져 나갈 위험은 말할 것도 없고요. 표면장력, 아시죠……?"

기관장이 냉담하게 대답했다.

"한때 구 모양의 수영장을 둔 우주 정거장도 있지 않았습니까?"

누군가가 물었다.

"파스퇴르가 회전을 시작하기 전에 그 중심부에서 시도해 보았죠. 하지만 전혀 실용성이 없었어요. 무중력 상태에서는 물을 완전히 밀폐 보관해 놓아야 했고, 사람이 당황하게 되면 커다란 물의 공 속에 빠져 죽기 쉬웠으니까요."

플로이드가 대답했다.

"그것도 기록에 올라가는 방법이군요. 우주에서 처음으로 익사하는 사람."

"아무도 우리한테 수영복을 가져오라고 말해 주지 않았어."

매기 음발라가 불평했다.

"수영복을 입어야 할 사람이 있다면 얘기했겠죠."

미하일로비치가 플로이드에게 속삭였다.

스미스 선장은 질서를 되찾기 위해 테이블을 두드렸다.

"이건 더 중요한 일입니다, 여러분. 아시다시피 우리는 자정에 최고 속도에 도달해 제동을 걸기 시작해야 합니다. 그래서 구동 장치는 23시에 정지할 것이고, 우주선이 방향을 바꿀 것입니다. 두 시간 동안 무중력 상태에 있다가 1시에 다시 추진을 시작할 겁니다.

짐작하실 수 있겠지만 승무원들은 아주 바쁠 겁니다. 우리는 그동안 엔진을 점검하고 선체를 검사할 겁니다. 동력을 쓸 때는 그런 일을 할 수 없으니까요. 그러니 그때는 침대에 누워 보호 벨트를 가볍게 매고 수면을 취하시라고 강하게 권고합니다. 무게가 다시 돌아왔을 때 문제를 일으킬 수 있는 느슨한 물건이 없나 스튜어드들이 살펴볼 겁니다. 질문 있습니까?"

깊은 침묵이 흘렀다. 이곳에 모인 승객들은 아직도 선장이 말한 사실에 약간 얼떨떨한 채, 어떻게 대처해야 할지 가늠하고 있는 것 같았다.

"여러분이 이런 호사의 채산성에 대해 물어보기를 바랐는데요. 아무도 묻지 않았지만, 어쨌든 말씀드리지요. 이건 전혀 호사가 아닙니다. 아무 비용도 들지 않거든요. 하지만 이것이 미래의 여행에 아주 값진 자산이 되었으면 좋겠습니다.

아시겠지만, 우리는 5000톤의 물을 반응물로 운반해야 합니다. 그러니 그 물을 제일 잘 이용하는 게 좋겠지요. 1번 탱크는 이제 4분의 3 비었습니다. 그 탱크는 항해 마지막까지 그렇게 둘 겁니다. 그러니 내일 아침 식사를 끝내고 해안에서 여러분을 뵙지요……."

유니버스 호를 우주에 서둘러 띄운 것을 고려하면, 그렇게 극적이지만 결국 비본질적인 일이 그토록 훌륭하게 이루어진 건 놀라운 일이었다.

'해안'은 커다란 물탱크 둘레의 3분의 1 정도를 따라 굽어진 약 5미터 넓이의 강철 플랫폼이었다. 먼 쪽 벽은 겨우 20미터 떨어져 있을 뿐이었지만, 교묘히 이미지를 투영해 무한히 멀어 보였다. 중간 거리의 파도 위에 떠 있는 서퍼들은 결코 닿을 수 없는 해안으로 향하고 있었다. 그들 너머에는 아름다운 여객 범선이 돛을 활짝 펴고 수평선을 따라 달렸다. 여행사 직원이라면 누구라도 즉시 청 해양항공사의 타이-판이라고 알아볼 수 있는 범선이었다.

환상을 완성하기 위해, 발밑에는 모래가 깔리고(약간 자기화되어 있어서 정해진 장소에서 너무 많이 흩어지지 않았다.), 너무 자세히 살펴보지 않으면 꼭 진짜 같은 작은 야자나무 숲까지 이어진 짧은 해안이 있었다. 뜨거운 열대의 태양이 이 목가적인 그림을 완성했다. 바로 이 벽들 너머에 진짜 태양이 빛나고 있다는 사실을 느끼기는 힘들었다. 그 태양은 이제 지구 상 어떤 해변의 햇살보다 두 배는 더 뜨거울 것이다.

설계자는 제한된 공간에서 정말 멋진 일을 해냈다. 그린버그가 이렇게 불평한 건 좀 불공평해 보였다.

"파도가 없는 게 아쉬워."

검색

일반적으로 인정된 참조틀 안에 들어맞을 때까지는, 아무리 잘 입증되었다 해도 어떤 '사실'도 믿지 말라는 것이 과학의 훌륭한 원칙이다. 물론 가끔은 한 가지 관찰이 그 틀을 산산조각 내고 새 틀을 만들어 낼 수도 있지만, 그것은 극도로 드문 일이다. 갈릴레오나 아인슈타인이 한 세기에 몇 번이나 나타나는 일은 드물다. 인류의 평안을 위해 오히려 다행스러운 일이다.

크뢰허르 박사는 이 원칙을 전적으로 받아들였다. 그는 그것을 설명할 수 있을 때까지는, 그야말로 신의 직접적인 행위로 이루어졌다고밖에 볼 수 없을 때까지는 조카의 발견을 믿지 않을 것이다. 아직 매우 쓸 만한 오캄의 면도날(가장 단순한 설명이 가장 진리에 가깝다는 이론 —옮긴이)을 휘둘러서, 그는 롤프가 실수를 저질렀다는 편이 좀 더 있을 법하다고 생각했다. 그렇다면 그 실수는 매우 쉽게 찾아낼 수 있어야 했다.

그런데 조카의 실수를 찾아내기 매우 어렵다는 사실에 파울 아저씨는 매우 놀랐다. 레이더 원격 감지 관측은 이제 신뢰 받는 안정된 기술이었고, 파울이 상의한 전문가들은 상당히 뜸을 들인 후 모두 똑같은 답을 내놓았다. 그들은 또 이렇게 물었다.

"그 기록은 어디서 얻었습니까?"

"미안합니다. 내 마음대로 말할 수가 없습니다."

크뢰허르 박사는 이렇게 대답할 수밖에 없었다.

그다음 단계는 불가능한 일이 옳다고 가정하고 문헌 검색을 시작하는 것이었다. 어디에서 시작해야 할지조차 몰랐기 때문에, 엄청난 일이 될 수도 있었다. 한 가지는 분명했다. 무차별적인 정면 공격은 실패하게 되어 있다는 것. 그것은 마치 뢴트겐이 엑스선을 발견한 다음 날 아침, 물리학 학술지에 자기 발견을 설명하려는 것과 마찬가지였다. 그에게 필요한 정보는 아직 한참 훗날에나 얻을 수 있었다.

그러나 이미 존재하는 과학 지식의 거대한 덩어리 속 어딘가에 지금 찾고 있는 것이 숨겨져 있을 가능성은 상당히 컸다. 천천히, 조심스럽게 파울 크뢰허르는 검색어를 수용도 할 수 있고 제외도 할 수 있게 설계된 자동 검색 프로그램을 설치했다. 그 프로그램은 지구와 관련된 참조 문헌을 전부 배제해야 하는데, 그것만 몇백만 편 단위일 것이다. 전적으로 외계에 대한 용례만 집중해서 검색해야 했다.

크뢰허르 박사가 유명해서 얻는 이득에는 컴퓨터 예산이 무제한이라는 것이 있었다. 그것은 그의 지혜를 구한 여러 기구에게 그가 요구한 대가의 일부였다. 그래서 이런 검색에 비용이 많이 들지도 모르지만, 청구서를 걱정할 필요는 없었다.

나중에 알고 보니 비용은 놀라울 정도로 적었다. 크뢰허르 박사는 운이 좋았다. 검색은 겨우 두 시간 37분 후에, 21,456번째 참조 문헌에서 끝났다.

자료는 충분했다. 파울이 어찌나 흥분했는지 컴섹이 그의 목소리를 알아듣지 못할 정도였다. 그는 전부 출력하라는 명령을 되풀이해야 했다.

《네이처》가 그 논문을 실은 것은 1981년, 그가 태어나기 거의 5년 전이었다! 눈으로 재빨리 한 페이지를 훑어보자마자 그는 처음부터 자기 조카가 옳았음을 알았을 뿐만 아니라, 그만큼이나 중요한 사실, 즉 대체 어떻게 그런 기적이 일어날 수 있는지도 알게 되었다.

80년 전 학술지 편집자의 유머 감각은 훌륭한 것 같았다. 외계 행성의 내핵에 대한 논문은 심드렁한 독자를 사로잡을 만한 글은 아니었다. 그러나 이 논문은 대단히 눈에 띄는 제목을 달고 있었다. 그의 컴섹은 그 제목이 한때 유명한 노래의 일부였다고 재빨리 검색해서 말해 주었지만, 물론 전혀 상관없는 일이었다.

하여간 파울 크뢰허르는 비틀즈와 그들의 사이키델릭한 환상곡들을 한 번도 들어 본 적이 없었으니까.

2부

검은 눈의
골짜기

랑데부

이제 핼리 혜성은 너무 가까워서 보이지 않았다. 아이러니하게도, 지구에 있는 관측자들이 꼬리를 훨씬 더 잘 볼 수 있을 것이다. 꼬리는 이미 혜성의 궤도에서 직각으로 500만 킬로미터 길게 뻗어, 보이지 않는 강한 태양풍 속에 펄럭거리는 삼각기처럼 늘어져 있었다.

랑데부의 날 아침, 헤이우드 플로이드는 선잠에서 일찍 깨어났다. 그가 꿈을 꾸는 것은, 아니 적어도 꿈을 기억하는 것은 드문 일이었다. 틀림없이 앞으로 몇 시간 동안 벌어질 일에 대한 기대감과 흥분 때문일 것이다. 또 최근에 크리스에게 소식을 들은 적이 있냐는 캐롤라인의 메시지 때문에 약간 불안했다. 그는 무선으로 간결하게 답신을 보냈다. 유니버스 호의 자매선 코스모스 호에 지금 있는 자리를 얻도록 도와주었을 때도 크리스는 고맙다는 말 한마디 하지 않았다고, 이미 그 애는 지구-달 운항에 질려서 다른 곳에서 흥분을 찾고 있을 것이라고.

"보통 때처럼 그 애가 좋을 때 소식을 전해 오겠지."

플로이드가 덧붙였다.

아침 식사가 끝난 후, 승객들과 과학 팀은 스미스 선장의 마지막 브리핑을 듣기 위해 모였다. 과학자들은 그 브리핑을 들을 필요가 없었지만 그들이 짜증이 났다고 해도 메인 뷰 스크린에 나타난 기이한 장관을 보고 그런 유치한 감정은 금방 사라졌을 것이다.

유니버스는 혜성이 아니라 성운 속으로 날아 들어가는 것 같았다. 앞쪽 하늘은 이제 전체적으로 하얀 안개가 자욱했다. 균질하지 않고 더 어둡게 응결된 부분이 있어 얼룩덜룩했고, 환한 끈과 중심점에서 뿜어 나오는 밝게 빛나는 제트 기류들이 줄무늬를 이루었다. 이 배율에서 보면 핵은 작고 검은 얼룩 같았고 거의 보이지도 않았다. 그러나 그 주위에 일어나는 모든 현상의 근원은 분명 그것이었다.

"세 시간 후에 동력을 끊을 겁니다. 그때 우리는 사실상 제로 속도로 핵에서 겨우 1000킬로미터 떨어진 곳에 있을 겁니다. 거기서 마지막 관측을 하고, 착륙 지점을 확정할 겁니다."

선장이 말했다.

"그러니까 12시 정각에 무중력이 될 겁니다. 그 전에 선실 스튜어드들이 모든 것이 제대로 수납되었는지 점검할 테고요. 다시 무게가 생길 때까지 두 시간이 아니라 사흘 걸린다는 것만 빼면 턴어라운드 때와 똑같을 겁니다.

핼리의 중력? 생각도 마십시오. 1제곱초당 1센티미터도 안 됩니다. 겨우 지구의 1000분의 1 정도입니다. 아주 오래 기다린다면 느낄 수도 있겠지만, 그게 전부입니다. 어떤 물건이 1미터 떨어지는데 15초 걸립니다.

안전을 위해 이곳 관측 라운지에 있는 여러분 모두 랑데부와 착륙 시간 동안 안전벨트를 제대로 매고 있기를 바랍니다. 어쨌건 여기가 최고로 전망이 잘 보이는 자리고, 작업 전체는 한 시간 이상 걸리지 않을 것입니다. 그동안 추진력 보정을 아주 조금 하겠지만, 추진력은 어떤 각도에서도 걸릴 수 있고 가벼운 감각 착란도 일으킬 수 있습니다."

선장이 말한 것은 물론 우주병 이야기였다. 그러나 전반적인 합의에 의해 그 단어는 유니버스 호 선상에서 금기어였다. 하지만 마치 긴급할 때 악명 높은 비닐봉지를 사용할 수 있는지 살피려는 듯이, 여러 사람의 손이 저도 모르게 의자 아래 칸으로 들어갔다.

배율이 높아지면서 뷰 스크린의 이미지가 확대되었다. 잠시 동안 플로이드는 자기가 가장 유명한 혜성에 다가가는 우주선 속에 있다기보다는 가벼운 구름을 뚫고 내려가는 비행기가 된 것같이 느꼈다. 핵이 점점 더 커지고 분명해졌다. 이제 검은 점은 윤곽이 흐린 타원이 되었고, 우주의 대양에서 길을 잃은 듯한 얽은 자국이 있는 작은 섬이 되었고, 그러다 갑자기 그 자체로 하나의 세계가 되었다.

아직 비례 감각은 느껴지지 않았다. 앞에 펼쳐지는 파노라마 전체가 가로로 10킬로미터가 안 된다는 것을 알고 있었지만, 플로이드는 달만큼 큰 천체를 보고 있다는 생각에 쉽게 빠질 수 있었다. 그러나 달은 가장자리가 흐릿하지 않고, 증기가 작은 제트 기류들이 되어 뿜어져 나오지 않는다. 그리고 표면에서 두 개의 커다란 제트 기류가 솟구쳐 나오지도 않는다.

"하느님 맙소사! 저게 뭐야?"

미하일로비치가 외쳤다. 그는 핵의 아래쪽 가장자리, 명암경계선 바로 안쪽을 가리켰다. 틀림없이 혜성의 암흑면에서 불빛 하나가 아주 규칙적인 리듬으로 번쩍이고 있었다. 이삼 초마다 한 번씩 켜졌다, 꺼졌다, 켜졌다, 꺼졌다.

윌리스 박사는 '그건 금방 설명할 수 있어요' 기침을 했지만, 스미스 선장이 선수를 쳤다.

"미하일로비치 씨, 실망시켜서 미안합니다만 저건 샘플러 탐사구 2호의 신호일 뿐입니다. 저곳에 한 달 동안 놓인 채 우리가 와서 데려가기를 기다리고 있었지요."

"부끄럽네요. 난 누군가가, 아니 무엇인가가 저곳에서 우리를 환영하고 있는지도 모른다고 생각했어요."

"안타깝게도 그런 행운은 없습니다. 여기엔 우리뿐입니다. 저 신호는 바로 우리가 착륙하려는 곳을 나타내고요. 저곳은 핼리의 남극 근처고, 지금은 영원한 어둠 속에 있습니다. 그래서 우리 생명 유지 장치 시스템이 작동하기가 더 쉽지요. 햇빛이 비치는 쪽은 120도에 이르니까요. 끓는점을 넘어서지요."

"혜성이 끓어오르는 게 당연하군요. 내 보기엔 저 제트 분출들이 별로 건강에 좋아 보이지 않는데. 들어가도 안전한 거 확실한가요?"

부끄러운 줄 모르는 디미트리가 말했다.

"우리가 암흑면에 착륙하려는 이유에는 그것도 있습니다. 암흑면에는 아무 활동도 없거든요. 이제 괜찮으시다면, 저는 함교로 돌아가야겠습니다. 저도 처음으로 새로운 세계에 착륙할 기회니까요. 제가 언제 또 이런 기회를 잡을 수 있을지 모르겠습니다."

묘한 침묵 속에서 스미스 선장의 청중은 느릿느릿 흩어졌다. 뷰스크린 이미지는 도로 정상 배율로 돌아왔고, 핵은 다시 작아져 거의 보이지 않는 점이 되었다. 그러나 이 몇 분 사이에도 핵이 약간 더 커진 것 같아 보였다. 잘못 본 것이 아니리라. 랑데부까지 네 시간도 안 남은 현재, 우주선은 여전히 시속 5만 킬로미터의 속력으로 혜성을 향해 돌진하고 있었다.

만약 이 단계에서 우주선 동력에 무슨 일이 일어난다면, 핼리 혜성이 지금 자랑하는 어떤 크레이터보다도 더 인상적인 크레이터가 생길 것이다.

착륙

착륙은 딱 스미스 선장이 바란 대로 점차적으로 진행되었다. 유니버스 호가 땅에 접촉한 순간은 아무도 알 수 없었다. 승객들이 뒤늦게 착륙한 것을 깨닫고 환호할 때까지 족히 1분은 흘러간 것 같았다.

우주선은 높이가 100미터 남짓한 언덕들에 둘러싸인 얕은 골짜기 한쪽 끝에 내려앉았다. 달 같은 풍경을 볼 거라고 기대했던 사람은 엄청나게 놀랐을 것이다. 이곳의 형성물은 수십억 년의 미소운석 폭격으로 모래를 뒤집어쓴 달의 완만하고 매끄러운 경사와는 전혀 닮은 데가 없었다.

이곳에는 1000년이 넘은 것이 없었다. 이 풍경보다는 피라미드들이 훨씬 더 오래되었다. 태양 주위를 돌 때마다, 핼리는 태양의 불길에 재생되고 줄어들었다. 심지어 1986년 근일점 통과 때와 비교해도 핵의 모습은 미묘하게 바뀌었다. 빅터 윌리스는 뻔뻔한 은유를 섞긴 했지만 시청자들에게 그 모습을 꽤 잘 묘사했다. "땅콩이 개미 허리가 되었습니다!" 사실, 태양을 몇 번 더 공전하고 나면 핼리가 얼추 비슷한 두 개의 조각으로 쪼개질 조짐도 보였다. 1846년 비엘라 혜성이 그렇게 되어 당시 천문학자들이 놀랐던 전례도 있었다.

사실상 없다시피 한 중력도 이 이상한 풍경을 만들어 내는 데 일조했다. 사방에 초현실주의 화가의 환상 속에나 나올 법한 거미 다리 같은 형성물들과, 달에서도 몇 분 이상 못 버틸 정도로 비스듬히 놓인 바위 더미들이 있었다.

스미스 선장은 유니버스 호를 화상 물집이 잡힐 듯 뜨거운 태양의 열기에서 5킬로미터는 떨어진 극지의 밤 한가운데에 착륙시키기로 했지만, 그곳에서도 빛은 충분했다. 혜성을 둘러싼 거대한 가스와 먼지의 영역은 이 지역에 어울리는 빛나는 후광을 형성했다. 마치 남극의 얼음 위에서 노니는 오로라 같았다. 그것으로 충분하지 않다 해도, 루시퍼가 몇백 개의 보름달 몫을 해 주었다.

예상한 바였지만, 색채가 전혀 없다는 건 실망스러웠다. 유니버스 호는 노천 석탄 광산에 내려앉은 것 같았다. 우주선을 둘러싼 암흑의 대부분은 눈과 얼음과 곱게 섞인 탄소 또는 탄소 화합물 때문이었으므로, 그건 사실 나쁘지 않은 비유였다.

직책과 의무에 따라 스미스 선장이 처음 우주선에서 나왔다. 그는 유니버스 호의 주 에어로크에서 몸을 부드럽게 밀어냈다. 2미터 아래의 땅에 닿는 데까지 영겁의 시간이 걸리는 것 같았다. 땅에 내려선 후 그는 장갑 긴 손으로 가루로 이루어진 것 같은 땅 표면을 한 줌 집어 들어 꼼꼼히 살펴보았다.

모두들 우주선 안에서 역사책에 어떤 말이 올라갈지 기다렸다.

"후추와 소금 같군. 충분히 열기를 받으면 아주 좋은 작물을 키워 낼 수 있겠어."

선장이 말했다.

임무 계획에 따르면 남극에서 핼리의 만 '하루'인 55시간을 보낸 후, 아무 문제가 없다면 적도 쪽으로 10킬로미터 움직이도록 되어 있었다.(적도가 어딘지는 불분명했지만.) 완전한 낮-밤 주기 한 번이 지나는 동안 간헐천 하나를 연구하기 위해서였다.

수석 과학자 펜드릴은 시간을 낭비하지 않았다. 그는 즉시 동료 한 명과 함께 2인승 제트 썰매를 타고, 대기 중인 탐사구 신호등을 향해 출발했다. 그들은 한 시간 안에 혜성의 표본을 포장해서 들고 돌아와, 그것을 자랑스럽게 급속 냉동고에 넣었다.

한편 다른 팀들은 계곡을 따라 잘 부서지는 표층에 장대를 박고 그 사이에 거미줄처럼 전선을 쳤다. 이 전선들은 우주선과 수많은 기기들을 연결할 뿐만 아니라, 바깥에서 움직이기 훨씬 쉽게 만들었다. 핼리에서 전선이 쳐진 부분들은 번거롭게 외부 기동 유닛을 이용하지 않고도 탐험할 수 있었다. 밧줄을 케이블에 붙여 놓기만 하면, 밧줄을 따라 손을 번갈아 가며 움직이면 된다. 그것은 외부 기동 유닛을 작동시키는 것보다 훨씬 재미있기도 했다. 외부 기동 유닛은 사실상 1인승 우주선이었고, 그만큼 복잡했다.

승객들은 이 모든 과정을 홀린 듯 지켜보고 무선 대화에 귀를 기울이며 발견의 흥분에 동참하려고 했다. 하지만 약 열두 시간이 지나자(전 우주비행사인 클리퍼드 그린버그는 좀 더 일찍) 그 자리에 붙잡힌 관중들은 슬슬 싫증을 느끼기 시작했다. 곧 '외출'에 대해 여러 가지 이야기가 나왔다. 빅터 윌리스만 예외였다. 빅터는 그답지 않게 매우 가라앉아 있었다.

"겁먹은 거겠죠."

디미트리가 경멸하며 말했다. 디미트리는 빅터가 음감이 하나도 없다는 것을 안 다음부터 그 과학자를 전혀 좋아하지 않았다. 빅터에게는 매우 불공정한 일이었지만(그는 자신의 별난 고통의 원인을 연구하기 위해 스스로 기니피그 노릇을 하겠다고 용감하게 나섰다.), 디미트리는 험악하게 "내면에 음악이 없는 사람은 반역, 책략, 약탈에 어울린다."라고 덧붙이기를 좋아했다.

플로이드는 지구 궤도를 떠나기 전부터 마음을 정한 상태였고, 매기 M은 뭐든지 시도할 정도로 투지만만했으므로 아무런 격려가 필요 없을 터였다.(그녀의 슬로건인 "작가는 새로운 경험을 할 기회를 절대 거부해서는 안 된다."는 그녀의 정서적 삶에 영향을 준 것으로 유명하다.)

이바 멀린은 언제나 그렇듯이 모든 사람을 긴장하게 만들었다. 그러나 플로이드는 혜성으로 가는 개인 여행에 이바를 데려가기로 굳게 마음먹었다. 그것이 그의 명성을 유지하기 위해 그가 할 수 있는 최소한의 일이었다. 그 유명한 은둔자를 승객 리스트에 올리는 데 그가 어느 정도 역할을 했다는 것을 모든 사람이 알고 있었고, 이제는 그들이 무슨 사이라도 되는 양 놀리며 장난치곤 했다. 그들이 나누는 아무 뜻 없는 말도 신나게 오해를 받았다. 디미트리와 우주선 입주 의사인 닥터 마힌드란이 특히 심했는데, 마힌드란은 질투 어린 경외감을 느껴서 그런 것 같다고 고백했다.

젊을 적의 감정을 너무 정확하게 생각나게 했기 때문에 처음에는 어느 정도 짜증을 냈지만, 시간이 지나자 플로이드는 그 장난에 같이 어울렸다. 그러나 이바는 그 장난을 어떻게 느끼는지 알 수 없었고, 지금까지는 그녀에게 물어볼 용기가 없었다. 심지어 지금도, 여섯 시간 이상 가는 비밀이 거의 없는 이 촘촘하고 조그만 공동체에서도 그녀는 그 유명한 과묵함과, 3대에 걸친 청중을 매혹시킨 신비로운 분위기를 많은 부분 유지했다.

빅터 윌리스로 말하자면, 그는 생쥐와 우주인들(존 스타인벡의 소설 『생쥐와 인간(Of Mice and Men)』의 패러디 ─ 옮긴이)이 잘 짠 계획을 망쳐 버릴 수 있는 매우 파괴적인 세부 사항 하나를 방금 알게 되었다.

유니버스 호에는 최신의 마크 20 우주복들이 있었다. 비할 데 없는 우주 전경을 보여 준다고 보장하는, 김도 서리지 않고 빛도 반사하지 않는 얼굴가리개가 달린 물건이었다. 우주복 헬멧 크기에는 몇 가지가 있었지만, 빅터 윌리스는 큰 수술을 하지 않으면 그중 어떤 것도 쓸 수 없었다.

빅터 윌리스가 자신의 트레이드마크를 완성시키는 데 15년이 걸렸다. 어느 비평가는 감탄을 담아 '장식적 가지치기법의 승리'라고 불렀다.

이제 빅터 윌리스와 핼리 혜성 사이를 가로막는 것은 그의 턱수염뿐이었다. 곧 그는 그 둘 중 하나를 선택해야 할 터였다.

검은 눈의 계곡

스미스 선장은 승객의 선외 활동이라는 아이디어에 의외로 반대하지 않았다. 그는 여기까지 와서 혜성에 발을 디뎌 보지 않는다는 건 터무니없다는 데 동의했다.

선장은 반드시 해야 하는 브리핑에서 말했다.

"여러분이 지시를 따른다면 아무 문제 없을 겁니다. 아마 그린버그 중령과 플로이드 박사만 우주복을 입어 보았을 텐데, 전에 한 번도 우주복을 안 입어 보았어도 우주복은 아주 편할 거고, 완전히 자동입니다. 여러분이 에어로크에서 검사를 받은 다음에는 컨트롤이나 조정 때문에 신경 쓸 필요가 없습니다.

한 가지 절대적인 규칙이 있습니다. 한 번에 여러분 중 두 명만 선외 활동을 나갈 수 있습니다. 여러분은 물론 5미터의 안전선으로 연결된 개인 호위를 받게 될 것입니다. 그 선은 필요하면 20미터까지 버틸 수 있습니다. 덧붙여서, 여러분은 둘 다 우리가 계곡 길이 전체에 연결해 놓은 두 줄의 가이드 전선에 묶이게 될 겁니다. 통행 규칙은 지구와 동일합니다. 오른쪽으로 통행하세요! 여러분이 누군가를 앞지르고 싶으면 버클만 풀면 됩니다. 하지만 둘 중 한 명은 언제나 줄에 붙어 있어야 합니다. 그렇게 되면 우주로 떠내려갈 위험은 없습니다. 질문 있습니까?"

"얼마나 오래 있을 수 있나요?"

"원하시는 만큼 계셔도 됩니다, 미즈 음발라. 하지만 약간의 불편이라도 느끼는 순간 돌아오시는 편이 좋을 겁니다. 처음 나갈 때는 한 시간 정도가 제일 좋을 겁니다. 겨우 10분에 지나지 않는 것처럼 느껴진다고 해도……."

스미스 선장 말이 정말 옳았다. 시간 측정 디스플레이를 보았을 때 헤이우드 플로이드는 벌써 40분이 지나갔다는 것을 믿을 수가 없었다. 그러나 그렇게 놀라울 일은 아니었다. 우주선에서 이미 1킬로미터 넘게 멀어졌기 때문이다.

어느 기준으로 보나 선배 승객인 플로이드가 처음으로 선외 활동을 나갈 특권을 받았다. 그에겐 사실상 다른 동료를 선택할 도리가 없었다.

"이바와 선외 활동이라니! 어떻게 거부할 수 있겠소! 심지어 그 망할 우주복 때문에 당신들이 좋아하는 선외 활동을 해 보지 못한다고 해도."

미하일로비치가 껄껄 웃으며 말하더니 음란한 미소를 지었다.

이바는 아무 주저 없이, 그러나 열광하는 티도 없이 동의했다.

'그게 이바 식이지.'

플로이드는 비꼬듯이 생각했다. 그가 환멸을 느꼈다고 말하면 완전한 진실은 아닐 것이다. 그의 나이가 되면 환상 자체가 거의 남지 않으니까. 그러나 그는 실망했다. 이바보다는 자기 자신에게. 이바는 그녀가 자주 비교되는 모나리자처럼 비평이나 칭찬을 넘어선 존재였다.

그 비교는 물론 우스꽝스러웠다. 라 조콘다(모나리자의 별칭 — 옮긴이)는 신비로웠지만, 전혀 에로틱하지는 않았다. 이바의 강점은 그 두 가지를 독특하게 조합하고, 거기에다가 순진함까지 더한 데 있었다. 반세기가 흐른 후에도 세 가지 요소의 흔적이 여전히 다 보였다. 적어도 신자의 눈에는.

이바에게 결여된 것은 실제 개성이었다. 플로이드는 슬프게도 인정할 수밖에 없었다. 그가 그녀에게 마음을 집중하려고 할 때마다 눈앞에 떠올릴 수 있는 것은 그녀가 연기했던 역할들뿐이었다. 그는 "이바 멀린은 모든 남성의 욕망의 반영태이다. 그러나 거울에는 개성이 없다."라고 말한 비평가에게 내키지 않는 마음으로 동의할 수밖에 없었다.

이제 그들과 가이드가 '검은 눈의 계곡'을 가로지르는 쌍둥이 전선을 따라 움직일 때, 이 독특하고 신비로운 생물은 핼리 혜성의 표면 위, 그의 옆에 떠 있었다. 그 계곡 이름은 그가 지은 것이었다. 어떤 지도에도 나타나지 않을 이름이지만, 그는 유치하게도 그것이 자랑스러웠다. 지구의 날씨만큼 지리의 수명이 짧은 세계에서 지도는 있을 수 없다. 어떤 인간의 눈도 예전에 그 주위의 경치를 본 적이 없고, 영원히 다시 볼 수도 없을 거라는 지식을 그는 음미했다.

화성이나 달 위에서는 외계의 하늘을 무시하고 약간 상상력을 발휘해 노력한다면 때때로 지구에 있는 듯이 느낄 수 있다. 그러나 여기서는 그것이 불가능했다. 우뚝 솟아오르고 종종 불쑥 뻗어 나오는 눈 구조물들은 중력을 거의 인정하지 않는 것 같았기 때문이다. 어느 쪽이 위인지 알려면 주위 환경을 아주 신경 써서 살펴보아야 했다.

'검은 눈의 계곡'은 특이했다. 상당히 단단한 구조물이었기 때문이다. 그것은 휘발성의 물줄기와 탄화수소 얼음이 박힌 울퉁불퉁한 암초였다. 지리학자들은 여전히 그 기원에 대해 논쟁하고 있다. 어떤 사람들은 그것이 사실 소행성의 일부분이고 혜성과 아주 오래전에 부딪쳤다고 주장한다. 핵심부를 채취해 조사하자 얼어붙은 콜타르와 닮은 유기화합물이 복잡하게 혼합되어 있음이 밝혀졌다. 그러나 그것을 형성하는 과정에서 생명이 아무 역할도 하지 않았다는 것은 확실했다.

그 작은 골짜기의 바닥에 깔린 '눈'은 완전히 까맣지 않았다. 플로이드가 손전등 빛줄기로 그곳을 훑자 수백만 개의 미세한 다이아몬드가 박힌 것처럼 반짝이고 깜박였다. 그는 핼리에 진짜 다이아몬드가 있는 게 아닐까 생각했다. 그곳에 확실히 탄소는 충분히 있었다. 그러나 여기에는 다이아몬드를 만들어 내기 위해 필요한 온도와 압력이 한 번도 존재한 적이 없었다는 것도 마찬가지로 거의 확실했다.

갑자기 충동에 휩싸여, 플로이드는 손을 아래로 뻗어 눈을 두 줌

모았다. 그렇게 하기 위해 발로 안전선을 밀어야 했다. 그는 공중그네 곡예사가 되어 팽팽한 줄 위를 걷는 자신을 우스꽝스럽게 거꾸로 그려 보았다. 가루처럼 부스러지는 표층에 머리와 어깨를 파묻을 때 사실상 아무 저항감도 느껴지지 않았다. 그다음 그는 부드럽게 끈을 당겨 핼리 혜성 한 줌을 쥐고 나왔다.

수정 부스러기를 손바닥에 꼭 들어맞는 공으로 뭉치면서, 그는 장갑의 단열재를 통해 그 감촉을 느낄 수 있었으면 하고 바랐다. 그 공을 이쪽저쪽으로 돌려 보자, 칠흑같이 검은 공은 순간적인 불빛을 반짝이며 손 안에 놓여 있었다.

갑자기 상상 속에서 그 공은 순백이 되고 헤이우드 플로이드는 다시 소년이 되어, 어린 시절의 유령들로 둘러싸인 겨울 운동장에 있었다. 심지어 새하얀 눈덩이를 던지며 그를 놀리고 위협하는 친구들의 목소리도 들릴 것만 같았다…….

그 기억은 짧았지만 매우 충격적이었다. 슬픈 감정이 물밀듯 밀어닥쳤기 때문이다. 한 세기의 시간을 건너, 주위에 서 있는 그 유령 친구들은 이제 하나도 기억나지 않았다. 그러나 몇 명을 그가 한때 사랑했다는 것은 기억했다.

눈에는 눈물이 가득 찼고, 손은 외계의 눈뭉치를 꽉 쥐었다. 다음 순간 그 환영은 사라지고, 플로이드는 다시 제정신으로 돌아왔다. 지금은 슬픔이 아니라 승리의 순간이었다.

"하느님 맙소사!"

헤이우드 플로이드가 외쳤다. 그의 말은 작고 소리가 잘 울리는 우주복 속에서 메아리쳤다.

"난 핼리 혜성 위에 서 있어. 여기서 더 뭘 바라겠어! 지금 운석에 맞는다고 해도 난 아무 불만이 없을 거야!"

그는 팔을 들어 별들을 향해 눈 뭉치를 던졌다. 그것은 너무나 작고 어두워서 금방 사라졌지만, 그는 하늘을 계속 바라보았다.

그때 예상치 못하게 갑작스러운 빛이 폭발하며, 숨어 있는 태양의 빛줄기 속으로 떠오르는 것처럼 그 눈 뭉치가 나타났다. 눈덩이는 그을음만큼 검었지만, 눈이 멀 것 같은 밝은 빛을 충분히 반사했기 때문에 희미하게 빛을 발하는 하늘을 배경으로 쉽게 알아볼 수 있었다.

플로이드는 눈덩이가 마침내 사라질 때까지 지켜보았다. 어쩌면 증발했을 것이고, 어쩌면 거리가 멀어져서 사라졌을 것이다. 머리 위에서 복사열이 맹렬히 빗발치고 있으니 오래가지는 못할 것이다. 그러나 직접 혜성을 만들어 보았다고 주장할 수 있는 사람이 얼마나 되겠는가?

올드페이스풀

유니버스 호가 아직 극지방의 어둠 속에 남아 있는 동안, 혜성의 조심스러운 탐험은 이미 시작되었다. 우선, 1인승 외부 기동 유닛들이 햇빛 쪽 면과 암흑면 양쪽 위를 제트 엔진으로 부드럽게 날아다니며 흥미로운 것이 있으면 전부 기록했다. 일단 예비 조사가 완료되자, 최대 다섯 명에 이르는 과학자들이 팀을 지어 기내 탑재 셔틀을 타고 날아가 전략 지점들에 장비와 기기 들을 배치했다.

기내 탑재 셔틀인 레이디 재스민 호는 무중력 환경에서만 작동할 수 있었던 디스커버리 호 시대의 원시적인 스페이스포드와는 전혀 달랐다. 그것은 궤도를 도는 유니버스 호와 화성, 달, 목성 위성들의 표면 사이를 오가며 사람들과 가벼운 짐을 나를 수 있게 설계된 사실상의 작은 우주선이었다. 우주선을 마치 귀부인처럼 대하는 수석 조종사는 보잘것없는 작은 혜성 주변을 날다니 우주선의 위엄에 한

참 못 미치는 일이라고 장난기 어린 씁쓸한 불평을 했다.

핼리 혜성에는, 적어도 표면에는 아무런 놀랄 만한 것이 없음을 확신하고 나자 스미스 선장은 극지방에서 날아올라 움직여 보기로 했다. 10여 킬로미터 정도 움직이자 유니버스는 다른 세계로, 즉 몇 달 동안 지속될 희부연 황혼에서 밤과 낮의 주기를 아는 영역으로 갔다. 그리고 새벽이 다가오면서, 혜성은 천천히 살아났다.

태양이 들쭉날쭉하고 이상할 정도로 가까운 지평선 위로 슬금슬금 올라오면서, 그 빛줄기가 표층에 얽은 자국처럼 박힌 무수한 작은 크레이터들 속으로 비스듬히 비쳐 내려왔다. 크레이터들은 대부분 활동하지 않는 상태였고, 좁은 구멍들은 무기염 침전물로 막혀 있었다. 핼리의 다른 어떤 곳에도 이렇게 생생한 색채를 볼 수 있는 곳은 없었다. 그래서 생물학자들은 지구에서 그랬던 것처럼 여기서도 생명이 조류 증식의 형태로 시작되고 있다고 생각했지만, 그 생각은 잘못된 것이었다. 이곳에서 생명체를 찾을 수 없다는 것을 많은 생물학자들이 마지못해 인정하겠지만, 그들은 아직 그 희망을 포기하지 않았다.

다른 크레이터들에서 증기 줄기들이 하늘로 떠올라 왔다. 증기를 흩뜨릴 바람이 없었기 때문에 그 줄기들은 비현실적일 정도로 똑바른 탄도로 움직였다. 보통은 한두 시간 동안 아무 다른 일도 일어나지 않았다. 그러다 태양의 온기가 얼어붙은 내부를 관통하면, 핼리는 빅터 윌리스의 표현대로 '고래 떼처럼' 분출하기 시작했다.

생생하기는 하지만, 그의 그 비유는 정확하지는 않았다. 핼리의 햇빛 쪽 면 제트 기류들은 간헐적으로 솟아오르는 것이 아니라 한

번에 꾸준히 몇 시간 동안 지속되었다. 그리고 위에서 굽어져 표면으로 도로 떨어지지 않고, 하늘로 계속 곧장 올라가 자신들이 만들어 내는 빛나는 안개 속으로 사라졌다.

처음에 과학 팀은 예측할 수 없는 상태의 에트나 화산이나 베수비오 화산에 다가가는 화산학자들처럼 조심스럽게 간헐천을 다루었다. 그러나 그들은 곧 핼리의 분출이 보기에는 무시무시할 때가 많지만 매우 온화하고 예의 바르다는 것을 알게 되었다. 물은 보통 소방 호스에서 나오는 정도의 속도였고, 별로 따뜻하지 않았다. 지하에서 나오는 몇 초 동안 물은 증기와 얼음 수정의 혼합물로 변해 번쩍였다. 핼리는 위로 떨어지는 영원한 눈보라에 감싸여 있었다. 이 대단찮은 분출 속도에서도, 물은 하나도 원점으로 다시 돌아오지 않았다. 태양 주위를 돌 때마다 혜성의 생명의 피는 점점 더 굶주린 우주의 진공 속으로 흘러 나갈 것이다.

끈질긴 설득 끝에, 스미스 선장은 유니버스 호를 햇빛 쪽 면의 가장 큰 간헐천인 올드페이스풀의 반경 100미터 안쪽으로 옮기는 데 동의했다. 그것은 경외감이 드는 장면이었다. 놀라울 정도로 작은 구멍에서 자라는 거대한 나무처럼, 그 혜성에서 가장 오래된 형성물로 보이는 300미터 넓이의 크레이터에서 희끄무레한 회색 안개 기둥이 뿜어져 나왔다. 오래지 않아, 과학자들은 (슬프게도 불모지인) 그 크레이터 곳곳에서 앞다투어 움직이며 여러 색깔의 광물 표본들을 모으고 날아오르는 물-얼음-안개 기둥에 아무렇지도 않게 온도계와 표본 추출 튜브를 찔러 넣고 있었다.

선장은 경고했다.

"여러분 중 누구라도 그것 때문에 우주로 날아가게 되면, 속히 구출될 거라고 기대하지 마십시오. 사실, 여러분이 돌아올 때까지 기다리기만 할 수도 있습니다."

"선장 말이 무슨 뜻이죠?"

어리둥절한 디미트리 미하일로비치가 물었다. 여느 때와 같이 빅터 윌리스가 재빨리 대답했다.

"천체역학에서 모든 일이 언제나 기대하는 대로 일어나지는 않는다는 거죠. 어떤 물체든 헬리에서 상당한 속도로 내동댕이쳐지면 본질적으로 여전히 같은 궤도에서 움직일 겁니다. 큰 차이가 나려면 엄청난 속도 변화가 있어야 하거든요. 그래서 한 번 공전한 후에야 두 궤도가 다시 만나고, 내동댕이쳐진 곳에 다시 설 수 있게 된다는 거죠. 물론 76살 더 먹은 다음에요."

올드페이스풀 근처에서 아무도 합리적으로 예측할 수 없었던 현상이 하나 더 발견되었다. 처음 관측했을 때, 과학자들은 자기 눈을 거의 믿을 수가 없었다. 우주의 진공에 노출된 채 헬리 혜성 위 몇 헥타르에 걸쳐 펼쳐진 것은 완전히 보통 호수로 보였다. 극도로 검다는 점만 주목할 만했다.

절대 그것이 물일 리는 없었다. 이 환경에서 안정적일 수 있는 유일한 액체는 유기체 중유 아니면 타르였다. 투오넬라(핀란드 신화의 내세 —옮긴이) 호수라는 별명으로 불린 그곳은 사실 검고 끈적끈적한 선박용 방수재 웅덩이에 더 가까웠다. 1밀리미터도 안 되는 끈적끈적한 표면층만 제외하면 아주 단단했다. 무시해도 좋을 만한 중력 속에서, 그곳이 지금처럼 거울같이 매끈해지기까지는 오랜 세월이 걸려야 했을 것이다. 아마 태양의 따뜻한 불길 주위를 몇 바퀴 돌았으리라.

선장이 중지시킬 때까지 호수는 핼리 혜성의 주요 관광지였다. 아무도 자신이 제일 먼저 알아냈다고 주장하지 않았지만, 누군가가 그 호수를 지구 위처럼 완전히 정상적으로 걸어 건널 수 있다는 것을 발견했다. 표면의 얇은 막은 발을 제자리에 잡아 주기에 딱 알맞은 접착력이 있었다. 오래지 않아, 선원들 대부분은 물 위를 걷는 것 같은 모습을 비디오로 찍었다.

얼마 후 스미스 선장이 에어로크를 검사하던 중 벽들이 문자 그대로 타르로 얼룩진 것을 발견했다. 선장은 지금까지 누군가가 본 것 중에서 가장 분노에 가까운 모습을 보였다.

"우주선 바깥 부분을 '그을음'으로 도배한 것만 해도 충분해요. 핼리 혜성은 내가 본 곳 중에 가장 더러운 장소요."

선장은 이를 꽉 다문 채 말했다.

그 이후 더 이상 투오넬라 호수 위를 거니는 사람은 없었다.

터널 끝에서

모든 사람이 다른 모든 사람을 아는 작고 자족적인 우주 안에서, 완전히 낯선 사람을 마주치는 것보다 더 큰 충격은 있을 수 없었다.

헤이우드 플로이드는 부드럽게 떠서 주 라운지로 이어지는 복도를 따라가다가 그런 충격적인 경험을 했다. 그는 깜짝 놀라 침입자를 노려보며, 밀항자가 어떻게 이렇게 오래 숨어 있을 수 있었을까 생각했다. 상대 남자는 당황과 허세가 섞인 태도로 그를 마주 쳐다보며, 플로이드가 먼저 말하기를 기다리고 있는 것 같았다.

플로이드가 마침내 입을 열었다.

"아, 빅터! 알아보지 못해서 미안합니다. 그럼 당신은 과학이라는 대의를 위해 최고의 희생을 했군요. 아니면 당신 팬을 위해서라고 해야 하나요?"

"그래요. 헬멧 하나에 간신히 머리를 꾸겨 넣는 데는 성공했는데,

망할 수염이 긁히는 소리를 하도 많이 내는 바람에 아무한테도 내 말이 안 들리더라고요."

월리스가 짜증을 내며 대답했다.

"언제 나갈 겁니까?"

"클리프가 돌아오는 대로요. 빌 챈트와 함께 동굴 탐험을 갔거든요."

1986년 혜성의 첫 번째 근접 비행은 혜성이 물보다 상당히 덜 조밀하다는 것을 시사했다. 그것은 혜성이 매우 투과성 높은 물질로 만들어졌거나 구멍투성이라는 뜻일 수밖에 없었다. 두 가지 설명 다 옳은 것으로 밝혀졌다.

늘 조심스러운 스미스 선장은 처음에는 어떤 동굴 탐사도 딱 잘라 금지했다. 수석 보좌관인 챈트 박사가 경력 있는 동굴학자라는 것이야말로 펜드릴 박사가 상기시키고 나서야 선장은 마침내 수그러들었다. 사실, 이것은 챈트 박사가 그 임무에 선발된 이유 중 하나였다.

"이렇게 낮은 중력에서는 동굴이 붕괴될 수 없어요. 그러니 갇힐 위험이 없습니다."

펜드릴은 내키지 않아 하는 선장에게 말했다.

"길을 잃으면요?"

"챈트는 그런 의견을 들으면 직업적 모욕으로 생각할 겁니다. 그는 매머드 동굴(미국 켄터키 주에 있는 세계 최대 규모의 석회암 동굴 — 옮긴이) 안으로 20킬로미터나 들어간 적이 있습니다. 어쨌든 가이드라인도 달고 갈 거니까요."

"통신은?"

"라인 안에 광섬유가 있습니다. 그리고 우주복 무선이 가는 동안 대부분 작동할 겁니다."

"으음. 챈트 박사는 어디로 가고 싶어 합니까?"

"가장 좋은 곳은 에트나 주니어라고 이름 붙인 기슭에 있는 활동을 멈춘 간헐천입니다. 그곳은 적어도 1000년 정도 죽어 있었습니다."

"그러면 하루 이틀 정도는 더 조용하겠지. 아주 좋아요. 다른 사람도 가고 싶어 합니까?"

"클리퍼드 그린버그가 자원했습니다. 클리프도 바하마에서 수중동굴 탐사를 많이 했습니다."

"나도 한번 시도해 보았던 적이 있지요. 그걸로 충분했고 말이지요. 클리프에게 꼭 몸조심하라고 말해 줘요. 입구가 보이는 곳까지는 들어갈 수 있지만, 더 먼 데는 안 돼요. 그리고 만약 챈트와 연결이 끊어지면 내 허락 없이 챈트를 따라가면 안 됩니다."

'그런 허락은 매우 해 주기 싫을걸.'

선장은 속으로 덧붙였다.

챈트 박사는 자궁으로 돌아가고 싶어 동굴학자가 된 거 아니냐는 식으로 사람들이 으레 하는 농담을 다 알고 있었고 자기가 그런 농담을 반박할 수 있다고 굳게 확신했다.

챈트 박사는 이렇게 주장했다.

"자궁은 쿵쿵거리고 탁탁 부딪치고 꿀럭거리는 소리로 매우 시끄러운 장소일걸요. 난 동굴이 아주 평화롭고 영원하기 때문에 그곳을 사랑합니다. 10만 년 동안 종유석이 약간 더 굵어지는 것 외엔 아무것도 바뀌지 않죠."

그러나 지금 핼리 혜성 속으로 더 깊이 떠가면서, 클리퍼드 그린 버그와 이어진 가늘지만 끊을 수 없는 실을 풀어내면서, 그는 그것이 더 이상 사실이 아니라는 것을 깨달았다. 아직 과학적으로 증명된 것은 하나도 없었지만, 지질학자의 본능은 이 지하 세계가 우주의 시간 척도로 겨우 어제 태어났다고 그에게 말해 주었다. 이곳은 인간의 몇몇 도시들보다도 더 어렸다.

길고 얕게 뜀을 뛰어 그가 미끄러져 들어가고 있는 이 터널은 지름 약 4미터 정도였고, 사실상 몸무게가 없는 느낌은 지구에서 동굴 다이빙을 했던 기억을 생생하게 불러일으켰다. 낮은 중력이 그 환상에 일조했다. 마치 그가 약간 무게가 있어서 계속 부드럽게 아래로 떠내려가는 것 같았다. 저항이 하나도 없다는 것만이 그가 물이 아니라 진공 속에서 움직이고 있다는 사실을 일깨워 주었다.

"당신은 막 시야 밖으로 벗어나고 있습니다. 무선 연결 상태는 아직 좋아요. 풍경은 어때요?"

입구에서 50미터 안으로 들어온 그린버그가 말했다.

"말로 하기 힘들군요. 형성물을 하나도 알아볼 수가 없어서, 그걸 묘사할 단어가 없어요. 이건 어떤 종류의 바위도 아닙니다. 내가 만지면 부서져요. 꼭 거대한 그뤼에르 치즈를 탐사하고 있는 것 같아요……."

"유기체라는 뜻인가요?"

"예. 물론 생명과는 아무 상관 없죠. 하지만 생명을 만들기 위한 완벽한 원료입니다. 온갖 종류의 탄화수소가 다 있고……, 화학자들이 이 표본을 보면 재미있어할 겁니다. 아직 내가 보입니까?"

"불빛만 보이고, 그것도 빠르게 사라져 가고 있어요."

"아, 여기 진짜 바위가 좀 있어요. 여기 것처럼 보이지 않는군요. 아마 부딪쳐 들어온 것이겠죠. 아……, 황금과 마주쳤어요!"

"농담이겠죠!"

"옛날 서부에서 많은 사람들이 여기 속았죠. 황철광. 외계 위성에는 흔해요. 하지만 그게 왜 여기 있는지 나한테 묻지 마세요……."

"시각적 연결이 끊겼어요. 당신은 200미터 안쪽으로 들어갔어요."

"뚜렷이 다른 층을 지나가고 있어요. 운석 파편 같아요. 옛날에 이게 형성될 때 뭔가 신나는 일이 일어났겠죠. 그 연대를 측정할 수 있으면 좋겠는데. 와!"

"갑자기 소리 지르지 마요!"

"미안해요. 깜짝 놀라는 바람에. 앞에 커다란 방이 있어요. 전혀 예상 못 했던 거네요. 주위에 빛을 좀 비춰 볼게요……, 거의 구 모양이에요……, 지름 30~40미터. 그리고……, 믿을 수가 없네요. 핼리에는 깜짝 놀랄 거리가 가득해요……, 종유석과 석순 들이 있어요."

"그게 뭐 그렇게 놀라워요?"

"여기에는 새어 나오는 물이나 석회암이 없어요. 그리고 중력이 이렇게 낮다고요. 무슨 왁스처럼 보여요. 비디오 화면을 잘 잡는 동안 조금만 기다려요. 환상적인 모습이에요…… 촛농이 뚝뚝 떨어져 쌓인 모양 같아요. 이건 이상한데…….”

“뭐가 이상한데요?”

갑자기 챈트 박사의 어조가 바뀌었고, 그린버그는 그것을 즉각 알아차렸다.

“어떤 기둥들은 깨져 있어요. 깨져서 바닥에 놓여 있어요. 마치…….”

“마치…… 뭐요!”

“……마치 무엇과…… 부딪친 것 같아요.”

“말도 안 돼요. 지진 때문에 부러졌을 수도 있나요?”

“여기엔 지진이 없어요. 간헐천에서 나오는 미소진동뿐이에요. 언젠가 커다란 가스 분출이 있었겠지요. 하여간 몇 세기 전일 거예요. 쓰러진 기둥 위에 이 왁스 같은 물질이 층을 이루고 있어요. 몇 밀리미터 두께로요.”

챈트 박사는 천천히 냉정을 되찾고 있었다. 그는 별로 상상력이 풍부한 사람이 아니었다. 동굴 탐험을 하다 보면 상상력이 풍부한 사람들이 먼저 죽어 나간다. 그러나 이 장소는 왠지 불안스러운 기억을 촉발시켰다. 그리고 그 쓰러진 기둥들은 꼭 우리의 창살처럼 보였다. 괴물이 도망가려다 부서뜨린…….

물론 전혀 터무니없는 생각이었다. 그러나 챈트 박사는 어떤 예감도, 어떤 위험 신호도 그 근원을 찾아낼 때까지 무시하지 말라고 배웠다. 그 경고는 그의 목숨을 여러 번 구해 주었다. 그는 공포의 근원을 알아낼 때까지 이 방 너머로 가지 않을 것이다. 그리고 그는 정직하게도 지금 자신에게 걸맞은 단어는 공포라는 것을 인정했다.

"빌…… 괜찮아요? 무슨 일인가요?"

"아직 촬영하고 있어요. 여기 어떤 모양을 보고 인도 사원의 조각을 떠올렸어요. 거의 에로틱하네요."

챈트 박사는 조심스럽게 관심을 다른 곳에 돌려 공포와 똑바로 직면하지 않으려고 했다. 정신의 눈을 다른 데 돌려 공포가 눈치채지 못하게 살금살금 다가가 보려고 하는 것이었다. 그러는 동안 순전히 기계적인 동작으로 기록과 표본 모으기에만 집중하려고 애썼다.

'건강한 공포는 전혀 잘못된 게 아니야.'

챈트 박사는 스스로에게 일깨웠다. 공황으로 치달을 때에만 공포는 살인자가 된다. 그는 살면서 공황 상태를 두 번 겪었다. 한 번은 산비탈에서, 한 번은 물속에서였다. 그리고 여전히 그 축축한 손길을 기억하면 몸을 떨었다. 하지만 고맙게도 지금은 그것과 거리가 멀었다. 그 이유 하나만으로도, 이해할 수는 없지만 기묘하게 안심이 되었다. 그 상황에는 희극적 요소가 있었다.

곧 그는 웃기 시작했다. 히스테리가 아니라 안도감 때문이었다.

"옛날 스타워즈 영화들을 본 적 있어요?"

챈트 박사가 그린버그에게 물었다.

"물론요. 대여섯 번 봤죠."

"음, 내가 무엇 때문에 신경을 쓰고 있었는지 알았어요. 루크의 우주선이 소행성대로 뛰어들었다가 동굴 안에 도사리고 있는 거대한 뱀 같은 생물과 마주치는 부분이 있었어요."

"루크의 우주선이 아니라 한 솔로의 밀레니엄 팔콘 호예요. 난 그 불쌍한 짐승이 어떻게 근근이 먹고 살았는지 늘 궁금했어요. 우주에서 가끔가다 오는 한입거리를 기다리다가는 매우 굶주렸을 텐데. 어쨌든 레아 공주는 오르되브르에 지나지 않았을 테고요."

"그런 말을 하려고 한 건 아니었고요."

챈트 박사는 이제 완전히 편안해진 마음으로 말했다.

"만약 이곳에 생명이 있다고 해도, 그 자체로 기적적인 일이겠지만, 먹이사슬이 매우 짧을 겁니다. 그러니 쥐보다 더 큰 것을 발견하면 난 깜짝 놀랄 거예요. 아니, 더 그럴듯한 건 버섯이죠……. 이제 여기서 어디로 갈지 봅시다……. 방 맞은편에 출구가 두 개 있어요. 오른쪽 문이 더 커요. 그쪽으로 갈게요……."

"선이 얼마나 남았지요?"

"아, 넉넉히 반 킬로미터는 돼요. 이제 갑니다. 방 한가운데에 왔어요……. 젠장, 벽에 부딪쳐 튀었어요. 이제 손으로 잡을 만한 데를 찾았고……, 머리부터 들어갑니다. 벽이 매끄럽군요. 진짜 바위로 바뀌었어요……. 이거 유감이군……."

"무슨 문제가 있어요?"

"여기서 더 갈 수가 없어요. 종유석이 더 많아졌어요……, 너무 촘촘해서 통과할 수가 없어요……, 폭약 없이 부수기에는 너무 굵고요. 폭약으로 부순다면 부끄러운 일일 겁니다……, 색채가 아름다워요……, 핼리에서 진짜 녹색과 파란색은 처음 봤어요. 비디오에 담을 테니 잠깐만 기다려요……."

챈트 박사는 좁은 터널 벽에 몸을 버티고 카메라를 겨누었다. 그는 장갑 낀 손으로 고광도 스위치에 손가락을 뻗었으나 제대로 누르지 못하고 대신 메인 라이트를 완전히 꺼 버렸다.

"설계가 형편없어. 내가 이 짓이 세 번째라니까."

챈트 박사는 중얼거렸다.

그는 자기가 한 실수를 즉시 바로잡지 않았다. 그는 언제나 아주 깊은 동굴 속에서만 경험할 수 있는 침묵과 완전한 어둠을 좋아했기 때문이었다. 자신의 생명 유지 장치에서 나는 부드러운 배경음이 침묵은 앗아 갔지만, 적어도…….

……저건 뭐지? 더 이상 들어가지 못하도록 막고 있는 종유석 창살문 너머에서 새벽의 처음 빛처럼 희미하고 은은한 빛이 보였다. 눈이 어둠에 적응하면서 그 빛은 더 밝게 보였고, 은은한 녹색도 띠고 있었다. 이제 앞에 있는 장벽의 윤곽까지 보였다.

"무슨 일이죠?"

그린버그가 초조한 목소리로 물었다.

"아무것도요. 그냥 관찰 중입니다."

"생각 중이고요."라고 덧붙일 수도 있었다. 네 가지 설명이 가능했다.

햇빛이 얼음이든, 수정이든, 뭐든 간에 자연적으로 생긴 채광망에 걸려져 내려온 것일 수도 있었다. 하지만 이런 깊이에? 그럴 것 같지는 않았다.

방사능? 그는 계수기까지 챙겨 오지는 않았다. 이곳에는 사실상 중원소가 없었다. 그러나 다시 와서 조사해 볼 가치는 있을 것이다.

야광 광물. 그는 여기에 돈을 걸 것이다. 그러나 네 번째 가능성이 있었다. 가장 있을 법하지 않고, 가장 흥분되는 가능성.

챈트 박사는 인도양 해변에서 보낸 달도 루시퍼도 없었던 밤을 절대 잊지 않았다. 모래 해변을 따라 밝은 별들 아래를 걷고 있을 때, 바다는 매우 잔잔했다. 그러나 때때로 나른한 파도가 발치에서 부서지곤 했다……. 그러다 불빛이 폭발하듯 번쩍였다.

그는 얕은 곳으로 걸어 들어갔고(발목 주위에 부딪치던 물의 감각이 아직 기억났다. 따뜻한 목욕물 같았다.) 걸음마다 빛이 폭발했다. 심지어 손을 수면에 가까이 대고 박수를 치면 빛을 폭발시킬 수도 있었다.

그와 비슷한 발광 생물 유기체가 이곳 핼리 혜성 심장부에서 진화했을 수도 있을까? 그는 그 생각이 아주 마음에 들었다. 이렇게 정교한 자연의 예술 작품을 훼손하는 건 애석한 일이었다. 종유석의 장벽 뒤에서 빛이 비치자, 어느 대성당에서 본 적이 있는 제단의 칸막이가 떠올랐다……. 장벽 너머로 가려면 돌아가서 폭약을 가져와야만 했다. 그런데, 다른 복도가 있었다…….

"이 길로는 더 갈 수가 없어요. 그러니까 다른 길로 가 보겠습니다. 합류점으로 돌아갑니다. 선을 다시 감습니다."

하지만 챈트 박사는 불을 다시 켜자마자 사라져 버린 그 은은하고 신비로운 빛에 대해서는 그린버그에게 말하지 않았다.

이상하게도 그린버그는 즉시 대답하지 않았다. 아마 우주선과 이야기하고 있는 것이리라. 챈트는 걱정하지 않았다. 통신이 다시 시작되자마자 메시지를 되풀이하면 되니까.

그린버그에게서 짧게 답신이 왔으므로 그런 수고를 할 필요도 없었다.

"좋아요, 클리프. 1분 정도 연락이 끊어졌던 것 같아요. 방으로 돌아갑니다. 이제 다른 터널로 들어갑니다. 그곳은 막혀 있지 않았으면 좋겠어요."

이번에는 그린버그가 즉시 대답했다.

"미안해요, 빌. 우주선으로 돌아가야 해요. 비상사태입니다. 아니, 여기가 아니에요. 유니버스 호에서는 모든 게 괜찮아요. 하지만 우리는 지구로 즉시 돌아가야 할 것 같아요."

챈트 박사는 몇 주가 지난 뒤에야 그 부서진 기둥에 대해 매우 그럴듯한 설명을 찾아낼 수 있었다. 혜성이 근일점을 통과할 때마다 구성 물질을 우주로 뿌리기 때문에, 혜성의 질량 분포는 끊임없이 바뀌었다. 그래서 몇천 년마다 선회가 불안정해졌고, 축의 방향이 매우 폭력적으로, 에너지를 잃으면서 막 쓰러지려는 막대의 꼭대기처럼 바뀌곤 했다. 그런 일이 일어날 때 생기는 혜성 지진은 너끈히 리히터 규모 5에 이를 수 있었다.

그러나 그 은은한 야광의 신비는 전혀 풀지 못했다. 상황이 복잡하게 돌아가는 통에 묻어 두고 말았지만, 기회를 놓쳤다는 느낌은 남은 평생 계속 그를 따라다니게 될 터였다.

때때로 마음이 흔들리긴 했지만 챈트 박사는 그 이야기를 동료 누구에게도 말하지 않았다. 그러나 그는 다음 탐험대를 위해 봉인한 노트를 남겼고, 그것은 2133년에야 열리게 된다.

복귀 명령

"빅터를 본 적 있어요? 완전 못 봐주겠던데요."

플로이드가 선장의 호출에 응하려고 서두르고 있는데 미하일로 비치가 신이 나서 말했다.

"수염이야 고향에 가면서 다시 기르면 되지요. 나는 무슨 일이 일어났는지부터 알아봐야겠어요."

지금은 그런 사소한 일에 시간을 쓸 여유가 없는 헤이우드가 쏘아붙였다.

플로이드가 도착했을 때, 스미스 선장은 여전히 넋이 나간 채 선실에 앉아 있었다. 만약 이것이 자신의 우주선에 영향을 끼치는 비상사태였다면, 그는 제어된 에너지의 폭풍으로 변해 이쪽저쪽으로 명령을 내리고 있었을 것이다. 그러나 이 상황에서 그가 할 수 있는 일은 지구에서 다음 메시지가 오기를 기다리는 것밖에 없었다.

라플라스 선장은 스미스 선장의 오랜 친구였다. 어떻게 그가 이런 난국에 처할 수가 있단 말인가? 생각할 수 있는 사고도, 운항 실수도, 장비 오류도 없었다. 그가 처한 곤경을 납득할 만한 일이 없었던 것이다. 또, 스미스가 보는 한에는 유니버스 호가 그를 도와 그 처지에서 빠져나가게 할 방법도 없었다. 작전 본부는 빙빙 쳇바퀴만 돌고 있었다. 이것은 우주에서 너무나 흔한, 조의를 송신하고 마지막 메시지를 녹음하는 것밖에 아무것도 할 수 없는 비상사태 같았다. 그러나 스미스 선장은 플로이드에게 그 소식을 전할 때 자신의 의심과 두려움을 전혀 내비치지 않았다.

"사고가 생겼습니다. 우리는 구출 임무 준비를 하기 위해 즉시 지구로 돌아오라는 명령을 받았습니다."

"무슨 사고인데요?"

"자매선 갤럭시 호 말입니다. 목성 위성들을 조사하고 있었는데, 불시착했습니다."

선장은 플로이드의 얼굴에서 놀라고 믿을 수 없다는 표정을 보았다.

"예, 저도 불가능하다는 걸 압니다. 하지만 진짜 중요한 문제는 이겁니다. 그 우주선은……, 에우로파에 좌초했습니다."

"에우로파라고요!"

"유감스럽게도 그렇습니다. 우주선은 손상되었지만 인명 손실은 없는 것 같습니다. 세부 정보는 아직 기다리고 있습니다."

"언제 일어난 일입니까?"

"열두 시간 전입니다. 우주선이 가니메데에 보고할 수 있을 때까지 시간이 지체되었습니다."

"하지만 우리가 뭘 할 수 있죠? 우리는 태양계 반대편에 있어요. 연료 재보급을 하기 위해 달 궤도로 돌아갔다가, 목성으로 가는 제일 빠른 길을 잡아도……, 시간이……, 아, 적어도 두 달은 걸릴 텐데!"

'레오노프 호 시절이라면 2년이 걸리겠지…….'

플로이드는 속으로 덧붙였다.

"압니다. 하지만 어떻게 할 수 있는 다른 우주선이 없어요."

"가니메데의 위성 간 연락선은 어때요?"

"그건 궤도 활동만 하도록 만들어졌어요."

"칼리스토에 착륙한 적도 있잖습니까."

"그건 훨씬 에너지가 적게 드는 임무였습니다. 아, 그걸로 간신히 에우로파까지 갈 수는 있었습니다. 하지만 그때의 유상하중은 무시할 만했지요. 물론 그쪽으로도 가능성을 열어 두고 있습니다만."

플로이드는 선장의 설명이 더 이상 귀에 들려오지 않았다. 그는 여전히 이 놀라운 소식을 제대로 이해하려고 애쓰고 있었다. 반세기 만에 처음으로, 그리고 역사상 겨우 두 번째로, 우주선이 금지된 위성에 착륙했다. 아무래도 불길한 예감을 불러일으킬 수밖에 없었다.

"선장님은 그 누구든, 무엇이든 간에 에우로파에 있는 것이 원인이라고 생각하십니까?"

플로이드가 물었다.

"저도 그게 궁금합니다. 하지만 우리가 그 장소를 몇 년 동안 돌며 엿볼 때는 아무 일도 없었습니다."

선장이 침울하게 말했다.

"더 중요한 건……, 우리가 구조 시도를 하면 무슨 일이 일어날까요?"

"그게 제가 처음 했던 생각입니다. 그러나 이건 다 추측이죠. 우리는 상황을 더 자세히 파악하게 될 때까지 기다려야 합니다. 사실은 그래서 당신을 부른 겁니다. 갤럭시 호 승무원 명단을 방금 받았는데, 혹시나 해서 여쭙는 건데요……."

선장은 머뭇거리며 책상 너머로 출력물을 내밀었다. 그러나 목록을 훑어보기도 전에, 어떻게인지 몰라도 헤이우드 플로이드는 자기가 무엇을 보게 될지 알고 있었다.

"내 손자 맞습니다."

그는 암울하게 말했다. 그리고 속으로 덧붙였다.

'내 대를 이을 단 한 사람이지.'

3부

에우로파
룰렛

망명의 정치학

더욱 암울한 예측이 많았지만, 남아프리카 혁명은 혁명 치고는 상대적으로 무혈 혁명이었다. 여러 가지 폐해를 끼친다고 비난을 받아 온 텔레비전은 이번 혁명에서 약간의 공을 세웠다. 필리핀에서 한 세대 전에 선례가 있었다. 전 세계 사람들이 보고 있다는 것을 알면 남녀 대다수가 책임감 있는 방식으로 행동하는 경향이 있었던 것이다. 부끄러운 예외들이 있기는 했지만, 대학살은 카메라에 거의 잡히지 않았다.

권력을 넘겨주기 훨씬 전부터, 어쩔 수 없다는 것을 알아차린 대부분의 남아프리카공화국 백인들은 그 나라를 떠났다. 그리고 새 행정부가 쓰디쓰게 불평했듯이, 그들은 빈손으로 가지 않았다. 수십억 란드(남아프리카공화국 화폐 단위 ─옮긴이)가 스위스와 네덜란드 은행으로 옮겨졌다. 마지막에는, 케이프타운과 요하네스버그에서 수수께끼의 비행기들이 거의 매시간 취리히와 암스테르담으로 떠났다. '자유의 날'이 오면 멸망한 남아프리카공화국에서는 1트로이온스의 금도, 1캐럿의 다이아몬드도 찾지 못할 거라고 사람들은 말했다. 그리고 광산 채굴은 방해 세력의 농간으로 제대로 이루어지지 못했다. 어느 유명한 피난민은 헤이그에 있는 자신의 호화 아파트에서 이렇게 자랑했다.

"깜둥이들이 킴벌리(남아프리카공화국 노던케이프 주의 주도. 세계 최대의 다이아몬드 채굴과 가공의 중심지 ─ 옮긴이)를 다시 돌아가게 하려면 5년쯤 걸릴 거야. 그놈들이 그럴 수나 있다면 말이야."

드비어스가 5주도 안 되어 새 이름과 새 경영진 아래 사업을 재개한 것을 보고 그는 엄청나게 놀랐을 것이다. 다이아몬드는 새 국가경제에서 유일하고 가장 중요한 요소였다.

보수적인 기성세대들이 승산 없는 싸움을 필사적으로 벌였지만, 한 세대가 지나자 어린 난민들은 21세기의 뿌리 없는 문화 속에 흡수되었다. 그들은 자부심을 갖고 조상들의 용기와 결단력을 회상했지만 자랑은 하지 않았고, 조상들의 어리석음과는 거리를 두었다. 그들은 사실상 아무도 아프리칸스어를 말하지 않았다. 심지어 자기집에서도.

하지만 한 세기 전 러시아 혁명에서 그랬듯이, 시계를 되돌릴 꿈을 꾸는 사람들은 많았다. 적어도 자신의 권력과 특권을 빼앗은 사람들의 결실을 파괴할 꿈을 꾸는 사람들은 많았다. 보통 그들은 좌절과 쓰디쓴 울분을 선전과 시위, 보이콧, 세계 협의회에 내는 청원서, 그리고 드물게는 예술 작품에 쏟았다. 빌헬름 스머츠의 「볼트레

커스(1834년~1837년에 케이프타운 식민지에서 벗어나 남아프리카에 자리 잡은 백인들 — 옮긴이)」는 아이러니하게도 영미 문학의 걸작 자리를 넘겨받았다. 저자에게 격렬히 반대하는 사람들조차도 그 작품을 칭송했다.

그러나 정치적 활동은 쓸모없고 폭력만이 예전 상황을 회복시킬 것이라고 믿는 그룹들도 있었다. 자기들이 역사의 페이지를 다시 쓸 수 있다고 진짜로 생각하는 사람들은 많지 않았지만, 승리가 불가능하다면 복수에 기꺼이 만족할 자들도 적지 않았다.

완전 동화와 철저한 비타협이라는 두 개의 극단 사이에 정치적인 (그리고 비정치적인) 단체들의 스펙트럼이 전부 있었다. '동맹'은 제일 큰 단체는 아니었지만, 제일 강력하고 확실히 제일 부유한 단체였다. 주식회사와 지주회사 들의 네트워크를 통해 잃어버린 공화국에서 밀수한 부의 대부분을 통제했기 때문이다. 그 회사들은 이제 대체로 완벽하게 합법적인 회사들로 탈바꿈해서 정말 흠잡을 데가 없었다.

'동맹'의 돈 5억이 적법한 절차에 따라 연례 대차대조표에 올라 '청 우주항공사'에 들어와 있었다. 2059년, 로렌스 경은 또 5억을 받아 기뻤다. 그 돈으로 그는 자신의 작은 선단을 제작해 달라는 주문을 좀 더 재촉할 수 있었다.

그러나 그의 훌륭한 지성으로도 '동맹'과 '청 우주항공사'의 갤럭시 호가 최근 나가게 된 전세 우주 비행 사이의 관계를 추적하지는 못했다. 아무튼 핼리 혜성이 그때 화성으로 접근하고 있었기 때문에, 로렌스 경은 유니버스 호가 스케줄에 맞춰 떠날 수 있도록 준비시키느라 아주 바빴다. 그래서 그는 자매선 갤럭시 호의 정기 운항에는 별로 주의를 기울이지 않았다.

런던의 로이드 사가 갤럭시 호의 예상 노선에 의문을 제기했지만, 이러한 반론은 재빨리 무시되었다. '동맹'은 모든 곳의 요직에 연줄을 두고 있었다. 그것은 그 보험 중개사에게는 불행이었지만, 우주 변호사들에게는 큰 행운이었다.

위험한 화물

며칠마다 수백만 킬로미터씩 목적지가 위치를 바꿀 뿐만 아니라, 매초 몇십 킬로미터씩 속도 범위를 바꾸어야 하는 상황에서 우주 운항 노선을 운영하는 일은 쉽지 않았다. 정기 스케줄 같은 것은 불가능했다. 하지만 그런 생각을 깡그리 잊어버리고 태양계가 재배열되기를 기다리면서 인류의 더 큰 편익을 위해 항구에, 아니면 적어도 궤도에 머물러 있어야 할 때가 있다.

다행히도 이런 기간은 한참 전에 알려져서, 그 기간을 우주선 점검, 부품 교환, 그리고 승무원 행성 허가를 받는 데 최대한 활용할 수 있었다. 그리고 가끔 행운이 따를 때 공격적인 세일즈 기술을 구사하면 그 지역에서 우주선 대절 사업도 벌일 수 있었다. 비록 옛날식으로 말하면 '보트 타고 만 한 번 돌기' 수준에 지나지 않더라도.

에릭 라플라스 선장은 가니메데에서 떨어진 곳에서 체류하는 석

달 동안 완전히 허송세월하지 않게 되어서 기뻤다. '행성 과학 재단'에 익명으로 들어온 뜻밖의 보조금은 이번 목성(지금까지도 아무도 그것을 루시퍼라고 부르지 않았다.) 위성계 정찰을 위한 자금이 될 것이다. 이번 정찰에서는 지금까지 무시했던 더 작은 위성들 10여 개에 특별한 주의를 기울일 것이다. 어떤 위성들은 방문은 말할 것도 없고 제대로 한 번 측량된 적도 없었다.

임무에 대해 듣자마자 롤프 판 데르 베르흐는 청 운항회사 대리점 사람을 불러 조심스럽게 몇 가지 질문을 했다.

"예, 처음에는 이오로 갈 겁니다……. 그다음에 에우로파를 근접 비행 해서……."

"근접 비행만요? 얼마나 가깝게?"

"잠깐만요……. 이상하군요. 비행 계획에 세부 사항이 없어요. 물론 출입 금지 지역으로 들어가지는 않을 겁니다."

"마지막 결정 때 출입 금지 지역은 상공 1만 킬로미터까지 내려갔어요……, 15년 전에요. 하여간 이번 임무에 행성학자로 자원하고 싶습니다. 내 자격증들을 보내 드리죠……."

"그러실 필요 없습니다, 판 데르 베르흐 박사님. 그쪽에서 이미 당신께 부탁했습니다."

사건이 다 끝난 뒤 현명하게 굴기는 언제나 쉽다. 훗날 시간이 많을 때 사건을 돌이켜 보면서, 라플라스 선장은 그 전세 비행의 수상쩍었던 면을 아주 많이 떠올릴 수 있었다. 승무원 두 명이 갑자기 병에 걸려 예고 없이 대체되었다. 그는 대신할 사람을 구한 것이 너무 기뻐서 평소와는 달리 그들의 서류를 자세히 들여다보지 않았다.(자세히 보았더라도 서류는 완벽히 제대로 되어 있었을 테지만.)

그다음에는 화물 때문에 말썽이 생겼다. 선장인 그에게는 우주선에 오르는 물건을 뭐든지 조사할 권한이 있었다. 물론 모든 물품을 조사하는 건 불가능했지만, 마땅한 이유가 있다면 절대 조사를 망설이지 않았다. 우주선 승무원들은 대체로 매우 책임감이 있는 집단이었다. 그러나 장기 임무는 지루해질 수 있었고, 세상에는 지루함을 덜어 주는 화학물질들이 있었다. 그중에는 지구에서는 완벽하게 합법이지만 우주선에는 못 들어오게 막아야 하는 것들도 있었다.

이등 항해사 크리스 플로이드가 의심스러운 점을 보고했을 때, 선장은 색층 분석 탐지기가 또 숨겨진 고급 아편을 찾아냈을 거라고 추측했다. 주로 중국인인 그의 승무원들은 가끔 아편을 애용했다. 그러나 이번에는 문제가 심각했다. 아주 심각했다.

"3번 화물 적재실, 2/456번 물품입니다, 선장님. 화물 목록에는 '과학 기자재'라고 되어 있습니다. 거기에 폭약이 담겨 있습니다."

"뭐라고!"

"확실합니다, 선장님. 여기 전기 기록도 있습니다."

"자네 말을 믿네, 플로이드. 그 물품을 조사해 보았나?"

"아닙니다, 선장님. 그건 상자로 포장되어 있습니다. 대충 가로 반미터 세로 1미터 높이 5미터 크기입니다. 과학 팀이 우주선에 실은 짐 중에 가장 큰 짐입니다. '깨지기 쉬우니 조심해서 다룰 것'이라는 표가 붙어 있습니다. 그러나 당연히 그 표는 모든 짐에 붙어 있습니다."

라플라스 선장은 생각에 잠겨 나뭇결 무늬가 그려진 플라스틱 책상에(그는 그 무늬가 아주 싫어서, 다음번 부품 교환을 할 때 책상을 없애 버리려고 하고 있었다.) 손가락을 두드렸다. 그런 가벼운 행동만으로도 자리에서 떠오르기 시작했고, 그는 무의식적으로 두 발로 의자 기둥을 둘러싸 잡았다.

라플라스 선장은 플로이드의 보고를 조금도 의심하지 않았다. 그의 새 이등 항해사는 매우 유능했고, 선장은 이 이등 항해사가 유명한 할아버지의 추종자로 자라나지 않아서 매우 기뻤다. 어쨌거나 이건 간단히 해명될 문제일 수도 있었다. 탐지기가 분자 결합이 불안정한 다른 화학물질을 잘못 읽었을 수도 있는 것이다.

그들은 적재실로 들어가 억지로 화물을 열어 볼 수 있었다. 하지만 자칫 위험할 수 있었고, 법적인 문제를 일으킬 수도 있었다. 이럴 땐 화물 책임자에게 곧장 가는 것이 제일 좋았다. 어쨌든 조만간 그렇게 할 테니까.

"앤더슨 박사를 여기로 데려와 주게. 다른 누구에게도 이 일은 말하지 말고."

"잘 알겠습니다, 선장님."

크리스 플로이드는 공손하지만 전혀 필요 없는 경례를 하고, 힘들이지 않고 매끄럽게 활공해 방을 떠났다.

과학 팀의 리더는 무중력에 익숙하지 않았기 때문에, 그가 들어오는 모습은 매우 볼썽사나웠다. 그의 분개는 확실히 진심이었지만 사태에 도움이 되지 않았다. 그는 몇 번이나 품위 없는 방식으로 선장의 책상을 잡아야 했다.

"폭약이라니! 당연히 아니죠! 나한테 화물 목록 좀 보여 주세요, 2/456……."

앤더슨 박사는 휴대용 키보드를 콕콕 눌러 조회해 보고 천천히 읽었다.

"'마크 5 침입도계(Penetrometer. '성기를 삽입하다'라는 뜻도 있다.―옮긴이), 수량 3.' 그렇지……, 아무 문제 없어요."

"그런데 침입도계란 게 대체 뭔가요?"

선장이 물었다. 염려는 되었지만 미소를 억누르기가 힘들었다. 그 말이 좀 외설적으로 들렸기 때문이다.

"표준 행성 표본 채집 기구요. 그걸 떨어뜨렸을 때, 행운이 따르면 단단한 바위 위에 떨어져도 10미터 길이에 이르는 핵을 얻을 수 있어요. 그다음에는 완전한 화학물질 분석 결과를 도로 보내 줍니다. 수성의 햇빛 쪽 면 같은 장소를 연구할 때 안전한 단 하나의 방법이죠. 이오도 그렇고요. 우리가 처음 침입도계를 떨어뜨렸던 곳이 거기지요."

"앤더슨 박사님. 박사님은 훌륭한 지질학자겠지만, 천체역학은 잘 모르나 보군요. 물건을 그냥 궤도에서 떨어뜨릴 수는 없어요."

선장이 매우 자제하며 말했다.

잘 모른다는 비난은 분명히 근거가 없었다. 과학자가 보인 반응이 그것을 증명했다.

"바보 같으니! 물론이죠, 먼저 통지를 받아야죠."

앤더슨 박사가 말했다.

"바로 그렇습니다. 고체 연료 로켓은 위험한 화물로 분류됩니다. 저는 보험사의 허가를 받고 싶고, 보안 시스템이 잘 기능한다는 박사님의 개인적 보증을 얻고 싶습니다. 안 그러면 보험사 사람들이 우주선에 탈 테니까요. 자, 또 다른 놀랄 거리가 있나요? 과학 팀 여러분이 지진 탐사를 계획하고 있었습니까? 그런 것들이 보통 폭약과 관련되어 있다고 들었는데……."

몇 시간 후, 다소 누그러진 과학자는 원소 불소 두 병도 가져왔다고 인정했다. 분광 사진술 표본을 얻기 위해 1000킬로미터 범위에서 지나가는 천체를 휙휙 잡을 수 있는 레이저에 동력을 공급할 때 사용하는 것이었다. 순수한 불소는 인류가 알고 있는 가장 사악한 물질이기 때문에, 그것은 금지 물질 목록 맨 위쪽에 있었다. 그러나, 칩입도계를 그들이 목표한 지점까지 날려 버릴 로켓들처럼, 그것도 임무에 없어서는 안 될 물질이었다.

라플라스 선장은 필요한 예방 조치를 모두 취했음을 확인하고 만족했다. 또, 과학자의 사과를 받으면서 그것을 간과한 건 전적으로 탐험 여행을 준비할 때 서둘렀기 때문이라는 장담도 받았다.

선장은 앤더슨 박사가 진실을 말하고 있다고 확신했다. 그러나 이미 그는 그 임무에 뭔가 이상한 데가 있다고 느꼈다.

다만 얼마나 이상한지 절대 상상할 수 없었을 뿐이다.

불지옥

목성 폭발 전에도, 이오는 태양계에서 지옥 비슷하기로는 금성에 이어 당당히 두 번째였다. 이제 루시퍼가 표면 온도를 200도가량 높이자 금성마저도 더 이상 상대가 되지 않았다.

유황 화산과 간헐천의 활동이 크게 증가하면서, 이제 들볶이는 위성의 모습은 몇십 년 단위가 아니라 몇 년 단위로 바뀌고 있었다. 행성학자들은 지도를 만들려는 노력을 전부 포기하고, 며칠 간격으로 궤도 사진을 찍는 것으로 만족했다. 이 사진을 가지고 그들은 활동 중인 불지옥을 찍은 장엄한 저속 촬영 영화를 만들어 냈다.

런던의 로이드 사는 이런 임무를 띤 우주선에 엄격한 할증료를 매겼지만, 이오는 1만 킬로미터 상공 위에서, 그것도 상대적으로 잠잠한 암흑면 위로 근접 비행 하고 있는 우주선에 실질적인 위협을 줄 수 없었다.

태양계 전체에서 가장 있을 것 같지 않은 화려한 물체인 노란 기를 띤 오렌지색 구체를 지켜보면서, 이등 항해사 크리스 플로이드는 반세기 전 할아버지가 이 길로 왔던 여정을 회상하지 않을 수 없었다. 여기서 레오노프 호는 버려진 디스커버리 호와 만났고, 여기서 찬드라 박사는 잠든 컴퓨터 HAL을 다시 깨웠던 것이다. 그다음 우주선 두 척 다 무모하게도 이오와 목성 사이의 안쪽 라그랑주점 L.1 위를 떠돌던 거대한 검은 석판을 조사하기 시작했다.

이제 그 석판은 사라졌다. 그리고 목성도 사라졌다. 거대 행성 목성이 내파되면서 불사조처럼 나타난 소형 태양은 목성의 위성들을 사실상 또 다른 태양계로 바꾸었다. 가니메데와 에우로파에만 온도가 지구 같은 지역들이 있긴 했지만. 이러한 현상이 얼마나 오래 지속될지는 아무도 몰랐다. 루시퍼의 추정 수명은 1000년에서 100만 년에 이르렀다.

갤럭시 호의 과학 팀은 L.1 점에서 아쉬워하는 것 같았지만, 이제 그곳은 너무 위험해서 접근할 수 없었다. 목성과 그 안쪽 위성 사이에는 언제나 이오 플럭스관이라는 전기 에너지의 강이 흐르고 있었고, 루시퍼가 생기면서 그 힘은 몇백 배 더 강해졌다. 때때로 힘의 강은 소듐이 이온화될 때 내는 특징적인 빛인 노란색으로 은은하게 빛나면서 맨눈에 보이기도 했다. 가니메데의 공학자들 중 얼마간은 이웃 위성으로 가서 그렇게 낭비되는 기가와트 단위의 에너지를 받아 오면 어떠냐고 이야기했지만, 그렇게 할 수 있는 그럴싸한 방법은 아무도 생각해 낼 수 없었다.

승무원들이 상스러운 말을 해 대는 가운데 첫 번째 침입도계가 발사되었다. 그리고 두 시간 후 피하주사기 바늘처럼 곪은 위성에 들이박혔다. 그것은 설계 수명의 열 배인 5초 동안 계속 작동하면서, 이오가 파괴하기 전까지 수천 가지의 화학적, 물리적, 유동학적 측정치를 송신했다.

과학자들은 열광했다. 판 데르 베르흐는 기쁘기만 했다. 그는 탐사구가 제대로 작동할 거라고 예상하고 있었다. 이오는 터무니없을 정도로 쉬운 목표였다. 그러나 그가 에우로파에 대해 생각한 것이 옳다면, 두 번째 칩입도계는 분명히 실패할 것이다.

하지만 그것으로는 아무것도 증명되지 않을 것이다. 실패할 만한 그럴듯한 이유는 10여 가지도 넘었다. 그리고 실패하면 착륙하는 수밖에 없었다.

물론 착륙은 완전히 금지되어 있다. 인간의 법으로만 금지된 것이 아니다.

샤카 대왕

아스트로폴은 이름은 거창하지만, 실망스러울 정도로 작은 외계 사업을 다루고 있었다. 그들은 '샤카'가 진짜 존재한다는 것을 인정하지 않을 것이다. 남아프리카합중국의 입장도 바로 그것이었고, 남아프리카합중국의 외교관들은 누가 그 이름을 언급할 정도로 눈치 없게 굴면 당황하거나 화를 냈다.

그러나 뉴턴의 제3법칙은 다른 모든 것에 적용되듯이 정치에도 적용된다. '동맹'에는 나름대로 극단주의자들이 있었다. '동맹'은 때때로 그들과 절연하려고 시도했지만, 그렇게 강한 시도는 아니었다. 극단주의자들은 계속해서 남아프리카합중국에 대항하는 음모를 짰다. 보통은 상업적 사보타주 시도에 그쳤지만 가끔 폭파, 실종, 암살도 있었다.

말할 필요도 없이 남아프리카인들은 이 일을 가볍게 받아들이지 않았다. 자기들도 공식적으로 방첩 기관을 세우는 것으로 반응했고, 그 기관의 작전 범위는 상당히 자유로웠다. 그리고 그들도 똑같이 '샤카'에 대해 아무것도 모른다고 주장했다. 그들은 CIA의 쓸모 있는 발명품인 '그럴듯한 부인권'을 채용하고 있는 것 같았다. 심지어 그들이 사실을 말하고 있을 수도 있었다.

어떤 이론에 따르면, '샤카'는 암호 용어로 출발해서 프로코피예프의 교향 모음곡 「키제 중위」와 비슷하게 스스로 생명을 획득했다. 그것이 여러 가지 기밀 관료제에 유용했기 때문이다. 이 이론은 확실히 '샤카'의 조직원 중 아무도 버려지거나 심지어 체포된 일도 없다는 것을 설명한다.

그러나 설득력은 부족한 설명이지만 이런 현상에 대한 다른 이론이 있었다. 그 이론을 믿는 사람들에 따르면 '샤카'는 진짜 있었다. '샤카'의 요원들은 모두 조금이라도 심문을 당할 가능성이 있으면 스스로를 파괴하도록 심리학적으로 훈련받았다.

진실이 무엇이건 간에, 위대한 줄루족 폭군의 전설이 그가 죽은 지 2세기 후, 그가 전혀 몰랐던 세계들에 그림자를 던지게 되리라고는 아무도 진지하게 생각하지 않았다.

뒤덮인 세계

목성이 불붙고 '대해동'이 목성 위성계를 휩쓸고 나서 10년 동안, 에우로파는 완전히 혼자 남아 있었다. 그다음 중국인들이 빠르게 근접 비행 하며 레이더로 구름을 탐사했다. 첸 호의 잔해가 있는 곳을 알아내려고 시도한 것이었다. 성공하지는 못했으나, 그들이 만든 '햇빛 쪽 면' 지도를 통해 이제 얼음 표면이 녹으면서 나타나고 있는 새 대륙들이 처음으로 세상에 알려지게 되었다.

또, 그들은 완전히 똑바른 2킬로미터 길이의 특이한 구조물을 발견했다. 그것은 너무나 인공적으로 보여서 '만리장성'이라는 이름이 붙었다. 모습과 크기 때문에 그것은 석판일 것이라고 추측되었다. 아니면 여러 석판 중 하나이거나. 루시퍼가 창조되기 전 몇 시간 동안 수백만 개가 복제되었기 때문이다.

그러나 끊임없이 두꺼워지는 구름 아래에서는 아무 반응도, 혹은 지성체가 있다는 아무 조짐도 없었다. 그래서 몇 년 후 조사 위성들은 영구 궤도에 자리 잡게 되었고, 고고도(高高度) 풍선 관측기들이 그곳 바람의 패턴을 연구하기 위해 대기권에 떨어졌다. 지구의 기상학자들은 이 패턴에 흥미를 느끼고 빠져들었는데, 중앙에 대양이 있고 절대로 지지 않는 태양이 있는 에우로파는 교과서에 실릴 만큼 아름답게 단순화된 모델을 보여 주었기 때문이다.

그렇게 '에우로파 룰렛' 게임은 시작되었다. 과학자들이 그 위성에 더 가까이 가자고 제안할 때마다 관리자들은 '에우로파 룰렛' 게임을 하려고 하느냐며 말렸다. 특별한 일이 없이 50년의 나날이 흘러간 후, 그 게임은 좀 지루해졌다. 라플라스 선장은 계속 그런 식으로 남기를 바랐고, 앤더슨 박사에게 위험한 시도를 하지 말 것을 요구했다.

"개인적으로 저는 시속 1000킬로미터의 속도를 내고 있는 내게 방어물을 관통할 수 있는 장비 1톤을 준 것부터 좀 비우호적인 행동으로 여겼습니다. 여러분에게 허가를 내준 세계 평의회에 아주 놀랐습니다."

앤더슨 박사도 약간 놀랐지만, 그 프로젝트가 금요일 오후 늦게 열린 과학 소위원회의 긴 의제 목록에서 맨 마지막 항목이었다는 것을 알면 놀라지 않았을지도 모른다. 역사는 이런 사소한 일들로 만들어진다.

"동감입니다, 선장님. 하지만 우리는 아주 엄격한 한계 내에서 활동하고 있어요. 그리고 어…… 에우로파인, 누구건 간에, 그들을 간섭할 가능성은 없어요. 우리는 해수면 5킬로미터 위에서 목표를 겨냥할 겁니다."

"알겠습니다. 제우스 산이 뭐가 그렇게 흥미로운가요?"

"그건 완전한 수수께끼입니다. 몇 년 전만 해도 그곳에 있지도 않았어요. 그러니 왜 지질학자들을 미치게 만드는지 아실 수 있겠죠."

"그런데 여러분의 도구가 그 안에 들어가면 그걸 분석한다는 거죠."

"바로 그렇습니다. 그리고 이건 정말 말하지 않아야 하는데, 그 결과를 비밀로 부치고 암호화해서 지구로 도로 보내 달라는 요청을 받았어요. 분명히, 누군가가 중대한 발견의 실마리를 잡은 겁니다. 남들이 먼저 발표하지 않도록 하고 싶은 거지요. 과학자들이 그렇게 쩨쩨하다는 걸 믿을 수 있어요?"

라플라스 선장은 아주 잘 믿을 수 있었지만, 승객의 환상을 깨고 싶지는 않았다. 앤더슨 박사는 가슴 아플 정도로 순진해 보였다. 무엇이 진행되고 있건 간에 앤더슨 박사는 아무것도 몰랐다. 그리고 이제 선장은 이 임무에는 겉보기보다 훨씬 더 많은 것이 숨어 있다고 확신했다.

"저는 에우로파인이 등산에 관심이 없기만 바랄 뿐입니다, 박사님. 그들이 그곳의 에베레스트에 깃발을 꽂으려는 시도를 방해하고 싶은 마음은 전혀 없거든요."

침입도계가 발사되었을 때, 갤럭시 호 선상은 색다른 흥분에 휩싸였다. 심지어 으레 나오기 마련인 농담도 나오지 않았다. 탐사구가 에우로파를 향해 추락하는 기나긴 두 시간 동안, 사실상 승무원 전원이 어떻게든 완전히 합법적인 구실을 만들어서 함교를 방문해 그 기계의 유도 작동을 지켜보았다. 충돌 15분 전에, 라플라스 선장은 우주선의 새 스튜어드 로지를 제외한 모든 방문객에게 출입 금지를 선언했다. 그녀가 훌륭한 커피를 가득 채운 스퀴즈벌브(작품 속 설정. 무중력 상태에서 액체를 마실 수 있게 담아 놓은 일종의 고무공 — 옮긴이)를 끊임없이 내주지 않았다면, 그들은 기기를 계속 작동할 수 없었을 것이다.

모든 것이 완벽하게 이루어졌다. 대기권 진입 직후, 공기가 브레이크 역할을 해서 침입도계의 충돌 속도는 허용할 만한 수준으로 늦추어졌다. 목표물의 레이더 이미지는 비율 표시가 없어서 밋밋해 보였지만, 화면에서 꾸준히 커졌다. 마이너스 1초에서, 모든 기록 장치들은 자동으로 고속으로 바뀌었다…….

……하지만 그곳에는 기록할 것이 아무것도 없었다. 앤더슨 박사가 서글프게 말했다.

"처음 레인저 계획에서 쏘아 보낸 로켓들이 카메라가 먹통인 채로 달에 추락했을 때 제트 추진 연구소 사람들 기분이 어땠을지 이제 잘 알겠네요."

밤 당번

시간만이 보편적이다. 낮과 밤은 조석의 힘이 아직 자전을 없애지 않은 행성들에서만 발견되는 예스러운 지역 풍습일 뿐이다. 그러나 고향 세계에서 아무리 멀리 여행해도 인간은 아주 오래전에 빛과 어둠의 주기가 세운 생리 리듬에서 절대 벗어날 수 없다.

그래서 만국 표준시로 1시 5분에 이등 항해사 창은 함교에 혼자 있었다. 우주선은 그의 주위에서 잠들어 있었다. 사실은 그가 깨어 있을 필요도 없었다. 갤럭시 호의 전자 센서들은 그보다 훨씬 더 빠르게 어떤 고장도 탐지해 낼 것이기 때문이다. 그러나 인공지능이 도입된 지 1세기가 지났는데도 예상치 못한 일에 대처하는 데는 인간이 여전히 기계보다 약간 나은 것으로 밝혀졌다. 그리고 늦든 빠르든, 예상치 못한 일은 언제나 일어난다.

'내 커피는 어디 있지?'

창은 짜증을 내며 생각했다. 늦다니 로지답지 않았다. 그는 그 스튜어드도 지난 24시간 동안의 재앙을 겪은 후 과학자들과 우주 승무원들 양쪽 다 집어삼킨 불안감에 영향을 받았을까 궁금했다.

첫 번째 침입도계가 실패한 다음, 다음 단계를 결정하기 위한 회의가 서둘러 열렸다. 침입도계 한 대가 남았다. 칼리스토에서 쓰려던 것이었지만, 여기서도 쉽게 쓸 수 있었다.

"어쨌든 우리는 이미 칼리스토에 착륙해 봤어요. 그곳에는 여러 종류의 금 간 얼음 말고는 아무것도 없었어요."

앤더슨 박사가 주장했다.

이견은 없었다. 여러 가지를 변경하고 테스트하기 위해 열두 시간이 지연된 후, 침입도계 3번은 선구자의 보이지 않는 자취를 따라 에우로파의 구름 풍경 속으로 발사되었다.

이번에는 우주선의 기록 장치들이 데이터를 조금 얻었다. 0.5밀리초 정도였다. 2만 G까지 작동하도록 눈금이 그려져 있는 탐사구의 가속도계가 한계를 넘기 전 짧은 파동을 그렸다. 눈 깜박할 사이보다 훨씬 짧은 순간에 모든 것이 파괴된 게 분명했다.

잠시 후, 슬프게도 이번 침입도계마저 파괴되었음이 확인되자, 칼리스토와 다른 외곽 위성으로 나아가기 전에 지구에 보고하고 에우로파 주위의 높은 궤도에서 지시가 더 내려오기를 기다리자고 결정되었다.

"늦어서 죄송해요, 항해사님. 제가 알람을 잘못 맞춰 놨나 봐요."

로즈 매컬린이 말했다. 이름만 들어서는 그녀의 피부가 자기가 나르고 있는 커피보다 약간 더 검다는 것을 결코 짐작하지 못할 것이다.

"당신이 우주선을 운영하지 않는 게 우리한텐 다행이군."

당직 사관이 웃으며 말했다.

"누가 어떻게 그걸 운영할 수 있는지 모르겠어요. 전부 너무 복잡해 보이는걸요."

로즈가 대답했다.

"오, 보이는 것만큼 어렵지는 않아. 훈련 과정에서 기초 우주 이론을 가르쳐 주지 않던가?"

창이 말했다.

"어…… 예. 하지만 대부분 이해 못 하겠어요. 궤도니 뭐니 온갖 헛소리들요."

이등 항해사 창은 지루했고, 자신의 청중을 계몽시키는 것이 친절이라고 생각했다. 그리고 로즈가 딱히 그의 마음에 든 건 아니었지만 확실히 매력적이었다. 지금 약간 노력해 두는 것이 가치 있는 투자일 수도 있었다. 로즈는 임무를 수행했으니 도로 자러 가고 싶을지도 모른다는 생각이 창에게는 전혀 떠오르지 않았다.

20분 후, 이등 항해사 창은 항해 콘솔 위를 한 팔로 휘젓는 듯한 동작과 함께 포괄적인 결론을 내렸다.

"그래서 보다시피, 이건 사실 거의 자동이야. 숫자 몇 개만 누르면 나머지는 우주선이 알아서 해 줘."

로즈는 지쳤는지 계속 자기 시계를 보고 있었다.

"미안해. 잠도 못 자게 계속 붙잡아 두는 게 아니었는데."

갑자기 후회하게 된 창이 말했다.

"오, 아니에요. 아주 재미있어요. 계속하세요."

"그렇게는 안 되겠는데. 나중에 또 시간이 나면. 잘 자, 로지. 그리고 커피 고마워."

"좋은 밤 보내세요, 항해사님."

삼등 스튜어드 로즈 매컬린은 아직 열려 있는 문 쪽으로 미끄러져 갔다. 그 동작이 아주 능숙하지는 않았다. 창은 문이 닫히는 소리를 듣고 굳이 뒤돌아보지는 않았다.

그래서 몇 초 후, 완전히 낯선 여자의 목소리가 그에게 말을 걸었을 때 창은 상당히 충격을 받았다.

"미스터 창, 경보 버튼은 건드려 봤자 소용없어요. 끊겼으니까. 여기 착륙 좌표가 있어요. 우주선을 하강시켜요."

자기가 어쩌다 졸아서 악몽을 꾸고 있는 게 아닌가 생각하며 창은 천천히 의자를 돌렸다.

로즈 매컬린이었던 사람이 타원형 승강구 옆에 떠서 문의 잠금 레버를 붙잡아 몸을 지탱하고 있었다. 그녀의 모든 면이 바뀐 듯이 보였다. 순식간에 그들의 역할이 뒤바뀌었다. 전에는 한 번도 창을 똑바로 본 적이 없었던 수줍음 많은 스튜어드가 이제 차갑고 무자비한 시선으로 그를 바라보고 있었다.

창은 뱀에게 홀린 토끼가 된 기분이었다. 그녀의 손에 들려 있는 작지만 치명적인 총은 불필요한 장식처럼 보였다. 창은 그녀가 그 총 없이도 매우 효율적으로 자기를 죽일 수 있다는 사실을 조금도 의심하지 않았다.

하지만 그의 자존심으로 보나 직업적 명예로 보나 투쟁도 해 보지 않고 항복할 수는 없었다. 최소한 시간을 벌 수는 있을지도 몰랐다.

"로즈."

이제 창의 입술은 그 이름을 발음하기가 어려웠다. 이름을 부르는 게 갑자기 부적절한 일처럼 느껴졌다.

"이건 완전히 터무니없는 짓이에요. 내가 방금 한 말, 그건 전혀 사실이 아니에요. 나 혼자 우주선을 착륙시킬 수는 없어요. 컴퓨터로 옳은 궤도를 계산하려면 몇 시간이 걸리고, 도와줄 사람도 필요해요. 최소한 부조종사는 있어야 해요."

총은 흔들리지 않았다.

"난 바보가 아니에요, 미스터 창. 이 우주선은 옛날 화학 로켓처럼 에너지 제한형이 아니에요. 에우로파의 탈출 속도는 겨우 초속 3킬로미터예요. 당신이 받은 훈련 중 일부는 주 컴퓨터가 꺼졌을 때 비상착륙을 하는 거죠. 이제 당신은 그걸 실습해 볼 수 있어요. 내가 준 좌표에 최적의 착륙을 할 수 있는 기회가 5분 안에 열릴 거예요."

"그런 식으로 비행을 중지하면 대략 25퍼센트가 실패해요. 그리고 내가 그걸 해 본 건 아주 오래전 일이에요."

창은 이제 땀을 펑펑 흘리기 시작했다. 진짜 숫자는 10퍼센트였지만 그는 이런 상황에서 약간의 과장은 정당하다고 느꼈다.

로즈 매컬린이 대답했다.

"그 경우엔 당신을 제거하고 선장에게 더 기술을 갖춘 사람을 보내 달라고 하겠어요. 짜증 나는 일이죠. 이 기회를 놓치면 다음 기회까지 두어 시간 더 기다려야 할 테니까요. 4분 남았어요."

이등 항해사 창은 자기가 졌다는 것을 알았다. 하지만 적어도 시도는 해 봤으니까.

"좌표 줘 봐요."

창이 말했다.

로지

라플라스 선장은 자세 제어 제트 분사가 멀리 있는 딱따구리처럼 부드럽게 두드리는 첫 번째 진동에 즉시 깨어났다. 잠시 꿈을 꾸고 있나 생각했다. 아니, 우주선은 확실히 우주에서 방향을 돌리고 있었다.

아마 선체 한쪽이 너무 뜨거워져서 온도 조절 시스템이 가벼운 조정을 하고 있는 것이리라. 그런 일은 가끔 일어나곤 했지만 당번을 서는 장교에게는 감점 요인이었다. 당번 장교는 주위 온도가 변동하면 알아차려야 했다.

선장은 인터컴 버튼을 눌러…… 누구더라? 함교의 미스터 창을 부르려고 손을 뻗었다. 그러나 그의 손은 그 동작을 끝마치지 못했다.

며칠을 무중력 상태로 보낸 후이기 때문에, 10분의 1 중력도 충격이 컸다. 선장에게는 몇 분으로 느껴졌지만, 그가 안전벨트를 풀고 침대 밖으로 간신히 나오기까지 걸린 시간은 겨우 몇 초였을 것이다. 이번에는 버튼을 제대로 찾아 맹렬하게 눌렀다. 대답은 없었다.

선장은 중력이 생기기 시작하면서 모르고 지나친 바람에 제대로 고정되지 못한 물건들이 쿵쾅거리는 소리를 무시하려고 했다. 사물들이 떨어지는 소리가 오랫동안 이어지는 것 같았다. 그러나 이제 비정상적인 소리라고는 멀리 떨어진 엔진이 최대한도로 가동하며 지르는 숨죽인 비명뿐이었다.

선장은 선실의 작은 창 커튼을 열고 별들을 내다보았다. 그는 우주선의 축이 어디로 향하고 있어야 하는지 대충 알았다. 30~40도 안에서만 보고 판단할 수 있다고 해도, 그것은 그가 두 가지 가능한 길을 구별할 수 있게 해 주었다.

갤럭시 호는 궤도 속도를 높일 수도, 낮출 수도 있었다. 지금은 속도를 낮추고 있었다. 에우로파로 떨어질 준비를 하고 있는 것이었다.

문에서 끈질기게 쿵쿵거리는 소리가 났고, 선장은 실제로는 겨우 1분 정도 지났겠구나 하고 깨달았다. 이등 항해사 플로이드와 다른 승무원 두 명이 좁은 복도에서 복작거리고 있었다.

"함교가 잠겼습니다, 선장님. 들어갈 수가 없습니다. 그리고 창은 대답하지 않습니다. 무슨 일이 일어났는지 모르겠습니다."

플로이드가 숨 가쁘게 보고했다.

"유감이지만 난 알 것 같네. 어느 미친놈이 언제고 이런 일을 시도하려고 마음먹고 있었던 거야. 우리는 납치당했고, 어디로 가는지 알 것 같아. 하지만 왜인지는 전혀 모르겠군."

라플라스 선장이 반바지를 입으며 대답했다. 그는 시계를 흘끗 보고 빠르게 암산을 했다.

"이 추력 등위에서는 15분 안에 궤도에서 벗어날 거야. 안전하게 10분으로 하지. 하여간 우주선을 위험에 빠뜨리지 않고 동력을 끊을 방법이 있을까?"

공학자인 이등 항해사 유는 매우 기분이 안 좋아 보였지만 자진해서 달갑지 않은 답변을 내놓았다.

"펌프 모터 라인 속의 회로 차단기를 끌어 오면 추진 연료 공급을 끊을 수 있습니다."

"거기에 우리가 접근할 수 있나?"

"예, 3번 갑판에 있습니다."

"그러면 가세."

"어……. 공급을 끊고 나면 독립 백업 시스템이 넘겨받을 겁니다. 안전을 위해 그 시스템은 5번 갑판 위의 봉인된 칸막이벽 뒤에 있습니다. 절단기가 있어야 합니다……. 아뇨, 제때 할 수 없겠습니다."

라플라스 선장이 걱정한 대로였다. 갤럭시 호를 설계한 천재는 온갖 있을 법한 사고로부터 우주선을 보호하려고 했다. 그러나 그들이 인간의 악의에 맞서 우주선을 보호할 방법은 없었다.

"다른 대안은?"

"유감스럽지만, 가능한 시간 안에는 없는 것 같습니다."

"그러면 함교로 가서 창과 이야기할 수 있는지 보세. 그리고 누가 그와 함께 있는지도."

그게 누구일까? 선장은 궁금했다. 정규 승무원 중 한 명인 것 같지는 않았다. 그러면 남는 사람은…… 물론, 대답은 거기 있었다! 어떻게 돌아가는 상황인지 알 만했다. 편집광적인 연구자가 이론을 증명하려고 한다. 실험이 좌절된다. 지식을 위한 탐색은 다른 모든 것보다 먼저라고 판단한다…….

그것은 미치광이 과학자가 나오는 싸구려 멜로드라마와 거북할 만큼 비슷했지만, 사실들과 완벽하게 들어맞았다. 앤더슨 박사가 이 것을 노벨상으로 가는 단 하나의 길이라고 생각했을까 궁금해졌다.

하지만 부스스한 머리의 지질학자가 숨 가쁘게 헐떡이며 도착하 는 바람에 그 이론은 재빨리 붕괴되었다.

"도대체, 선장, 무슨 일이 일어나고 있는 겁니까? 우리는 전속력 으로 가고 있어요! 우리가 올라가고 있는 겁니까, 아니면 내려가고 있는 겁니까?"

"내려가고 있습니다. 10분쯤 지나면 에우로파와 만나는 궤도 안 에 들어갈 겁니다. 조종판에 있는 사람이 누가 됐든 알아서 잘해 주 길 바랄 뿐입니다."

라플라스 선장이 대답했다.

이제 그들은 함교의 닫힌 문을 마주 보고 있었다. 문 저편에서는 소리 하나 나지 않았다.

라플라스는 손마디에 멍이 들기 직전까지 세게 문을 두드렸다.

"선장이다! 이 문 열지 못해!"

라플라스 선장은 무시당할 것이 확실한 명령을 내리는 게 바보 같다고 느꼈지만, 적어도 어떤 반응이라도 있었으면 했다. 하지만 정작 그 반응이 일어나자 깜짝 놀랐다.

외부 스피커가 살아나 쉭쉭거렸고, 어떤 목소리가 말했다.

"바보 같은 짓은 하려고 들지 마요, 선장. 나한테는 총이 있고, 미스터 창은 내 명령을 따르고 있어요."

"저게 누구지? 여자인 것 같아!"

장교 한 명이 속삭였다.

"자네 말이 맞아."

선장이 험악하게 말했다. 덕분에 다른 의심의 여지들은 없어졌지만, 어떤 식으로든 사태에 도움이 되지는 않았다.

"뭘 하고 싶은 건가? 이러고 무사히 빠져나갈 수 없다는 건 알고 있잖아!"

선장은 애처롭게 보이기보다는 능수능란해 보이려고 애쓰면서 외쳤다.

"우리는 에우로파에 착륙할 거예요. 다시 이륙하고 싶다면, 날 막으려 들지 마요."

"로즈의 방은 완전히 깨끗합니다."

30분 후, 추진력이 끊어져 0이 되고 갤럭시 호가 에우로파의 대기를 곧 스치게 될 타원을 따라 떨어지고 있을 때 이등 항해사 크리스 플로이드가 보고했다. 그들은 옴짝달싹 못 하는 신세였다. 이제는 엔진이 움직이지 못하게 할 수 있었지만, 그것은 자살 행위였다. 엔진은 착륙할 때 다시 필요해질 터였다. 그것이 단지 더 질질 끄는 자살일 뿐이라고 해도.

"로지 매컬린이라니! 누가 상상이나 했겠어! 로즈가 약을 하고 있었던 것 같나?"

"아닙니다. 이건 매우 주의 깊게 계획된 겁니다. 로즈가 우주선 어딘가에 무선 송신기를 숨겨 둔 게 분명합니다. 그걸 찾아야 합니다."

"자넨 꼭 빌어먹을 형사처럼 말하는군."

"그만합시다, 여러분."

선장이 말했다. 사람들은 신경이 날카로워지고 있었다. 주로 어마어마한 절망에 압도되어 있기 때문이었다. 문 닫힌 함교로 어떻게 해도 들어갈 수 없지 않은가.

선장은 시계를 흘끗 보았다.

"에우로파 대기권이 뭘로 이루어져 있든 간에, 우리가 대기권에 들어가기까지 두 시간도 남지 않았습니다. 나는 내 선실에 있겠네. 그들이 거기서 나를 부르려고 할 수도 있으니까. 미스터 유, 함교 옆에 대기하고 있다가 무슨 진전이라도 있으면 즉시 보고하게."

선장은 평생 이렇게 무력하다고 느낀 적이 없었지만, 아무것도 하지 않는 것밖에 할 일이 없는 때도 있는 법이다. 사관실을 떠나면서, 누군가가 아쉬운 듯이 말하는 소리가 들렸다.

"커피 한 잔 할 수 있었으면 좋겠는데. 로지는 내가 먹어 본 중에 최고로 맛있는 커피를 만들었어."

'그래, 로지는 확실히 유능해. 어떤 일을 하건 철저하게 해낼 거야.'

선장은 기분이 으스스해졌다.

대화

그 상황이 완전한 재앙은 아니라고 볼 수 있는 사람이 갤럭시 호에 단 한 명 타고 있었다.

'난 죽을지도 몰라. 하지만 적어도 과학적으로 불멸할 수 있는 기회는 있지.'

롤프 판 데르 베르흐는 속으로 말했다. 형편없는 위안일지라도, 이 우주선에 탄 그 누가 바랄 수 있는 것보다 더 큰 위안이었다.

롤프는 갤럭시 호가 제우스 산으로 향하고 있다는 것을 한시도 의심하지 않았다. 에우로파에는 다른 중요한 것이 하나도 없었다. 사실 어떤 행성에도 그와 비견할 만한 것은 조금도 없었다.

아직 가설이라는 것은 인정해야 했지만, 그의 가설은 이제 비밀이 아니었다. 그것이 어떻게 새어 나갈 수 있었을까?

롤프는 파울 아저씨를 절대적으로 믿었지만, 아저씨가 조심성이 없었을 수도 있었다. 누군가가 일상적으로 그의 컴퓨터를 모니터하고 있었다는 쪽이 더 그럴듯했다. 만약 그렇다면 그 늙은 과학자가 위험에 처했을 수도 있었다. 롤프는 그에게 경고를 할 수 있는지, 해야 하는지 생각했다. 그는 통신 장교가 비상 전송기를 통해 가니메데와 통신을 연결하려고 한다는 것을 알았다. 이미 자동 신호 경보가 울렸고, 이제 그 소식은 언제라도 지구에 닿을 수 있었다. 신호가 울린 지 이제 거의 한 시간이 되었다.

선실 문에서 빠른 노크 소리가 나자 롤프가 말했다.

"들어와요. 오, 안녕, 크리스. 무슨 일입니까?"

롤프는 이등 항해사 플로이드를 보고 놀랐다. 그는 다른 동료들을 모르는 것과 마찬가지로 플로이드도 잘 몰랐다. 에우로파에 안전하게 착륙하게 되면, 서로 바라던 것보다 훨씬 더 잘 알게 될지도 모르겠다고 그는 우울하게 생각했다.

"안녕하세요, 박사님. 이 근처에 사시는 분이 박사님밖에 없습니다. 절 도와주실 수 있을까요?"

"이 순간에 누가 누구를 도울 수 있을지 잘 모르겠네요. 함교에서 나온 최신 소식은 뭔가요?"

"새로운 건 없습니다. 방금 유와 길링스가 문에 마이크를 달려고 하는 걸 두고 나왔습니다. 하지만 안에서 아무도 이야기하고 있는 것 같지 않습니다. 놀라운 일은 아니지요. 창은 매우 바쁠 겁니다."

"창이 우리를 안전하게 착륙시킬 수 있을까요?"

"창은 최고입니다. 그런 일을 할 수 있는 사람이 있다면 창입니다. 저는 다시 이륙하는 쪽이 더 걱정입니다."

"하느님 맙소사. 난 그렇게 멀리 앞까지 내다보고 있지는 않았어요. 그건 문제없을 거라고 생각했는데."

"그것도 아슬아슬할 수 있습니다. 기억하십니까. 이 우주선은 궤도 활동용으로 만들어졌습니다. 우리는 어느 주요 위성에도 내릴 계획이 없었습니다. 아난케와 카르메와 랑데부하기를 바라긴 했지만요. 그러니까 우리는 에우로파에 발이 묶일 수도 있습니다. 특히 창이 좋은 착륙 장소를 찾느라 추진 연료를 낭비해야 한다면요."

"창이 어디에 착륙하려고 하는지 아나요?"

롤프가 합리적으로 예상할 수 있는 범위보다 더 흥미를 느끼는 것처럼 보이지 않으려고 애쓰며 물었다. 하지만 크리스가 날카롭게 바라보는 모습을 보니, 실패한 것이 확실했다.

"이 단계에서 알 수 있는 방법은 없습니다. 창이 언제 제동을 걸기 시작할지는 좀 잘 알 수 있을지 몰라도요. 하지만 박사님은 여기 달들을 아시잖습니까. 박사님은 어디라고 생각하십니까?"

"흥미로운 장소는 하나밖에 없지요. 제우스 산."

"왜, 누가 거기 착륙하려고 할까요?"

롤프는 어깨를 으쓱했다.

"그것도 우리가 알아내고 싶은 거죠. 그것 때문에 두 개의 비싼 침입도계라는 값을 치렀고요."

"그리고 훨씬 더 많은 값을 치르려 하고 있는 것 같군요. 전혀 모르십니까?"

"형사처럼 말씀하시는군요."

판 데르 베르흐는 웃으면서 말했지만 전혀 진심이 아니었다.

"재미있군요. 그 말을 한 시간 동안 두 번째 듣습니다."

즉시 선실 분위기가 미묘하게 변했다. 마치 생명 유지 장치가 저절로 조정된 것 같았다.

"오, 그냥 농담이었을 뿐이에요. 당신은요?"

"내가 진심이라면 그걸 인정하지 않겠지요, 안 그렇습니까?"

'그건 대답이 아니지.'

판 데르 베르흐는 생각했다. 하지만 다시 생각하니 대답이 되는 듯도 싶었다.

그는 그 젊은 장교를 유심히 쳐다보면서, 그의 유명한 할아버지와 놀라울 정도로 닮았다는 것을 새삼 알아차렸다. 어떤 사람은 크리스 플로이드가 오직 이 임무를 위해 청 함대의 다른 우주선에서 나와 갤럭시 호에 합류한 것이라고 했다. 그 사람은 빈정거리듯이, 어느 분야에서나 좋은 연줄은 쓸모가 있다고 덧붙였다. 그러나 플로이드의 능력은 아무도 비난하지 않았다. 그는 훌륭한 우주 장교였다. 그 기술들이 있으면 다른 파트타임 일자리를 얻을 자격도 생길 것이다. 로지 매컬린을 보라. 그제야 그녀도 바로 이번 임무 직전에 갤럭시 호에 들어왔다는 데 생각이 미쳤다.

롤프 판 데르 베르흐는 자신이 행성 간에 쳐진 커다랗고 성긴 거미줄 같은 음모에 얽혔다고 느꼈다. 과학자로서 자연에 제기하는 질문들에 (대개는) 확실한 대답을 얻곤 했던 그는 그 상황이 즐겁지 않았다.

그러나 롤프는 자기가 죄 없는 희생자라고 주장할 수는 없었다. 그는 진실을, 적어도 자기가 진실이라고 믿는 것을 숨기려고 했다.

이제 그 기만의 결과가 연쇄반응 속의 중성자처럼 기하급수적으로 늘어났고, 마찬가지로 걷잡을 수 없는 결과가 초래되려 하고 있었다.

크리스 플로이드는 어느 편일까? 그곳에는 편이 얼마나 많이 갈려 있을까? 일단 그 비밀이 새어 나갔다면 '동맹'이 확실히 관련되어 있을 것이다. 그러나 '동맹'에도 분파들이 있고, 그 분파에 반대하는 분파들이 있었다. 마치 거울의 방 같았다.

하지만 롤프 판 데르 베르흐가 이성적으로 확신하는 한 가지 지점이 있었다. 연줄만 갖고 본다고 하더라도, 크리스 플로이드는 믿을 만하다는 것이었다. 그는 생각했다.

"이제 임무 기간이 얼마나 길어질지 짧아질지 모르겠지만, 그가 아스트로폴에서 파견되었다는 데 돈을 걸겠어……."

롤프는 천천히 말했다.

"크리스, 난 당신을 돕고 싶어요. 당신도 의심하고 있겠지만, 내게 몇 가지 가설이 있어요. 하지만 그게 다 헛소리일 수도 있어요……. 반 시간도 안 되어서 진실을 알 수 있을 겁니다. 그때까지 나는 아무 말도 안 하는 편이 낫겠어요."

이건 그냥 보어인 특유의 고집이 아니라고 롤프는 속으로 말했다. 그가 잘못 알고 있는 거라면, 자신이 그들을 파멸로 데려간 바보라는 것을 아는 사람들 속에서 죽고 싶지 않았다.

하강

갤럭시 호가 성공적으로 이행 궤도로 진입하자 창은 안도한 만큼이나 놀랐다. 그다음부터 이등 항해사 창은 착륙 문제와 씨름했다. 궤도 진입 후 두어 시간 동안 우주선은 신의 손에, 적어도 아이작 뉴턴 경의 손에 있었다. 마지막 제동과 하강 조종 때까지는 기다리는 것밖에 할 일이 없었다.

창은 잠깐 로즈를 속여 볼까 생각했다. 위성에 가장 가까이 접근했을 때 우주선에 역방향 벡터를 주어 도로 우주로 내보내는 것이다. 그러면 우주선은 다시 안정 궤도에 들어설 것이고, 언젠가는 가니메데에서 구조대가 올라올 수도 있으니까. 그러나 이 계획을 실행에 옮겨서는 안 되는 근본적인 이유가 있었으니, 그렇게 하면 창이 살아서 구출되지 못할 것이 확실했다. 그는 겁쟁이가 아니었지만, 죽은 다음 우주 항로의 영웅이 되고 싶지는 않았다.

아무튼 한 시간 후에 그가 살아남을 가능성은 희박해 보였다. 그는 전혀 알지 못하는 지역에 3000톤급의 우주선을 혼자 하강시키라는 명령을 받았다. 그는 낯익은 위성에서라도 이런 묘기를 시도하고 싶지는 않았다.

"감속 시작할 때까지 몇 분이나 남았죠?"

로지가 물었다. 그것은 질문이라기보다 명령 같았다. 그녀는 우주 비행의 기본을 분명히 이해하고 있었고, 창은 그녀의 허를 찔러 보겠다는 무모한 마지막 판타지를 버렸다.

"5분. 우주선에 있는 다른 사람들에게 준비하라고 경고해도 되겠지요?"

창이 마지못해 대답했다.

"내가 할게요. 마이크 주세요……. 여기는 함교다. 우리는 5분 후 감속을 시작한다. 반복한다. 5분 후다. 이상."

사관실에 모여 있던 과학자와 장교 들은 그 메시지를 충분히 예상하고 있었다. 그들은 약간의 행운을 누렸다. 외부 비디오 모니터들이 꺼지지 않은 것이다. 로즈가 그것들을 잊어버린 것 같았다. 신경 쓰지 않았다는 쪽이 더 그럴듯했다. 그래서 이제, 무력한 구경꾼으로서, 그야말로 문자 그대로 포로로 잡힌 관중으로서 그들은 파멸이 펼쳐지는 것을 지켜볼 수 있었다.

이윽고 후면 카메라 화면에 흐린 초승달 모양의 에우로파가 가득 찼다. 암흑면으로 돌아가면서 다시 응결하는 수증기로 꽉 찬 구름 속에는 제동을 걸 만한 것이 아무 데도 없었다. 착륙은 마지막 순간까지 레이더로 조종될 것이므로, 그것은 중요하지 않았다. 하지만 가시광선에 의존해야 하는 관찰자들은 더 오래 괴로워해야 할 터였다.

지금 다가오는 세계를 거의 10년 동안 매우 좌절하며 연구했던 사람보다 더 열심히 바라본 사람은 아무도 없었을 것이다. 안전벨트를 가볍게 조이고 엉성한 저중력 의자에 앉은 롤프 판 데르 베르흐는 감속이 시작했을 때 처음 중력이 생기기 시작된 순간을 알아채지 못했다.

5초 후, 전체 추진력이 가동되었다. 모든 장교가 각자 컴셋으로 빠르게 계산하고 있었다. 내비게이션에 접근하지 못했기 때문에 추정치가 아주 많아졌고, 라플라스 선장은 합의가 나오기를 기다렸다.

선장이 곧 알렸다.

"추력 등위를 감소시키지 않는다면 11분. 창은 지금 최대로 놓고 있어. 10킬로미터에서 맴돌다가……, 바로 그 구름 위야……, 곧장 아래로 내려간다고 하면 5분 더 걸릴 거야."

그 마지막 5분이 제일 중요하다는 말을 덧붙일 필요는 없었다.

에우로파는 끝까지 자기 비밀을 지키기로 결심한 것 같았다. 갤럭시 호가 구름 장막 바로 위에 움직이지 않고 떠 있을 때에도 그 아래 땅이나 바다가 있다는 기색은 없었다. 그다음 몇 초의 괴로운 시간 동안, 거의 쓰이지 않는 착륙 장치가 펼쳐진 모습을 잠깐 비춘 것 외에는 화면은 완전히 텅 비어 있었다. 몇 분 전 착륙 장치가 나오는 소리에 승객들은 불안해하며 잠깐 동요했다. 이제 그들은 그것이 제 역할을 다해 주기를 바랄 수밖에 없었다.

'이 망할 구름은 얼마나 두꺼운 거야? 내려가는 내내 이게 덮여

있으면…….'

판 데르 베르흐는 속으로 생각했다.

아니, 구름은 갈라지고 있었다. 조각과 가닥으로 흩어지고 있었다……. 그곳에는 '새 에우로파'가 있었다. 겨우 몇천 미터 아래 펼쳐져 있는 것 같았다.

그곳은 진짜 새로웠다. 그 사실을 알기 위해 지질학을 배울 필요는 없었다. 40억 년 전 땅과 바다가 끝없는 투쟁을 준비할 무렵 어린 지구가 아마 이렇게 보였을 것이다.

여기에는 50년 전까지 땅도 바다도 없었다. 얼음뿐이었다. 그러나 이제 루시퍼를 마주 보는 반구에서 얼음이 녹았고, 그 결과 생긴 물이 위로 끓어올랐다. 그리고 암흑면의 영원한 동결 상태 속에 굳어졌다. 수십억 톤의 액체가 한쪽 반구에서 다른 쪽 반구로 옮겨 가자, 예전에는 아득히 먼 태양의 창백한 빛조차 받아 본 적이 없던 고대의 해저가 드러났다.

언젠가는 이 일그러진 풍경이 담요처럼 펼쳐지는 식물로 부드러워지고 길들여질 것이다. 그러나 지금은 황량한 용암이 흐르고 약하게 김이 올라오는 진흙 벌판이었다. 군데군데 지층이 기묘하게 기울어지고 돌덩어리가 가끔 불쑥 튀어나와 있었다. 이곳은 분명 엄청난 지질구조 교란 지역이어서, 에베레스트 크기의 산이 최근에 솟아올랐다고 해도 별로 놀랍지 않았다.

그리고 그곳에 그것이…… 부자연스러울 정도로 가까운 지평선 위에 우뚝 솟아 있었다. 롤프 판 데르 베르흐는 가슴이 꽉 죄어 오고 목 뒷덜미 살이 따끔거리는 것을 느꼈다. 멀고 비인격적인 기기의 감각이 아니라 눈으로 직접, 자신의 꿈의 산을 보고 있었다.

그가 잘 알고 있듯이 그 산은 기울어져서 한쪽 면이 거의 수직으로 된 사면체 비슷한 모양이었다.(이런 중력에서도 등반가들에게 좋은 도전거리가 될 것이다. 특히 그 산에는 암벽 등반용 쇠못을 박아 넣을 수 없으니……) 꼭대기는 구름 속에 숨어 있고, 그들을 향해 부드럽게 경사진 면은 대부분 눈으로 덮여 있었다.

"전부 저것 때문에 이 소동이 일어난 거야?"

누군가가 넌더리를 내며 중얼거렸다.

"나한테는 완전히 보통 산으로 보이는데. 일단 보면……."

사람들이 화를 내며 쉿 소리로 그를 입 다물게 했다.

갤럭시 호가 이제 제우스 산으로 천천히 떠가면서, 창은 착륙 장소로 좋은 곳을 찾고 있었다. 우주선은 횡방향 제어를 거의 받지 않았고, 주 추진력의 90퍼센트가 그저 우주선을 받쳐 주는 데 쓰이고 있었다. 추진 연료는 5분 정도 떠돌기에 충분했다. 그다음에도 안전하게 착륙할 수는 있겠지만, 다시는 이륙하지 못할 것이다.

닐 암스트롱은 거의 100년 전에 같은 딜레마에 봉착했다. 그러나 그가 조종할 때는 머리에 총이 겨누어져 있지 않았다.

하지만 마지막 몇 분 동안, 창은 총과 로지 둘 다 완전히 잊어버리고 당면한 일에 모든 감각을 집중했다. 그는 사실상 지금 조종하는 거대한 기계의 일부였다. 그에게 남아 있는 단 하나의 인간적 감정은 공포가 아니라 흥분이었다. 이것이 그가 수행하도록 훈련받은 일이었다. 이것은 그의 직업적 경력에서 하이라이트였다. 피날레가 될지도 모르지만.

그렇게 되어 가는 것 같았다. 산기슭은 이제 1킬로미터도 떨어져 있지 않은데, 창은 아직 착륙 장소를 찾지 못했다. 믿을 수 없을 정도로 기복이 심한 지형이었다. 협곡으로 찢어지고, 거대한 돌들이 흩어져 있었다. 평평한 지역이라고는 테니스 코트보다 큰 곳이 하나도 보이지 않았다. 이제 추진 연료 측정기의 붉은 선은 겨우 30초 남아 있었다.

마침내 매끄러운 표면이 나왔다. 지금까지 본 곳 중에서 가장 평평한 곳이었다. 남은 기회라고는 시간 안에 그곳에 대는 것뿐이었다.

창은 평평한 땅 조각을 향해 거대하고 불안정한 원통을 곡예하듯 정교하게 몰아갔다. 그곳은 눈이 덮인 것 같았다……. 그래, 그랬다……. 강한 바람이 눈을 쓸어내고 있었다……. 그러나 그 아래에는 뭐가 있지? 얼음 같아 보였다……. 얼어붙은 호수일 것이다……. 얼마나 두껍지…… 얼마나 두꺼울까…….

갤럭시 호의 주 제트 분사가 위험하고 유혹적인 표면을 500톤의 강한 힘으로 때렸다. 표면에 금이 가 재빨리 사방으로 퍼졌다. 얼음에 금이 가고 거대한 얼음장이 뒤집히기 시작했다. 분노하는 엔진이 갑자기 드러난 호수 속으로 불길을 발사하자, 끓는 물이 동심원으로 파도를 이루며 밖으로 맹렬히 퍼져 갔다.

잘 훈련된 장교가 으레 그렇듯이 창은 생각하느라 머뭇거리지 않고 자동적으로 반응했다. 왼손은 안전 잠금 바를 찢어 열었다. 오른손은 그것에 덮여 있던 붉은 레버를 움켜쥐고 열림 위치로 당겼다.

갤럭시 호가 발사된 후부터 평화롭게 잠들어 있던 중지 프로그램이 제어권을 넘겨받았다. 우주선은 도로 하늘 위로 내던져졌다.

내려가는 갤럭시 호

전체 추진력이 갑자기 밀려들자 사관실은 마치 형 집행유예가 닥친 것 같았다. 겁에 질린 장교들은 선택된 착륙 장소가 무너지는 것을 보고 탈출 방법이 하나뿐이라는 것을 알았다. 이제 창이 그 방법을 택했으니, 그들은 다시 숨을 쉰다는 호사를 누릴 수 있었다.

그러나 얼마나 더 오래 그 경험을 즐길 수 있을지 아무도 예측할 수 없었다. 안정 궤도에 오를 만큼 추진 연료가 우주선에 충분한지는 창만 알고 있었다.

'연료가 있다고 해도 총을 가진 미치광이가 창에게 다시 내려가라고 명령할지도 모르잖아.'

라플라스 선장은 우울하게 생각했다. 하지만 선장은 그녀가 진짜 미치광이라고는 단 한 순간도 생각하지 않았다. 그녀는 자기가 무슨 일을 하는지 정확히 알고 있었다.

갑자기 추진력에 변화가 생겼다.

"방금 4번 모터가 끊겼습니다. 놀라운 일은 아닙니다. 과열일 겁니다. 이 단계에서 이렇게 오래 버틸 수가 없어요."

기술장교가 말했다.

물론 방향이 변했다는 느낌은 들지 않았다. 감소되었어도 추진력은 여전히 우주선의 축과 같은 방향으로 향하고 있었다. 그러나 모니터 스크린의 광경은 미친 듯이 기울어졌다. 갤럭시 호는 여전히 올라가고 있었지만, 이제 수직으로 올라가지는 않았다. 우주선은 에우로파 위의 미지의 목표를 겨냥한 탄도 미사일이 되었다.

다시 한번 추진력이 갑자기 떨어졌다. 비디오 모니터를 가로지르며 지평선이 다시 평평해졌다.

"창이 반대편 모터를 끊었습니다. 우리가 옆으로 구르지 않게 할 수 있는 유일한 방법입니다. 하지만 고도를 유지할 수 있을까요? 잘한다!"

지켜보는 과학자들은 무엇을 잘하는 것인지 볼 수 없었다. 모니터의 광경은 눈부실 정도로 흰 안개로 흐려져 완전히 사라져 버렸다.

"초과 연료를 버리고 있어요……, 우주선을 가볍게 하고……."

추진력은 줄어들어 0이 되었다. 우주선은 자유낙하했다. 몇 초 만에, 추진 연료가 버려지며 우주로 터졌을 때 만들어진 얼음 결정들이 이룬 광대한 구름을 뚫고 떨어졌다. 그 아래에서 느긋하게 8분의 1 중력가속도로 다가오고 있는 것은 에우로파의 중앙해였다. 적어도 창은 착륙 지점을 선택할 필요가 없었다. 지금부터는 우주에 한 번도 가 본 적이 없고 한 번도 가 보지 못할 수백만 명에게 비디오

게임으로 낯익은 표준 작동 절차가 펼쳐질 것이다.

이제 하강하는 우주선이 고도 0에서 속도 0이 되도록 추진력과 중력 사이의 균형을 맞추는 일만 하면 되었다. 오차 허용 범위가 있었지만 넓지는 않았다. 최초의 미국 우주 비행사들이 더 선호했고 창이 지금 마지못해 모방하고 있는 수상 착륙의 경우에도 그랬다. 그가 실수를 한다면(지난 몇 시간 동안 초긴장 상태에 있었던 그가 실수를 저지른다 해도 비난하기는 힘들 것이다.) 가정용 컴퓨터가 "안됐군요. 추락했습니다. 다시 시도해 보시겠습니까? 예/아니오로 대답해 주십시오……."라고 말하지는 않을 것이다.

임시 무기를 가지고 잠긴 함교 문밖에서 기다리던 이등 항해사 유와 두 동료가 제일 힘든 임무를 받은 것일 수도 있었다. 그들에게는 무슨 일이 일어나고 있는지 알려 줄 모니터 스크린이 없었고, 상황을 알리면 사관실에서 오는 메시지에 의존해야 했다. 도청용 마이크에서도 아무 소리도 들려오지 않았지만, 별로 놀랍지 않았다. 창과 매컬린은 대화할 시간도, 대화할 필요도 거의 없었다.

착륙은 대단히 훌륭했다. 갤럭시 호는 덜컹임 한 번 없이 몇 미터 더 가라앉았다가 다시 위로 불쑥 올라와 수직으로 떠올랐다가, 엔진 무게 덕분에 똑바른 위치로 돌아왔다.

바로 그때, 도청용 마이크에서 처음으로 알아들을 수 있는 소리가 들렸다.

"당신 미쳤어, 로지. 당신이 만족했기를 바라겠어. 당신은 우리를 전부 죽였어."

창은 분노하기보다는 체념하고 기진맥진한 목소리였다.

권총 쏘는 소리가 한 번 울리고, 그다음 긴 침묵이 흘렀다.

무슨 일이 곧 일어나리라는 걸 직감한 유와 동료들은 참을성 있게 기다렸다. 그들은 잠금 레버가 풀어지는 소리를 듣고 갖고 있던 스패너와 금속 막대기를 움켜쥐었다. 그녀는 한 명을 해치울 수 있을지는 모르지만, 그들을 모두 해치울 수는 없을 것이다.

문이 아주 천천히 열렸다.

"미안해요. 1분 정도 기절했던 것 같아요."

이등 항해사 창이 말했다.

다음 순간, 제정신인 사람이라면 누구라도 그렇겠지만, 창은 다시 기절했다.

갈릴리 바다

'사람이 어떻게 의사가 될 수 있는지 이해를 못 하겠어. 장의사도 그렇고. 그런 직업에는 정말 하기 끔찍한 일들이 있잖아…….'

라플라스 선장은 혼잣말을 했다.

"음, 뭔가 발견했습니까?"

"아뇨, 선장. 물론 내게는 알맞은 장비가 없어요. 그런 건 한번 이식되면 현미경을 통해서만 위치를 찾아낼 수 있어요……. 내가 알기론 그래요. 매우 중계 거리가 짧을 수밖에 없겠지만요."

"아마 우주선 어딘가에 있는 중계기까지겠죠. 플로이드는 우리가 수색을 해 봐야 한다고 제안했습니다. 로지의 지문은 찍었고…… 다른 신분 증명은?"

"예……. 가니메데와 통신할 때 그녀의 서류와 함께 전송할 겁니다. 하지만 로지가 누군지, 누구를 위해 활동했는지, 도대체 왜 그랬는지 알아낼 수 있을 것 같지는 않아요."

"적어도 로즈는 인간적인 본능을 보여 줬어요. 로즈는 창이 중지 레버를 당겼을 때 자기가 실패했다는 걸 알았을 겁니다. 로즈는 창이 착륙하게 놔두지 않고 쏴 버렸을 수도 있었어요."

라플라스는 생각에 잠겨 말했다.

"우리에겐 그쪽이 더 나았을 것 같아 유감입니다. 젠킨스와 내가 시체를 쓰레기 처리장으로 내보냈을 때 무슨 일이 일어났는지 아십니까."

의사는 혐오감으로 얼굴을 찡그리며 입술을 오므렸다.

"물론 선장이 옳았습니다. 그렇게 할 수밖에 없었죠. 음, 시체를 가라앉히려고 뭔가 매달지는 않았습니다. 시체는 몇 분 동안 떠 있었습니다. 우리는 그것이 우주선에서 나갔는지 지켜봤습니다. 그런데……."

의사는 알맞은 단어를 찾으려고 애를 쓰는 것 같았다.

"젠장, 뭡니까?"

"뭔가가 물에서 나왔어요. 앵무새 부리 같지만 100배는 더 컸어요. 그건 로지를 한 번에 낚아채고 사라졌어요. 여기엔 무시할 수 없는 뭔가가 있습니다. 우리가 바깥에서 숨 쉴 수 있다고 해도, 수영은 절대로 추천하지 않겠습니다……."

"함교에서 선장님께. 물에서 큰 혼란이 일어났습니다. 3번 카메라 화면을 보내 드리겠습니다."

당번 장교가 말했다.

"내가 본 게 저거요!"

의사가 외쳤다. 의사는 필연적으로 따라오는 불길한 예감에 휩싸여 갑자기 한기를 느꼈다.

'그놈이 더 채 가려고 돌아온 게 아니면 좋겠는데.'

갑자기 거대한 덩어리가 대양의 수면을 뚫고 나와 호를 그리며 하늘로 솟아올랐다. 한순간 그 거대한 모습은 공기와 물 사이에 정지했다.

잘못된 장소에 있으면, 낯익은 것도 낯선 것만큼이나 충격적일 수 있다. 선장과 의사는 둘 다 동시에 외쳤다.

"저건 상어잖아!"

거대한 물고기가 도로 바다로 떨어질 때까지, 몇 가지 미묘한 차이를 알아차릴 틈밖에 없었다. 엄청나게 큰 앵무새 부리에 더해, 지느러미 한 쌍이 더 있었고, 아가미는 보이지 않았다. 눈도 없었다. 그러나 부리 양쪽에는 다른 감각기관일 수도 있는 이상한 돌기가 있었다.

"수렴 진화지, 당연해. 어느 행성에서고 같은 문제에는 같은 해법이 나와요. 지구를 봐요. 상어, 돌고래, 익티오사우루스(돌고래와 닮은 어룡―옮긴이)……. 대양 포식자들은 모두 기본 설계가 똑같이 되어 있는 게 분명해요. 하지만 저 부리는 이해를 못 하겠는데……."

"저놈이 지금 뭐 하고 있는 겁니까?"

그 생물은 다시 수면을 가르고 나왔지만, 이번에는 매우 천천히 움직이고 있었다. 한 번 거대한 도약을 한 후라서 기진맥진한 것 같았다. 사실, 곤경에 처해 있는 것 같았고…… 매우 괴로워하는 것 같기도 했다. 그것은 딱히 어떤 방향으로 가려고 하는 것이 아니라, 바다에 대고 꼬리를 치고 있었다.

갑자기 생물은 마지막 식사를 토하더니 배를 위로 뒤집고, 부드러운 파도 속에 죽은 듯이 떠 있었다.

"오, 세상에. 무슨 일이 일어났는지 알 것 같군요."

선장이 혐오감에 가득 찬 목소리로 속삭였다. 의사도 그 광경에 동요한 것 같았다. 의사가 말했다.

"완전히 이질적인 생화학이에요. 로지가 결국 희생자를 하나 냈군요."

갈릴리 바다는 당연히 에우로파를 발견한 사람의 이름을 따서 지어졌다. 그의 이름이 다른 세계의 훨씬 더 작은 바다 이름을 따서 지어진 것처럼.

그것은 50년도 안 된 매우 젊은 바다였다. 대부분의 신생아처럼 아주 활기에 넘쳤다. 에우로파의 대기는 아직 너무 희박해서 진짜 허리케인을 만들어 내지 못했지만, 루시퍼의 열기를 고정적으로 공급받는 지점에 열대 지역이 형성되었고, 주위의 땅에서 꾸준히 바람이 불어 들어왔다. 이곳 영원한 정오의 지점에서, 물은 끊임없이 끓고 있었다. 하지만 이렇게 희박한 대기에서는 차 한 잔 끓이기도 힘들 정도의 온도였다.

운 좋게도 루시퍼 바로 아래 있는 김이 자욱한 난기류 지역은 1000킬로미터 떨어져 있었다. 갤럭시 호는 가장 가까운 땅에서 100킬로미터도 떨어지지 않은, 상대적으로 바람이 덜 부는 지역으로 내려갔다. 최대 속도라면 우주선은 몇 분의 1초면 그 거리를 갈 수 있었다. 하지만 우주선이 에우로파에 영원히 낮게 걸린 구름의 장막 아래를 떠도는 지금, 땅은 머나먼 퀘이사(지구에서 관측할 수 있는 가장 먼 천체 ─ 옮긴이)만큼이나 아득히 멀어 보였다. 더 안 좋은 것은, 영원히 바다 쪽으로 부는 바람이 우주선을 바다로 밀어붙이고 있다는 것이었다. 이 새 세계의 어느 처녀 해안에 다가갈 수 있다고 해도, 우주선은 지금과 마찬가지로 상륙하지 못할 수도 있었다.

일단 우주선을 편안하게 만들어야 했다. 우주선은 훌륭하게 방수가 되어 있지만, 항해에는 별로 적합하지 않았다. 갤럭시 호는 수직 위치에서 떠돌면서, 부드럽지만 불안하게 진동하면서 위아래로 까딱거렸다. 승무원의 절반은 이미 메스꺼워하고 있었다.

피해 보고를 전부 받은 다음 라플라스 선장이 처음 한 일은 보트를 다루어 본 경험이 있는 사람을 찾는 것이었다. 보트의 크기나 모양은 상관없었다. 우주공학자와 우주과학자 30명 가운데 항해 재능이 있는 사람이 상당수 있을 거라는 추측은 합리적인 것 같았고, 선장은 즉시 다섯 명의 아마추어 선원과 한 명의 직업 선원을 찾았다. 프랭크 리 사무장은 청 선박회사에서 직업 생활을 시작했다가 우주로 이직한 사람이었다.

사무장들은 항해 기기보다 계산기를 다루는 쪽이 더 익숙했지만 (프랭크의 경우에는 200년 된 상아 주판인 경우가 많았다.) 그래도 기초적 선박 조종술 시험을 통과해야 했다. 리는 자신의 해양 기술을 한 번도 시험해 볼 기회가 없었다. 이제 남중국해에서 거의 10억 킬로미터 떨어진 곳에서 그가 활약할 때가 온 것이다.

"추진 연료 탱크에 물을 가득 채워야 합니다. 그러면 더 낮게 뜨게 되고 이렇게 심하게 위아래로 꺼떡거리지 않을 겁니다."

리가 선장에게 말했다. 우주선에 물을 더 집어넣는 일은 어리석어 보였기 때문에 선장은 주저했다.

"우리가 좌초할 것 같나?"

아무도 대놓고 "그게 무슨 차이가 있습니까?"라고 말하지 않았다. 진지하게 토론해 보지 않고도 그들은 땅에 내려가면 더 나을 것이라고 생각하고 있었다. 땅에 닿을 수만 있다면.

"탱크는 언제든지 다시 비울 수 있어. 하여간 해안에 닿으면 우주선을 수평 위치로 놓기 위해서 그렇게 해야겠지. 다행히 우리에겐 동력이 있고……."

선장이 말끝을 흐렸다. 모든 사람이 그의 말뜻을 알았다. 생명 유지 장치를 가동시키고 있는 예비 원자로가 없으면, 그들은 모두 몇 시간 안에 죽을 것이다. 이제 고장만 막으면 우주선은 그들을 무한정 살아가게 해 줄 수 있었다.

물론 궁극적으로는 굶어 죽을 것이다. 에우로파의 바다에는 음식물이라곤 없고 독극물뿐이라는 극적인 증명을 방금 보지 않았는가.

하지만 적어도 그들은 가니메데에 연락을 했다. 그러니 이제 전 인류가 그들이 처한 곤경을 알 것이다. 이제 태양계 최고의 두뇌들이 그들을 구하려고 할 것이다. 그들이 실패한다 해도, 갤럭시 호의 승객과 승무원 들은 세간의 이목이 온통 집중된 가운데 죽는다는 위안을 받게 될 것이다.

4부

물 웅덩이에서

목적지 변경

스미스 선장이 모여 있는 승객들에게 말했다.

"최신 뉴스는 갤럭시 호가 물에 떠 있고, 상당히 상태가 좋다는 것입니다. 승무원 한 명, 여자 스튜어드가 사망했습니다. 자세한 건 모르겠습니다. 하지만 다른 사람은 모두 안전합니다.

우주선의 시스템은 전부 작동하고 있습니다. 몇 군데 새는 곳은 있지만 그런 곳은 다 통제되고 있습니다. 라플라스 선장은 즉각적인 위험은 없다고 합니다. 하지만 탁월풍이 우주선을 본토에서 더 먼 곳으로, 햇빛 쪽 면의 중앙으로 몰아내고 있습니다. 심각한 문제는 아닙니다. 그들이 처음 닿게 되리라 확실시되는 커다란 섬 몇 군데가 있습니다. 지금 당장은 가장 가까운 땅에서 90킬로미터 떨어져 있습니다. 커다란 해양 동물을 보았지만, 적대적인 기색은 보지 못했다고 합니다.

그들은 더 이상 사고가 나지 않게 막으면서 음식이 떨어질 때까지 몇 달 동안 살아남아야 합니다. 물론 음식은 엄격하게 배급되고 있습니다. 하지만 라플라스 선장의 말에 따르면 사기는 여전히 높다고 합니다.

자, 이제 우리 차례입니다. 우리가 지구로 즉시 돌아가서 연료를 재급유 받고 수리를 받고 나면, 역방향 동력 궤도로 에우로파에 85일이면 닿을 수 있습니다. 유니버스 호는 현재 상당한 양의 유상하중을 싣고 그곳에 착륙했다가 다시 이륙할 수 있는 유일한 취역 중 우주선입니다. 가니메데의 셔틀들은 식량을 떨어뜨릴 수 있을 겁니다. 하지만 그게 전부입니다. 그것이 삶과 죽음을 갈라 놓을 수도 있겠지만요.

여러분, 유감이지만 우리의 여행은 갑자기 끝났습니다. 하지만 우리가 약속한 것을 전부 보여 드렸다는 데 여러분도 동의하리라고 생각합니다. 그리고 여러분이 우리의 새 임무에 찬성해 주시리라 생각합니다. 성공 확률은 솔직히, 꽤 적지만요. 현재로서는 이게 전부입니다. 플로이드 박사님, 저랑 얘기 좀 하실까요?"

별로 중요하지 않은 브리핑들이 흔히 그렇듯, 다른 사람들이 주라운지에서 생각에 잠긴 채 천천히 떠 있을 때, 선장은 메시지로 가득 찬 클립보드를 유심히 살피고 있었다. 아직도 종이에 인쇄된 글이 가장 편리한 통신 매체인 경우가 있었다. 그러나 여기에서도 기술은 큰 영향을 남겼다. 선장이 읽고 있는 종이들은 무한정 재사용할 수 있는 멀티팩스 물질로 만들어졌다. 멀티팩스의 등장으로 휴지통을 쓸 일이 많이 줄었다.

이제 격식을 차린 모임이 끝났기 때문에 선장은 편하게 말했다.

"헤이우드, 추측하실 수 있겠지만 지금 보통 위급한 상황이 아닙니다. 그리고 내가 이해하지 못할 많은 일들이 벌어지고 있어요."

플로이드가 대답했다.

"마찬가지입니다. 크리스에게서는 아직 아무 소식 없나요?"

"없습니다. 하지만 가니메데가 당신 메시지를 중계했으니 지금쯤 그 메시지를 받았을 겁니다. 상상하실 수 있겠지만, 사적 통신은 우선권이 무효예요. 하지만 당신의 이름은 그것도 무효화시켰지요."

"고마워요, 선장. 내가 도울 수 있는 일이 있나요?"

"없습니다. 있으면 알려 드리죠."

그 후 한참 동안 그들은 서로 말을 주고받을 일이 없었다. 하지만 몇 시간 후 헤이우드 플로이드 박사는 '저 미친 늙은 바보!'가 되고 잠깐 동안 '선장이 이끄는 유니버스 호의 반란'이 일어나게 된다.

그건 사실 헤이우드 플로이드의 생각이 아니었다. 그는 그랬으면 하고 바랐을 뿐이다…….

이등 항해사 로이 졸슨은 '별'이라는 별명으로 불리는 항해장교였다. 플로이드는 그의 얼굴만 간신히 알았고, 그에게 "안녕하시오."보다 더 길게 말할 기회는 한 번도 없었다. 그래서 그 항해사가 그의 선실 문을 조심스럽게 노크했을 때 플로이드는 아주 놀랐다.

우주여행사는 우주 지도 한 묶음을 갖고 왔고 조금 불편해하는 것 같았다. 플로이드와 함께 있다는 것 때문에 기가 죽었을 리는 없었다. 이제 우주선에 탄 사람들은 모두 그가 있는 것을 당연하게 생각했다. 그러니 다른 이유가 있는 것이 분명했다.

"플로이드 박사님, 박사님 조언을 듣고 도움을 얻고 싶습니다."

졸슨이 말을 시작했다. 얼마나 다급하고 동요하는 어조인지 다음 거래 성사 여부에 앞날이 달려 있는 세일즈맨이 생각날 지경이었다.

"당연히 해 드리죠. 하지만 무엇을 해 드릴까요?"

졸슨은 루시퍼 궤도 안에 있는 모든 위성의 위치를 보여 주는 우주 지도를 펼쳤다.

"목성이 터지기 전에 탈출하기 위해 레오노프 호와 디스커버리 호를 짝지었던 박사님의 옛날 묘안을 듣고 이런 아이디어가 생각났습니다."

"그건 내 아이디어가 아닙니다. 월터 커노가 생각해 낸 거지요."

"아……. 그건 전혀 몰랐습니다. 물론 여기서는 우리를 밀어 올려 줄 또 한 척의 우주선이 없지요. 하지만 우리에겐 훨씬 더 좋은 것이 있습니다."

"무슨 뜻이지요?"

플로이드는 완전히 어리둥절해져서 물었다.

"웃지 마세요. 왜 지구로 돌아가서 연료를 실어야 합니까? 200여 미터 떨어진 곳에서 올드페이스풀이 초마다 몇 톤씩 물을 터뜨리고 있는데? 그걸 이용하면 우리는 에우로파에 석 달이 아니라 3주 만에 갈 수 있어요."

그 개념은 아주 명백했지만 너무 대담해서 플로이드는 깜짝 놀랐다. 그는 그 자리에서 반대 의견을 대여섯 가지 생각해 낼 수 있었다. 하지만 하나도 치명적인 것으로 보이지는 않았다.

"선장은 그 아이디어를 어떻게 생각하지요?"

"아직 선장님께 말씀드리지 않았습니다. 그래서 박사님 도움이 필요한 겁니다. 제 계산을 점검해 주셨으면 좋겠습니다. 그다음 그 아이디어를 선장님께 말해 주세요. 제가 이야기하면 선장님은 거부할 겁니다. 전 그렇게 확신합니다……. 그건 선장님을 탓할 일이 아닙니다. 제가 선장이었다면 저도 그랬을 거라고 생각합니다……."

작은 선실에 긴 침묵이 흘렀다. 헤이우드 플로이드는 천천히 말했다.

"그렇게 될 수 없는 이유를 전부 설명하지요. 그다음 왜 내가 틀렸는지 말해 봐요."

이등 항해사 졸슨은 자기 상관을 잘 알고 있었다. 스미스 선장은 평생 그렇게 정신 나간 제안을 들어 본 적이 없다는 반응을 보였다.

선장의 반대에는 모두 이유가 충분히 있었고, 악명 높은 NIH 증후군(직접 개발하지 않은 기술이나 연구 성과를 인정하지 않는 배타적인 태도 ─ 옮긴이)의 영향이 있을지 몰라도 눈에는 거의 띄지 않았다.

"아, 그래. 이론상으로는 작동할 거야."

선장도 인정했다.

"하지만 현실적인 문제를 생각해 봐. 이봐! 그 물질을 탱크에 어떻게 집어넣을 건가?"

"공학자들과 이야기해 봤습니다. 우주선을 크레이터 가장자리로 움직일 겁니다. 50미터 안쪽에 들어가는 건 아주 안전합니다. 가구가 없는 구역에 뜯어낼 수 있는 배관 시설이 있습니다. 그걸 뜯어낸

다음 올드페이스풀에 선을 연결해 분출할 때까지 기다리는 겁니다. 그 간헐천이 얼마나 믿을 만하고 얌전한지 아시지요."

"하지만 우리 펌프는 진공에 가까운 상태에서는 작동할 수 없어!"

"펌프는 필요 없습니다. 간헐천의 유출 속도면 1초에 적어도 100킬로그램을 투입해 줄 겁니다. 올드페이스풀이 알아서 다 할 겁니다."

"거기서는 액체 상태의 물이 아니라 얼음 결정과 증기만 나올 거야."

"배에 들어오면서 응결할 겁니다."

"자네 이걸 정말 철저히 계획했군, 안 그래?"

선장은 내키지 않았으나 감탄하며 말했다.

"하지만 난 완전히 믿을 수가 없어. 한 가지 짚자면, 물이 충분히 순수한가? 오염 물질은 어쩔 건가? 특히 탄소 입자는?"

플로이드는 미소를 참을 수가 없었다. 스미스 선장은 그을음을 문제 삼기 시작했다.

"커다란 것들은 걸러 낼 수 있습니다. 나머지는 반응에 영향을 끼치지 않을 겁니다. 아 예……. 이곳의 수소 동위체 비율은 지구보다 더 나은 것 같습니다. 여분의 추진력을 얻을 수도 있겠습니다."

"동료들은 그 아이디어에 대해 어떻게 생각하지? 우리가 곧장 루시퍼로 향하면, 고향에 갈 때까지 몇 달이 걸릴 수도 있어……."

"아직 동료들과는 이야기해 보지 않았습니다. 하지만 저렇게 많은 생명이 위태로운데 그것이 문제가 될까요? 갤럭시 호에 예정보다 70일 먼저 닿을 수 있습니다! 70일요! 그 시간 동안 에우로파에서 무슨 일이 일어날 수 있는지 생각해 보세요!"

선장이 쏘아붙였다.

"나도 시간적 요인에 대해서는 잘 알고 있어. 그건 우리에게도 적용되는 요인이야. 그렇게 긴 여행에 쓸 식량이 부족할 수도 있어."

플로이드는 생각했다.

'필사적으로 핑계를 찾고 있군. 내가 그걸 눈치채고 있다는 걸 분명히 알 거야. 요령 있게 굴어야겠어…….'

"식량 여유분이 두 주 치 정도밖에 없다고요? 우리가 가진 여지가 그렇게 적다니 믿을 수가 없군요. 하여간 선장은 지금까지 우리를 너무 잘 먹였소. 당분간 배급을 제한해서 우리 중 몇 사람한테 좋은 일을 해 봐요."

선장은 간신히 싸늘한 미소를 지었다.

"윌리스 씨와 미하일로비치 씨에게 그 말을 해 보시죠. 하지만 그 아이디어는 몽땅 제정신이 아닌 것 같습니다."

"적어도 선주들한테 시도는 해 봅시다. 로렌스 경과 이야기하고 싶소."

스미스 선장이 막을 수 있으면 좋겠다는 투로 대꾸했다.

"물론 당신을 막을 수는 없지요. 하지만 경이 뭐라고 말할지 저는 잘 알고 있습니다."

선장의 예측은 완전히 빗나갔다.

로렌스 청 경은 30년 동안 도박을 해 본 적이 없었다. 도박은 상업의 세계에서 그가 차지한 근엄한 위상과 더 이상 어울리지 않았다. 하지만 젊은 시절 그는 홍콩 경마장에서 가벼운 소액 내기를 자주 즐겼다. 청교도적인 행정부에서 그곳을 풍속을 해친다는 이유로

닫기 전까지는. 로렌스 경은 때때로 아쉬워하며 생각했다.

'인생이 다 그런 거지. 돈을 걸 수 있을 때에는 돈이 없고…….'

이제는 돈을 걸 수가 없었다. 세계 최고의 부자는 좋은 모범을 보여야 하기 때문에.

하지만 로렌스 자신이 제일 잘 알듯이, 그의 사업 경력 전체가 장기적으로 보면 하나의 도박이었다. 그는 최고의 정보를 모았고 예감상 가장 현명한 충고를 해 줄 것 같은 전문가들에게 귀를 기울여 확률을 제어하려고 했다. 그는 보통 그들이 틀렸을 때 때맞춰 잘 빠져나왔다. 그러나 거기엔 언제나 위험 요소가 있었다.

지금 헤이우드 플로이드의 메모를 읽으면서, 로렌스 경은 다시 그 옛날의 전율을 느꼈다. 천둥 같은 말발굽 소리를 내며 마지막 바퀴를 돌기 시작하는 말을 지켜보던 때 이후 느끼지 못하던 전율이었다. 이것은 진짜 도박이었다. 이사회에는 절대로 말하지 않겠지만, 그의 경력에서 마지막이자 가장 큰 도박이 될 터였다. 레이디 재스민에게 이야기하지 않을 것은 두말할 필요도 없었다.

"빌, 어떻게 생각하지?"

꾸준하고 믿음직스럽지만, 박력이라곤 찾아볼 수 없는(지금 세대에게는 더 이상 필요 없는 미덕이기에) 그의 아들이 예상한 대로의 대답을 내놓았다.

"이론상으로는 아주 좋습니다. 유니버스 호라면 그렇게 할 수 있겠네요. 관련 서류만 봐서는요. 하지만 이미 우주선 한 척을 잃었는데, 또 한 척을 잃을지도 모르는 위험을 무릅쓸 수는 없지요."

"그 우주선은 목성…… 루시퍼…… 하여간 그리로 갈 거야."

"예……. 하지만 지구 궤도에서 완전히 검사를 마친 다음에요. 그리고 이 직행 임무가 무슨 일과 연관되어 있는지 알고 계십니까? 이 우주선은 지금까지의 속도 기록을 전부 깰 겁니다. 턴어라운드에서 1초에 1킬로미터도 더 갈 거예요!"

그것은 그의 아들이 할 수 있는 말 중에서 최악이었다. 로렌스 경의 귓전에 천둥 같은 말발굽 소리가 다시 한번 울렸다.

그러나 로렌스 경은 이렇게 대답했을 뿐이다.

"시험 삼아 해 보는 건 해롭지 않을 거야. 스미스 선장은 그 아이디어에 필사적으로 맞서고 있지만. 사직하겠다는 위협까지 하고 있더군. 그동안 로이드 쪽 입장을 살펴봐. 우리는 갤럭시 호 관련 보험료 청구 신청을 철회해야 할 수도 있어."

로렌스 경은 이렇게 덧붙일 수도 있었다.

'특히 우리가 유니버스 호를 위험한 도박에 끌어들이게 되면 말이지.'

그는 스미스 선장이 걱정되었다. 지금 라플라스가 에우로파에 좌초해 있기 때문에, 스미스는 그에게 남은 최고의 지휘관이었다.

피트 스톱[*]

"대학을 졸업한 이후로 본 것 중에서 가장 엉성한 일 처리야. 하지만 우리가 지금 여기 있으면서 할 수 있는 최선이지."

수석 엔지니어가 투덜거렸다.

임시변통으로 만든 파이프라인이 화학물질로 덮인 눈부신 바위를 50미터쯤 가로질러 지금은 조용한 올드페이스풀의 공기구멍으로 뻗어 있었다. 그 구멍에서 파이프라인은 아래쪽으로 입을 벌린 직사각형 모양의 깔때기로 끝났다. 태양은 방금 언덕 위로 떠올랐고, 땅은 이미 약간 떨리고 있었다. 간헐천 지하의(아니면 구멍 아래의) 물이 온기의 첫 번째 손길을 느끼는 것이었다.

관측 라운지에서 지켜보는 헤이우드 플로이드는 그렇게 많은 일

---

[*] 급유나 타이어 교체 등을 위한 정차 — 옮긴이

이 겨우 24시간 안에 일어났다는 것을 믿을 수가 없었다. 우선, 우주선 내부는 두 파벌로 갈라져 대립했다. 하나는 선장이 이끌었고, 다른 쪽은 부득이 그 자신이 우두머리가 되었다. 그들은 서로 냉랭하게 예의를 지켰고, 실제 주먹이 오고 가는 일은 없었다. 그러나 그는 이제 자신이 어떤 사람들 사이에서 '자살 플로이드'라는 조롱조의 별명으로 불린다는 것을 알게 되었다. 그 영광이 특별히 고맙지는 않았다.

그러나 플로이드-졸슨 작전(이름도 불공평했다. 그는 졸슨의 이름만 붙어야 한다고 주장했지만 아무도 듣지 않았다. 미하일로비치는 "당신은 비난을 같이 받을 준비는 되어 있지 않은 거요?"라고 말했다.)에서 근원적으로 잘못된 것은 아무도 찾을 수 없었다.

첫 번째 테스트는 올드페이스풀이 느지막이 새벽을 맞이하는 20분 후에 시작할 것이다. 그러나 만약 테스트에서 제대로 작동하고, 스미스 선장이 예측한 대로 추진 연료 탱크가 질척한 진흙으로 채워지는 것이 아니라 반짝거리는 순수한 물로 채워지기 시작한다고 해도, 에우로파로 가는 길은 아직 열리지 않았다.

사소하지만 꽤 중요한 요인은 저명한 승객들의 의견이었다. 그들은 2주가 지나면 집에 돌아갈 거라고만 알고 있었다. 그런데 이제, 태양계의 반을 가로지르는 위험한 임무를 수행해야 한다는 전망에 직면하자 모두들 놀랐고 어떤 사람은 실망했다. 심지어 임무가 성공한다고 해도 지구로 돌아갈 날짜는 확실하지 않았다.

윌리스는 흥분해서 제정신이 아니었다. 그의 스케줄이 모두 완전히 꼬일 터였다. 그는 소송 이야기를 중얼거리며 돌아다녔으나, 아무도 눈곱만큼도 동정하는 기색을 내비치지 않았다.

반면, 그린버그는 열광했다. 이제 다시 진짜 우주 사업에 종사하게 될 것이다! 그리고 방음과는 거리가 먼 선실에서 시끄럽게 작곡하느라 많은 시간을 보낸 미하일로비치도 거의 그 정도로 기뻐했다. 그는 기분 전환을 하면 영감을 얻어 창조력의 새로운 경지에 도달할 수 있을 것이라고 확신했다.

매기 M은 냉정했다. 그녀는 윌리스를 비난하듯 바라보면서 말했다.

"그렇게 해서 많은 생명을 구할 수 있다면 누가 어떻게 반대할 수 있겠어요?"

이바 멀린은…… 플로이드는 그녀에게 상황을 설명하는 데 특히 노력했고, 그녀가 놀라울 정도로 잘 이해하고 있다는 것을 알게 되었다. 그리고 다른 누구도 별로 주의를 기울이지 않은 것 같은 지점을 질문한 것도 이바여서, 그는 완전히 어리둥절해졌다.

"만약 에우로파인들이 우리가 착륙하기를 원하지 않는다면요? 우리 친구들을 구하기 위해서라도요?"

플로이드는 놀란 기색을 노골적으로 보이며 이바를 쳐다보았다. 지금도 그는 여전히 그녀를 진짜 인간으로 받아들이기 힘들었지만, 그녀도 인간이니만큼 언제라도 명석한 통찰이나 완전한 어리석음을 드러낼 수 있는 것이었다.

"아주 좋은 질문입니다, 이바. 정말입니다. 저도 그 문제로 애쓰고 있습니다."

플로이드는 진실을 말하고 있었다. 이바 멀린에게는 결코 거짓말을 할 수 없었다. 왜인지는 몰라도, 그러면 신성 모독이 될 것이다.

간헐천 입구 위로 첫 번째 증기 줄기가 나오기 시작했다. 증기들은 위로 치솟아 부자연스러운 진공 궤적을 그리며 흩어지더니, 맹렬한 햇볕 속에서 재빨리 증발했다.

올드페이스풀은 다시 기침을 내뱉고 목청을 가다듬었다. 눈처럼 새하얗고 놀라울 정도로 조밀한 얼음 수정과 작은 물방울 기둥이 재빨리 하늘로 솟아올랐다. 지구인인 모두는 본능적으로 그 기둥이 무너져 떨어질 것이라고 예상했으나, 당연히 그렇지 않았다. 기둥은 아주 약간만 퍼지면서 계속 앞으로 위로 나아가, 여전히 팽창 중인 혜성 코마(혜성 핵 주위의 얼음과 먼지로 된 덮개 —옮긴이)의 빛나는 거대한 가스체 속으로 어우러졌다. 플로이드는 파이프라인이 흔들리기 시작하는 것을 알아차리고 만족감을 느꼈다. 유동체가 그 안에 밀려들고 있었다.

10분 후 함교에서 긴급 대책 회의가 열렸다. 스미스 선장은 여전히 씩씩거리고 있다가 플로이드가 참석한 것을 보더니 가볍게 고개를 끄덕여 알은체했다. 그의 부관이 약간 당황해하며 말을 다 맡아서 했다.

"음, 장치는 작동합니다. 놀라울 정도로 잘 작동해요. 이 속도대로라면 20시간이면 탱크를 채울 수 있습니다. 우리가 나가서 파이프를 좀 더 단단히 고정시켜야 할 수도 있겠지만요."

"먼지 문제는 어떻습니까?"

누군가가 물었다.

이등 항해사는 무색의 액체가 담겨 있는 투명한 스퀴즈벌브를 들어 올렸다.

"필터가 몇 미크론 단위까지 모든 입자를 제거했습니다. 안전을 기하기 위해 우리는 물을 탱크 한쪽에서 다른 쪽으로 순환시키면서 두 번 거를 겁니다. 유감스럽지만 화성을 지날 때까지 수영장은 쓰지 못할 것 같습니다."

그 말에 그 순간 매우 필요했던 웃음이 튀어나왔고, 선장도 약간 긴장을 풀었다.

"핼리의 물로 작동에 아무 이상이 없는지 점검하기 위해 엔진은 최소 추진력으로 돌릴 겁니다. 만약 이상이 있다면 이 아이디어는 전부 잊어버리고 아르타르코스 크레이터에서 실어 올린, 우리가 평소 쓰던 달의 물에 의지해 집으로 갈 겁니다."

모든 사람이 동시에 다른 사람이 이야기하기를 기다리는 '파티의 침묵'이 흘렀다. 스미스 선장이 그 당황스러운 침묵을 깼다.

"여러분 모두 아시겠지만, 저는 이 아이디어가 전부 마음에 안 듭니다. 사실……."

선장은 갑자기 화제를 바꾸었다. 그가 로렌스 경에게 사직서를 보낼까 생각했다는 것도 마찬가지로 잘 알려져 있었다. 하지만 이런 상황에서 그것은 별 의미 없는 제스처일 터였다.

"하지만 지난 몇 시간 동안 두어 가지 사건이 일어났습니다. 선주는 그 프로젝트에 동의했습니다. 우리 테스트에서 근본적으로 반대할 이유가 나오지 않는다는 조건 아래에서요. 그리고…… 아주 놀랄 만한 일이고, 여러분과 마찬가지로 저도 여기에 대해 더 이상은 모릅니다만, 세계 우주 위원회에서도 좋다고 했을 뿐만 아니라 모든 제반 비용을 부담하겠다고 하면서 우리에게 진로를 우회해 달라고 요청했습니다. 여러분의 추측도 내 추측과 마찬가지입니다. 하지만 아직 한 가지 걱정거리가 있습니다…….”

선장은 미심쩍은 눈으로 작은 스퀴즈벌브를 바라보았다. 헤이우드 플로이드가 그것을 불빛 쪽으로 들어 올려 가볍게 흔들고 있었다.

“나는 공학자지 빌어먹을 화학자가 아닙니다. 이 일은 잘되는 것 같아 보입니다……. 하지만 탱크 내벽에는 어떤 영향을 끼칠까요?”

플로이드는 왜 자기가 그렇게 행동했는지 잘 이해하지 못했다. 그렇게 경솔한 행동은 전혀 그답지 않았다. 그저 그 논쟁에 짜증이 나서 얼른 일을 진행시키자고 주장하고 싶었던 것 같다. 아니면 선장에게 면죄부를 주는 것이 필요하다고 느꼈는지도 모르겠다.

빠른 동작 한 번으로, 플로이드는 스퀴즈벌브의 마개를 휙 열고 대략 20시시의 핼리 혜성을 목구멍으로 쫙 넘겼다.

“선장, 이게 그 문제의 답이오.”

다 삼키고 나서 그가 말했다.

“그리고 그건 내가 본 것 중에서 제일 어리석은 과시 행위였어요. 그 물질에는 사이안화물과 사이안(둘 다 독성이 있다. ─옮긴이)이 들어 있어요. 그리고 또 뭐가 더 들어 있을지 누가 압니까?”

플로이드가 웃었다.

“물론 알지요. 나도 분석표를 봤어요. 100만 장 중 겨우 일부분이지만. 걱정할 건 없어요."

플로이드가 유감스러운 듯이 덧붙였다.

"하지만 놀란 건 하나 있었소."

"그게 뭡니까?"

"이걸 지구로 실어 보낸다면 '핼리의 특허 변비약'으로 팔아서 단단히 한몫 잡을 수 있을 거요."

세차

이제 임무를 위임 받았기 때문에, 유니버스 호의 분위기는 완전히 바뀌었다. 더 이상 논쟁은 일어나지 않았다. 모든 사람이 최대한 협력하고 있었고, 혜성 핵이 다음 두 번 회전할 동안(지구 시간으로 100시간 동안) 잠을 제대로 잔 사람은 거의 없었다.

핼리 혜성의 첫날 낮은 올드페이스풀의 물을 아직 조심스럽게 빼내는 일에 바쳐졌다. 그러나 간헐천이 해 질 녘 쪽으로 가라앉을 때에는 그 기술이 완전히 습득되었다. 1000톤 이상의 물이 우주선에 실렸다. 나머지 물을 싣는 데는 다음 햇빛 주기로 충분할 것이다.

헤이우드 플로이드는 과욕을 부려 일을 망치고 싶지 않았기 때문에 선장을 계속 피했다. 아무튼 스미스 선장에게는 신경 써야 할 수천 가지 자잘한 일들이 있었다. 그러나 그 일 중에 새 궤도 계산은 없었다. 그것은 지구에서 점검되고, 또 점검되고 있었다.

이제 그 구상이 훌륭했다는 것은 의심할 여지가 없었고, 그것의 장점은 졸슨이 주장했던 것보다 훨씬 더 컸다. 핼리에서 연료 보급을 한 덕분에, 유니버스 호는 지구와 랑데부할 때 해야 하는 두 번의 커다란 궤도 변경을 하지 않아도 되었다. 우주선은 이제 곧장 목적지를 향해 최대 가속으로 몇 주를 단축해서 갈 수 있었다. 위험 가능성이 있었지만, 모든 사람이 이제 그 계획에 박수를 보냈다.

음, 거의 모든 사람이.

지구에서는 재빠르게 조직된 '핼리를 보존하자' 협회가 들고일어났다. 회원은 겨우 236명이었지만, 그들은 매스컴의 관심을 끄는 법을 알고 있었다. 그들은 생명을 구하기 위해서라고 할지라도 천체의 자원을 약탈하는 것은 정당하지 않다고 주장했다. 유니버스 호는 그 혜성이 어차피 곧 잃게 될 물질을 빌릴 뿐이라는 점이 지적되었을 때에도 그들은 수그러들지 않았다. 그들은 그것이 자연의 법칙이라고 주장했다. 그들의 성난 성명서는 긴장감이 흐르던 유니버스 호에 가벼운 안도감을 안겨 주었다.

전처럼 조심스럽게, 스미스 선장은 자세 제어용 추력기 중 하나로 첫 번째 저출력 테스트를 해 보았다. 이것을 사용할 수 없게 된다고 해도 우주선에는 지장이 없었다. 이상한 점은 없었다. 엔진은 달 광산에서 나온 최고의 증류수로 돌아가는 것처럼 정확히 작동했다.

그다음에는 중앙 주 엔진인 1번을 테스트했다. 그 엔진이 손상되어도 기동성이 손실되지는 않을 것이다. 총추진력만 손실될 것이다. 우주선은 여전히 완전히 제어할 수 있을 것이다. 그러나 남은 선체 바깥쪽 엔진 네 개만 가지고는 첨두 가속도가 20퍼센트 떨어질 것이다.

이번에도 아무 문제 없었다. 회의론자들도 헤이우드 플로이드에게 정중하게 대하기 시작했고, 이등 항해사 졸슨은 이제 왕따가 아니었다.

이륙 예정 시간은 오후 늦은 시간 올드페이스풀이 가라앉기 직전이었다.

'올드페이스풀은 76년이 흐른 후에도 여전히 거기 있으면서 다음 방문객을 환영해 줄까?'

플로이드는 생각했다. 아마 그럴 것이다. 1910년의 사진에도 그것의 존재는 시사되어 있었다.

드라마틱한 구식 케이프 커내버럴(미 플로리다 주의 곶. 케네디 우주 센터가 있는 곳 ─ 옮긴이)의 카운트다운은 없었다. 모든 것이 깔끔하게 잘된 것에 만족하자, 스미스 선장은 1번 엔진에 겨우 5톤의 추진력을 적용시켰다. 그러자 유니버스 호는 천천히 위로 떠올라 혜성의 심장부에서 멀어졌다.

가속은 완만했지만 내뿜는 불꽃은 장엄했고, 지켜보는 사람들 대부분 전혀 예상치 못했던 것이었다. 지금까지는 주 엔진에서 나오는 제트 분사가 고도로 이온화된 산소와 수소로만 이루어져 있었기 때문에 사실상 보이지 않았다. 수백 킬로미터 떨어져서 그 기체가 화학적으로 결합될 정도로 충분히 식었을 때에도 여전히 아무것도 보이지 않았다. 그 반응은 가시 스펙트럼에서 아무 빛도 내지 않기 때문이다.

그러나 이제 유니버스 호는 너무 밝아서 눈으로 볼 수도 없는 백

열광 기둥을 타고 핼리에서 올라오고 있었다. 마치 고체로 된 불길 기둥 같았다. 불길이 땅을 때리는 곳에서 바위가 위로 바깥쪽으로 폭발했다. 혜성을 영원히 떠나면서, 유니버스 호는 우주에 그래피티 작품을 남기려는 것처럼 핼리 혜성의 핵을 가로질러 자기 서명을 새기고 있었다.

선체를 지탱하는 눈에 보이는 아무 수단 없이 우주로 올라가는 데 익숙해져 있던 승객들 대부분은 상당히 충격을 느끼며 반응했다. 플로이드는 으레 따라올 설명을 기다렸다. 그의 사소한 즐거움 중 하나는 월리스가 저지르는 과학적 실수를 포착하는 것이었지만, 그런 일은 아주 드물게 일어났다. 그리고 그런 실수를 할 때도 월리스는 언제나 매우 그럴싸한 변명거리를 갖고 있었다.

"탄소입니다. 딱 촛불 불꽃 같은 백열성 탄소인데, 약간 더 뜨거워요." 월리스가 말했다.

"약간이라."

플로이드가 중얼거렸다.

"당신 앞에서 이런 용어를 써도 된다면……."

플로이드는 어깨를 으쓱하고는 끼어들었다.

"……우리는 지금 순수한 물을 태우고 있는 게 아니에요. 조심스럽게 거르긴 했지만 그 안에는 교질 상태의 탄소가 아주 많습니다. 게다가 화합물은 증류로만 제거할 수 있으니까요."

"그거 매우 인상적이군요. 하지만 난 약간 걱정이 되는데, 저 열복사가 엔진에 영향을 끼치고 우주선을 몹시 달구지는 않을까요?"

그린버그가 물었다.

매우 좋은 질문이었고, 어느 정도 불안을 불러일으켰다. 플로이드는 윌리스가 그 질문을 해결하기를 기다렸지만, 그 기민한 수완가는 플로이드에게 바로 공을 넘겼다.

"플로이드 박사님이 말씀하시는 편이 낫겠는데요. 어쨌든 이건 박사님 아이디어였으니까요."

"졸슨의 아이디어였지요. 하지만 좋은 지적입니다. 그렇지만 그건 사실 문제가 아니에요. 우리가 전력 추진을 하면, 저 불꽃놀이들은 우리한테서 1000킬로미터 뒤쪽에 있을 겁니다. 걱정할 필요가 없어요."

우주선은 이제 핵에서 2킬로미터쯤 위쪽에 떠 있었다. 배기가스의 환한 빛이 없었다면, 그 작은 세계의 햇빛 쪽 면 전체가 아래에 펼쳐져 있었을 것이다. 이 고도(혹은 거리)에서 올드페이스풀의 기둥은 약간 굵어졌다. 그것을 보자 플로이드는 제네바 호수를 꾸미고 있는 거대한 분수가 갑자기 떠올랐다. 그는 50년 전에 그것을 보았고, 아직 그곳에서 작동하는지 궁금했다.

스미스 선장은 제어 장치들을 시험하고 있었다. 천천히 우주선을 회전시키고, 그다음 상하로 요동치다가 Y와 Z 축을 따라서 한쪽으로 기울여 보았다. 모든 것이 완벽하게 작동하고 있는 것 같았다.

"임무 개시 시간은 지금부터 10분 후입니다. 50시간 동안 0.1G, 그다음 턴어라운드까지 0.2G. 지금부터 150시간입니다."

선장이 알렸다. 그러고는 사람들이 상황을 충분히 이해할 수 있도록 잠시 말을 멈추었다. 어떤 다른 우주선도 그토록 오랫동안 그렇게 높은 연속 가속을 유지하려는 시도를 해 본 적이 없었다. 유니버스 호가 제대로 브레이크를 걸 수 없다면 유니버스 호도 첫 번째 유인 성간 여행선으로 역사에 남을 것이다.

지평선이란 단어를 거의 무중력인 이 환경에서 사용할 수 있다면, 우주선은 이제 지평선을 향해 돌았다. 그런 다음 여전히 꾸준히 혜성에서 뿜어져 나오는 안개와 얼음 결정의 흰 기둥으로 똑바로 향했다. 유니버스는 그 기둥을 향해 움직이기 시작했다…….

"선장이 뭘 하고 있는 거죠?"

미하일로비치가 초조하게 물었다.

선장은 분명히 그런 질문을 예측하고 있었다. 그는 다시 입을 열었다. 유머 감각을 완전히 회복한 것 같았고, 목소리에는 즐거운 기색이 있었다.

"떠나기 전에 할 일이 하나 있습니다. 걱정 마세요. 제가 알아서 잘하고 있으니까요. 그리고 부관은 내게 찬성했습니다, 안 그런가?"

"예, 선장님. 처음에는 농담하시는 줄 알았지만요."

"함교에서 무슨 일이 벌어지고 있는 겁니까?"

윌리스가 이번만은 어쩔 줄을 모르고 물었다.

여전히 간헐천을 향해 걷는 속도 이상으로 나아가지 않고 있었지만, 이제 우주선은 천천히 롤링(선체의 좌우 흔들림 — 옮긴이)을 시작하고 있었다. 이제 100미터도 남지 않은 거리에서 간헐천을 보자 플로이드는 저 멀리 지구에 있는 제네바 분수를 더욱 또렷이 떠올렸다.

'설마 우리를 저 안으로 데려가려는 건 아니겠지…….'

……그러나 그러려는 것이었다. 유니버스 호는 치솟는 거품 기둥 속으로 코를 들이밀면서 부드럽게 진동했다. 우주선은 거대한 간헐

천 속으로 드릴로 길을 뚫고 들어가는 것처럼 여전히 매우 천천히 롤링하고 있었다. 비디오 모니터와 관찰 창들은 희뿌연 공백만 보여 주었다.

기동 전체는 10초도 걸리지 않았다. 다음 순간 그들은 반대편으로 나와 있었다. 함교의 사관들에게서 저절로 짧은 박수가 터져 나왔다. 그러나 승객들은 여전히 약간 속은 듯한 느낌이 들었다. 심지어는 플로이드도 그랬다.

"이제 갈 준비가 다 되었습니다. 우리 우주선은 다시 훌륭하고 깨끗해졌습니다."

그다음 반 시간 동안, 혜성이 두 배 더 밝아졌다고 지구와 달에서 1만 명 이상의 아마추어 관찰자들이 보고했다. '혜성 관찰 네트워크'는 접속 폭주로 완전히 다운되었고, 프로 천문학자들은 맹렬히 화가 났다.

그러나 대중은 그 사태를 아주 좋아했고, 며칠 후 유니버스 호는 여명 몇 시간 전에 더 멋진 쇼를 선보였다.

매시간 시속 1만 킬로미터 이상의 속도를 얻으며, 우주선은 이제 금성 궤도 훨씬 안쪽에 있었다. 우주선은 태양에 훨씬 더 가까워지고 나서 어떤 자연 천체보다 훨씬 더 빠르게 근일점을 통과하고 루시퍼를 향했다.

우주선이 지구와 태양 사이를 지나갈 때, 백열성 탄소의 1000킬로미터짜리 꼬리가 쉽게 눈에 뜨이면서, 한 시간 동안 광도 4의 밝기로 아침 하늘의 별자리를 배경으로 주목할 만한 움직임을 보였다. 구출 임무를 갓 시작하면서, 유니버스 호는 세계사의 어떤 산물보다도 많은 사람에게 동시에 목격된 것이다.

표류

자매선 유니버스 호가 오고 있으며, 어떤 사람이 꿈꾸었던 것보다도 훨씬 빨리 도착할 수 있다는 예기치 않았던 소식은 갤럭시 호 승무원들의 사기에 오직 취한 것 같다고밖에 말할 수 없는 영향을 미쳤다. 미지의 괴물들에 둘러싸여 낯선 대양에서 무력하게 표류하고 있다는 단순한 사실은 갑자기 별로 중요하지 않은 일처럼 보였다.

때때로 괴물들도 흥미로운 출현을 했지만 대수롭지 않게 여겨졌다. 그 거대 '상어'는 가끔 목격되었지만 절대로 우주선 가까이에는 오지 않았다. 쓰레기를 우주선 바깥에 버릴 때도 접근하지 않았다. 그것은 그 엄청난 짐승이 지구 상어와는 달리 훌륭한 의사소통 체계를 갖고 있다는 것을 강력하게 시사했다. 그들은 상어보다 돌고래에 더 가까운 편인 것 같았다.

작은 물고기 무리도 많았다. 지구 시장이라면 아무도 두 번 쳐다

보지 않을 것들이었다. 몇 번 시도한 후 열렬한 낚시꾼인 사관 한 명이 미끼를 꿰지 않은 낚싯바늘로 한 놈을 잡는 데 성공했다. 어차피 선장이 허락하지 않을 것이기에 그는 그 물고기를 에어로크로 갖고 들어오지는 않았지만, 바다로 돌려보내기 전에 조심스럽게 측정하고 사진을 찍어 두었다.

그러나 의기양양한 스포츠맨은 그 트로피의 대가를 치러야 했다. 그가 낚시하면서 입고 있던 분압 우주복을 도로 우주선으로 갖고 왔는데, 거기서 황화수소 특유의 썩은 달걀 악취가 나는 바람에 그는 무수한 농담의 소재가 되었다. 그래도 그것은 외계의 인정사정없이 적대적인 생화학 환경을 다시 생각나게 했다.

과학자들이 간청했지만 더 이상 낚시는 허락되지 않았다. 그들은 지켜볼 수도 있었고, 기록할 수도 있었지만 수집할 수는 없었다. 어쨌든 그들은 박물학자가 아니라 행성 지질학자들이었다. 아무도 포르말린을 가져올 생각을 하지 못했던 것이다. 가져왔더라도 여기서는 효과가 없었겠지만.

한번은 우주선이 어떤 밝은 녹색 물질로 된 유동적인 깔개와 종잇장 같은 것들 속에서 몇 시간 동안 떠돌았다. 그것은 약 10미터 폭의 타원형 모양이었고, 모두 대략 크기가 같았다. 갤럭시 호는 저항을 받지 않고 그 사이를 헤치고 나아갔고, 그것들은 재빨리 우주선 뒤에서 다시 만들어졌다. 일종의 군체 생물인 것 같았다.

어느 날 아침, 잠망경 하나가 물에서 솟아오르는 바람에 당직 사관은 깜짝 놀랐다. 그는 정신을 차려 보니 자신이 아픈 소의 눈 같은 순하고 파란 눈을 들여다보고 있었다고 말했다. 그 눈은 별 뚜렷한 흥미 없이 얼마 동안 그를 슬프게 바라보다가 천천히 대양으로 되돌아갔다.

여기서는 아무것도 빠르게 움직이는 것 같지 않았고, 그 이유는 분명했다. 이곳은 여전히 저에너지 세계였다. 여기에는 지구의 동물들이 탄생해서 숨 쉬기 시작하는 순간부터 일련의 지속적 폭발 과정으로 살아가도록 해 주는 유리산소가 없었다. 처음 마주친 '상어'만이 죽어 가는 마지막 경련 속에서 맹렬하게 활동하는 기색을 보여 주었다.

아마 인간들에게는 좋은 소식이었을 것이다. 우주복 때문에 움직임이 거추장스럽다고 해도 인간을 잡을 수 있는 것은 에우로파에 하나도 없었다. 그것이 인간을 잡고 싶어 할지라도.

라플라스 선장은 우주선의 조종권을 사무장에게 건네주며 씁쓸한 재미를 느꼈다. 그는 이런 상황이 우주와 바다의 기록에서 유일무이한 것일까 궁금했다.

미스터 리가 할 수 있는 엄청난 일은 없었다. 갤럭시 호는 수직으로 떠올라 물 밖으로 3분의 1쯤 나온 채 슬쩍 앞쪽으로 기울어 우주선을 꾸준히 5노트로 몰아가는 바람을 받고 있었다. 흘수선 아래에 새는 곳이 몇 군데 있었지만 쉽게 수리되었다. 선체 외피는 여전히 밀폐되어 있다는 사실이 마찬가지로 중요했다.

대부분의 항해 장비는 쓸모없었지만, 그들은 자기들 위치가 어디인지 확실히 알았다. 가나메데에서 매시간 비상 신호등으로 위치를 정확하게 알려 주었다. 만일 갤럭시 호가 현재 코스대로 계속 가면 사흘 안에 커다란 섬에 상륙하게 될 것이다. 그 섬을 놓치면 우주선은 외해(外海)를 향해 나아가다가 결국은 루시퍼 바로 아래에 있는 미지근하게 끓는 지역에 닿게 될 것이다. 완전히 파멸에 가까운 전망은 아니지만, 아주 안 좋은 전망이었다. 선장 대리 리는 그런 사태를 피할 방법을 생각해 내려고 오래오래 고민했다.

알맞은 재료와 삭구가 있었다고 해도, 항로에 차이가 날 일은 없을 것이었다. 그는 쓸모 있는 조류를 찾으려고 임시로 만든 시 앵커(우주선의 전복을 막고 뱃머리가 바람 부는 쪽으로 향하게 하기 위한 닻 — 옮긴이)를 500미터까지 내렸지만, 하나도 찾지 못했다. 바닥도 찾지 못했다. 바닥은 몇 킬로미터 더 아래로 가야 할지 모르는 훨씬 더 낮은 곳에 있었다.

그게 오히려 다행이었을 것이다. 덕분에 그들은 이 새로운 대양을 계속 괴롭히는 해저 지진에서 보호받았다. 때때로 충격파가 달려 지나갈 때면 갤럭시 호는 거대한 해머에 얻어맞은 듯이 떨리곤 했다. 몇 시간 지나면 수십 미터 높이의 쓰나미가 어느 에우로파 해변에 부딪칠 테지만, 이곳 깊은 물 속에서는 그 치명적인 파도도 잔물결이나 다름없었다.

멀리서 갑작스러운 소용돌이가 몇 번 관측되었다. 갤럭시 호를 미지의 심연으로 빨아들일 수 있는 거대 소용돌이였다. 아주 위험해 보였지만, 운 좋게도 아주 멀리 떨어져 있어서 물속에서 우주선을 몇 번 빙글 돌렸을 뿐이었다.

그리고 단 한 번, 겨우 100미터 떨어진 곳에서 거대한 가스 방울이 올라와 터졌다. 아주 인상적인 일이었고, 모두들 진심에서 우려

나온 의사의 말에 동의했다.

"우리가 저 냄새를 맡을 수 없어서 정말 다행이죠."

그처럼 기괴한 상황이 얼마나 빠르게 일상의 일부가 되었는지를 보게 된다면 누구라도 놀랄 것이다. 며칠 지나자 갤럭시 호의 일상 생활은 변함없는 일과로 자리 잡았고, 라플라스 선장이 당면한 큰 문제는 승무원들을 계속 바쁘게 만드는 것이었다. 사기에 제일 나쁜 것은 한가한 상태였다. 그는 옛날 돛단배 선장들이 끝없이 계속되는 항해에서 어떻게 부하들을 계속 바쁘게 굴렸을까 궁금했다. 삭구를 기어오르거나 갑판을 청소하는 일로 온 시간을 다 보낼 수는 없었다.

그의 문제는 과학자들과는 정반대였다. 과학자들은 언제나 테스트와 실험을 하자고 제안했는데, 그것들은 승인하기 전에 주의 깊게 고려해야 했다. 선장이 그것을 허락한다면, 그들은 이제 매우 제한되어 버린 우주선의 통신 주파수대를 독점할 것이다.

메인 조합 안테나는 이제 흘수선 주위에 납작하게 찌그러져 있었기 때문에, 갤럭시 호는 지구와 직접 이야기할 수 없었다. 모든 메시지는 가니메데를 통해 보잘것없는 메가헤르츠 대역폭 몇 개로 중계해야 했다. 단 하나 있는 라이브 비디오 채널을 켜려면 다른 것을 전부 끄고, 지구 네트워크의 소란스러운 잡음에 저항해야 했다. 탁 트인 바다와 비좁은 우주선의 내부, 사기는 높지만 점점 털북숭이가 되어 가는 승무원을 빼면 관중들에게 보여 줄 것도 별로 없었다.

많은 양의 통신이 이등 항해사 플로이드에게 들어오는 것 같았는데, 그의 암호화된 응답은 아주 짧아서 많은 정보를 담을 수 없었다. 라플라스는 마침내 그 젊은이와 이야기를 하기로 결심했다.

선장은 자기 선실에 둘만 있을 때 이야기를 꺼냈다.

"미스터 플로이드. 자네가 파트타임에 무슨 일을 하는지 알려 준다면 기쁘겠네."

플로이드는 당황한 것 같았다. 우주선이 갑작스러운 돌풍에 흔들리는 바람에 그는 테이블을 꽉 움켜쥐었다.

"저도 그럴 수 있었으면 좋겠습니다, 선장님. 그러나 허락받지 못했습니다."

"누구의 허락인지 물어봐도 되나?"

"솔직히 잘 모르겠습니다."

그것은 전적으로 사실이었다. 플로이드는 아스트로폴이 아닐까 의심했지만, 가니메데에서 그에게 브리핑을 했던 두 침착하고 인상적인 신사들은 별 뚜렷한 이유 없이도 그에게 아무런 정보를 주지 않았다.

"이 우주선 선장으로서 나는 지금, 특히 현재 상황에서 무슨 일이 벌어지고 있는지 알고 싶네. 만약 여기서 빠져나간다면 나는 이다음 몇 년 동안 청문회에서 보내고 있을 거야. 자네도 마찬가질걸."

플로이드는 가까스로 비꼬는 웃음을 지었다.

"구조되어 봤자라는 거죠, 선장님? 저는 어떤 고위 기관이 이 임무가 곤란에 빠질 것을 예상했지만, 어떤 형태로 나타날지는 몰랐다는 것밖에 모릅니다. 제가 별 도움이 되지 못한 것 같아 유감이지만, 그때 그들이 접촉할 수 있고 자격을 갖추었던 사람이 저뿐이었을 거라고 생각합니다."

"자네가 스스로를 탓할 일이라고는 생각하지 않네. 누가 상상이나 했겠나, 로지가……."

선장은 갑자기 어떤 생각이 떠올라 말을 멈추었다.

"자네는 달리 의심하는 사람이 있나?"

선장은 "예를 들어, 나라든지?"라고 덧붙이고 싶었지만, 이미 이 상황만으로도 충분히 편집증적이었다.

잠시 생각에 잠겨 있던 플로이드는 이윽고 결론에 도달한 것 같았다.

"아마 이전에 말씀드려야 했을 겁니다, 선장님. 그렇지만 얼마나 바쁘신지 알고 있어서 말씀을 못 드렸습니다. 저는 판 데르 베르흐 박사가 어떤 식으로든 연관되어 있다고 확신합니다. 물론 박사는 가니메데 사람입니다. 가니메데 사람들은 이상한 민족이고, 사실 전 그들을 이해하지 못하겠습니다."

"혹은 좋아하지 못하겠습니다."라고 덧붙일 수도 있었다. 그들은 너무 배타적이었다. 외부인들에게 진심으로 우호적이지 않았다. 그러나 그들을 탓할 수는 없었다. 새 황무지를 길들이려는 개척자들은 아마 거의 다 마찬가지일 것이다.

"판 데르 베르흐……. 흐음. 다른 과학자들은?"

"당연히 그들도 체크했습니다. 모두 완벽하게 합법적입니다. 아무도 특이 사항은 없었습니다."

엄밀히 말하면 사실이 아니었다. 심슨 박사는 법에 정해진 한도보다 많은 수의 아내를 거느렸다. 말하자면 중혼이었다. 그리고 히긴스 박사는 아주 별난 책들을 많이 소장하고 있었다. 이등 항해사 플로이드는 왜 자신이 이런 이야기를 전부 듣게 되었는지 알 수 없었다. 아마 그의 멘토들은 자기들이 모든 것을 다 알고 있다는 인상을 주고 싶었던 것이리라. 그는 아스트로폴(혹은 그것이 누구든 간에)을 위해 일하면 재미있고 자잘한 이익이 있겠다고 생각했다.

"좋아. 하지만 만약 우주선의 안전에 영향을 끼칠 수 있는 뭔가를 발견하면……, 뭐든지 말이야……, 내게 알려 주게."

현재 상황에서 그것이 무슨 일이 될지는 상상하기 힘들었다. 하지만 더 이상의 위험은 조금도 감당하기 힘들었다.

외계의 해변

그 섬을 목격하기 24시간 전까지만 해도, 갤럭시 호가 섬에 착륙하지 못하고 텅 빈 중부 대양으로 바람에 불려가 버릴지 아닐지는 확실하지 않았다. 가니메데의 레이더로 관측한 갤럭시 호의 위치는 거대한 해도에 표시되었고, 선상의 모든 사람이 하루에도 몇 번씩 초조하게 그 해도를 들여다보았다.

배가 땅에 닿는다고 해도 문제는 거기서 시작일 수도 있었다. 우주선이 편리하게도 완만한 해안에 부드럽게 닿는 것이 아니라 바위투성이 해변에서 산산조각이 날 수도 있었다.

선장 대리인 리는 이런 가능성을 전부 날카롭게 포착하고 있었다. 그도 예전에 한번 대형 유람 보트를 타고 있을 때 조난당한 적이 있었다. 발리 섬에서 떨어진 곳에서 위태로운 순간에 엔진이 고장 났던 것이다. 우여곡절은 아주 많았지만 별로 위험하지는 않았다. 하지만 그는 그 경험을 되풀이하고 싶지 않았다. 특히 이곳처럼 구출하러 올 해안 경비대가 없을 때에는.

그들이 처한 곤경에는 진정 우주적인 아이러니가 있었다. 여기 인간이 만든 가장 발전한 수송 기구에 탄 사람들이 있다! 우주를 건널 수 있는 우주선! 하지만 지금 그들은 그 우주선의 경로를 몇 미터 이상 방향을 바꿀 수 없다. 그렇지만 그들이 완전히 무력한 건 아니었다. 아직 리가 꺼낼 수 있는 카드가 몇 장 남아 있었다.

이 날카롭게 굽어진 세계에서 처음 그들이 그 섬을 목격했을 때, 그 섬은 겨우 5킬로미터 떨어져 있었다. 두려워하던 벼랑이 하나도 없어서 리는 매우 안도했다. 반면 그가 바랐던 해안이 나올 조짐도 전혀 없었다. 지질학자들은 그에게 여기서 모래를 발견하려면 몇백만 년 기다려야 한다고 경고했다. 땅을 천천히 갈고 있는 에우로파의 맷돌은 아직 제대로 일할 시간이 없었다.

땅에 닿은 것이 확실해지자마자, 리는 착륙 직후 일부러 가득 채웠던 갤럭시의 메인 탱크를 펌프로 퍼내라는 명령을 내렸다. 그다음 몇 시간 동안 고된 노동이 계속되었고, 적어도 승무원의 4분의 1이 지쳐서 나가떨어졌다.

갤럭시 호는 점점 더 거칠게 진동하면서 물속에서 높이, 더 높이 솟아오르다가 굉장히 큰 철썩 소리를 내면서 풀썩 무너지더니, 오래전 포경선이 시체가 가라앉는 것을 막으려고 고래 시체에 공기를 빵빵하게 채우던 시절의 고래 시체처럼 지면을 따라 누웠다. 우주선이 누워 있는 모습을 보고, 리는 우주선의 부력을 다시 조절해 고물이 약간 내려오고 앞쪽 함교가 간신히 물에서 나오게 했다.

그가 예상한 대로, 그렇게 하자 갤럭시 호는 바람을 향해 빙글 뱃전을 돌렸다. 그 시점에서 승무원의 4분의 1이 추가로 나가떨어졌지만, 마지막 단계를 위해 준비했던 시 앵커를 꺼내는 일을 도울 사람은 충분했다. 그것은 빈 상자를 이어 묶어 만든 임시변통 뗏목에 지나지 않았지만, 그 항력으로 우주선은 앞에 있는 땅을 향해 갈 수 있었다.

이제 자신들이 작은 바위로 덮인 좁게 뻗은 해안을 향해 고통스러울 정도로 느리게 가고 있는 것이 보였다. 모래에 닿을 수 없다면, 이것이 가장 좋은 대안이었다…….

갤럭시 호가 땅에 닿았을 때 함교는 이미 해안 위에 올라와 있었고, 리는 마지막 승부수를 던졌다. 기계를 남용하면 고장이 날까 봐 감히 더 해 보지 못하고 단 한 번 시험 가동만 해 보았던 그것을.

마지막으로, 갤럭시 호는 착륙 장비를 펼쳤다. 아랫면의 패드들이 외계의 표면에 파고들면서 갈리는 소리와 덜덜 떠는 소리가 났다. 어느덧 우주선은 조수 간만이 없는 대양의 바람과 파도를 뚫고 안전하게 닻을 내렸다.

갤럭시 호가 마지막 쉴 곳을 찾았다는 것이 확실해졌다. 그리고 승무원들이 마지막으로 쉴 곳을 찾았을 가능성도 매우 컸다.

5부

소행성들을
지나

별

이제 유니버스 호는 아주 빠르게 움직였기 때문에 우주선의 궤도
는 더 이상 태양계의 어떤 자연적 물체가 그리는 궤도와도 전혀 닮
지 않았다. 태양과 가장 가까운 수성은 근일점에서 1초에 50킬로미
터를 넘지 않았다. 유니버스 호는 첫날 그 속도의 두 배에 도달했고,
물이 몇천 톤 덜 실렸다면 겨우 절반만 가속했어도 그 속도가 되었
을 것이다.

금성 궤도 안으로 지나가는 몇 시간 동안, 금성은 태양과 루시퍼
다음으로 모든 천체 중에서 가장 밝았다. 금성이 그리는 작은 원반
은 맨눈으로 보였지만, 금성의 무늬는 우주선의 가장 강력한 망원
경으로도 볼 수 없었다. 금성은 에우로파만큼이나 빈틈없이 자신
의 비밀을 지켰다.

수성 궤도 아주 안쪽으로 들어가 태양에 훨씬 더 가까이 가는 길

을 택한 덕분에 유니버스 호는 단순히 지름길을 잡았을 뿐만 아니라 태양의 중력장에서 공짜 부양력을 얻고 있었다. 자연은 언제나 장부의 균형을 맞추기 때문에, 태양은 그 거래에서 어느 정도 속도를 잃었다. 그러나 그 효과는 몇천 년 동안 눈에 띄지도 않을 터였다.

스미스 선장은 곧장 갤럭시 호로 가지 않을 핑계를 대고 지체하면서 깎였던 체면을 얼마간 회복하기 위해 우주선의 근일점 통과를 이용했다.

"왜 올드페이스풀을 통과해 우주선을 날도록 했는지 이제 여러분도 아실 겁니다. 우리가 선체에서 먼지를 전부 씻어 내지 않았다면 지금쯤 심하게 과열되고 있었을 겁니다. 사실 온도 제어 장치들이 그 부하를 처리할 수 있었을지 의심스럽습니다. 이미 지구 수준의 열 배거든요."

선장이 말했다. 소름 끼치게 부풀어 오른 태양을 거의 시꺼먼 필터를 통해 바라보면서, 승객들은 그의 말을 쉽게 믿을 수 있었다. 태양이 도로 정상 크기로 줄어들었을 때 승객들은 모두 아주 행복해했다. 유니버스 호가 화성 궤도를 가로질러 날아가 임무의 마지막 여정에 접어들면서 태양은 뱃고물 쪽으로 계속 작아졌다.

유명 인사 5인은 인생의 예기치 못한 변화에 모두 서로 다른 방식으로 적응했다. 미하일로비치는 엄청난 양의 곡을 시끄럽게 작곡했고, 식사 시간만 빼면 거의 보이지 않았다. 나타날 때는 터무니없는 이야기를 하며 그때그때 눈에 띄는 희생자들을, 특히 월리스를 놀려 댔다. 그린버그는 자기를 명예 승무원으로 뽑았고, 아무도 반대하는 사람은 없었다. 그는 대부분의 시간을 함교에서 보냈다.

매기 M은 그것을 유감스럽고 재미있는 상황으로 여겼다.

"작가들은 언제나 아무 간섭 없는…… 아무도 관여 안 하는 장소에 있으면 할 수 있는 일이 얼마나 많을지 이야기하지요. 그들이 제일 좋아하는 예시는 등대와 감옥이에요. 그래서 나는 불평할 수가 없어요. 우선순위가 높은 메시지들 때문에 내 자료 조사 요청이 계속 밀리는 것만 빼면요."

빅터 윌리스도 이제 거의 마찬가지 결론에 이르렀다. 그도 잡다한 원거리 프로젝트 작업을 하느라 바빴다. 그리고 선실에 틀어박혀 있을 또 다른 이유도 있었다. 그가 면도를 잊은 듯이 보이려면 아직 몇 주 더 있어야 할 것이다.

이바 멀린은 자신이 거리낌 없이 설명한 것처럼, 매일 좋아하는 고전들을 복습하면서 몇 시간씩 엔터테인먼트 센터에서 보냈다. 유니버스 호의 도서관과 프로젝션 시설들이 운항 전에 제때 설치되어서 다행이었다. 작품 수는 상대적으로 적었지만, 사람 일생 몇 번이 지나갈 동안 보기에는 충분했다.

영화 예술의 희미한 여명기부터 시작해서 시각예술의 명작이란 명작은 전부 그곳에 있었다. 이바는 그 대부분을 알고 있었고 기꺼이 자신의 지식을 나누어 주었다.

플로이드는 그녀의 말에 귀 기울이는 것이 즐거웠다. 그럴 때면 그녀가 생생해지고, 우상이 아닌 보통 인간이 되었기 때문이다. 그는 그녀가 비디오 이미지라는 인공적 우주를 통해서만 현실 세계와 관계를 맺을 수 있다는 것이 슬프기도 하고 매혹적이기도 하다고 느꼈다.

헤이우드 플로이드가 보낸 상당히 파란만장한 생애에서 가장 이상한 경험 하나를 꼽으라면, 화성 궤도 바깥쪽 어딘가의 어두운 방에서 이바의 뒷자리에 앉아 「바람과 함께 사라지다」 원작을 함께 보던 것이었다. 그는 그녀의 유명한 옆모습을 보고, 비비안 리의 옆모습에 그녀의 검은 윤곽이 겹쳐지는 것을 보면서, 그 둘을 비교해 볼 수 있는 순간들을 누렸다. 그러나 어느 여배우가 다른 여배우보다 더 낫다고 말하는 것은 불가능했다. 둘 다 독특한 개성이 있었다.

불이 켜졌을 때 이바가 울고 있는 것을 보고 플로이드는 어리둥절했다. 그는 그녀의 손을 잡고 상냥하게 말했다.

"나도 보니가 죽었을 때 울었어요."

이바는 가까스로 희미한 미소를 지었다.

"나는 비비안 때문에 진심으로 울고 있었어요. 「바람과 함께 사라지다 2」를 찍는 동안 그녀에 대한 책을 아주 많이 읽었거든요. 그녀는 매우 비극적인 삶을 살았어요. 그리고 이 행성들 사이에서 그녀에 대해 이야기하자니, 그녀가 신경 쇠약을 앓은 후 래리(비비안 리의 연인이자 남편이었던 로렌스 올리비에를 말한다.—옮긴이)가 그 불쌍한 여자를 실론에서 데려오고 한 말이 생각나요. 래리는 친구에게 이렇게 말했어요. '나는 우주에서 온 여자와 결혼했어.'"

이바는 잠시 말을 멈추었고, 눈물이 또 한 방울 그녀의 뺨에 흘러내렸다.(플로이드는 '상당히 연극적이야.'라고 생각할 수밖에 없었다.)

"그리고 훨씬 더 이상한 일이 있어요. 비비안은 마지막 영화를 정확히 100년 전에 만들었어요……. 그런데 그게 뭔지 알아요?"

"계속 말해요. 날 다시 놀라게 해 봐요."

"매기가 들으면 놀랄 거예요. 만약 매기가 쓴다고 우리를 위협하는 그 책을 진짜로 쓰고 있다면요. 비비안의 맨 마지막 영화는 「바보들의 배」예요."

우주의 빙산들

이제 예기치 않게 시간이 많이 남아돌았기 때문에, 스미스 선장은 마침내 빅터 윌리스와 오래 미루어 두었던 인터뷰를 하기로 동의했다. 그 인터뷰는 빅터 윌리스가 한 계약의 일부였다. 빅터 자신도 계속 인터뷰를 미루어 왔다. 미하일로비치가 고집스럽게 그의 '벌초'라고 부르는 것 때문이었다. 자신의 대중적 이미지를 회복하려면 몇 달은 걸릴 것이기 때문에, 그는 마침내 카메라 촬영 없이 인터뷰를 하기로 결심했다. 나중에 지구 스튜디오에서 도서관 장면과 함께 그의 모습을 만들어 넣을 수 있을 것이다.

그들은 여전히 가구가 조금밖에 없는 선장의 선실에 앉아, 빅터의 훌륭한 와인을 즐기고 있었다. 보아하니 빅터는 수하물 제한을 대부분 와인으로 채운 모양이었다. 몇 시간 후 유니버스 호가 추진력을 정지시키고 관성으로 움직이기 시작하면 며칠 동안 와인을 마실 기회는 없을 터였다. 빅터의 주장으로는, 무중력 와인은 혐오스러운 것이었다. 그는 자신의 귀중한 빈티지 와인 중 어느 것도 플라스틱 스퀴즈벌브에 넣지 않겠다고 했다.

"여기는 빅터 윌리스, 2061년 7월 15일 금요일 18시 30분, 우주선 유니버스 호에 타고 있습니다. 우리는 아직 여행 중간 지점까지 오지 못했지만, 이미 화성 궤도에서 훨씬 멀어졌고 거의 최대 속도에 도달했습니다. 최대 속도가 얼마죠, 선장님?"

"초속 1050킬로미터입니다."

"1초에 1000킬로미터가 넘게 간다니, 한 시간에 거의 400만 킬로미터입니다!"

빅터 윌리스는 진짜로 놀란 것 같아 보였다. 그가 거의 선장만큼 궤도 변수를 잘 알고 있다고는 아무도 생각하지 못했을 것이다. 그러나 그의 강점은 자신을 시청자 자리에 놓고 시청자의 질문을 예상할 수 있을 뿐만 아니라 그들의 흥미를 불러일으킬 수 있는 능력이었다.

"옳습니다. 우리는 태초부터 있었던 그 어떤 인간보다 두 배는 더 빠르게 여행하고 있습니다."

선장은 조용히 자부심을 갖고 대답했다.

'내가 저 대사를 말했어야 하는데.'

빅터는 생각했다. 그는 자기가 말할 화제를 누가 먼저 꺼내는 것을 좋아하지 않았다. 그러나 그는 훌륭한 프로페셔널이었으므로 재빨리 적응했다.

빅터는 자기만 디스플레이를 볼 수 있게 날카롭게 화면 방향을 꺾어 놓은, 인터뷰 때마다 가지고 다니는 작은 메모패드를 참고하고 있는 것처럼 잠시 뜸을 들였다.

"12초마다 우리는 지구의 지름만큼 여행하고 있습니다. 그러나 우리가 목서…… 아, 루시퍼에 도달하려면 열흘이 더 걸릴 것입니다! 이제 태양계가 얼마나 광대한지 어느 정도 감이 잡히시겠지요…….

자, 선장님, 미묘한 주제입니다만, 저는 지난주 동안 이 문제에 아주 많은 의문을 품었습니다."

'오, 안 돼, 무중력 화장실은 다시는 안 돼!'

스미스는 속으로 신음했다.

"바로 이 순간, 우리는 소행성대의 중심부를 똑바로 지나가고 있습니다……."

('차라리 화장실이 낫겠다.' 스미스는 생각했다.)

"……어느 우주선도 충돌 때문에 심각한 피해를 입은 적은 없었지만, 우리는 상당한 위험을 감수하고 있는 것 아닌가요? 결국, 우주 이 지역에서 궤도를 돌고 있는 물체가 수백만 개입니다. 작은 것은 비치볼만 한 것도 있지요. 하지만 우주 지도에 표시되어 있는 건 겨우 몇천 개뿐입니다."

"몇천 개보다는 많습니다. 1만 개가 넘어요."

"하지만 우리가 모르는 수백 만 개가 있잖습니까."

"사실입니다. 그렇지만 안다고 해도 큰 도움이 되지 않을 겁니다."

"무슨 말이지요?"

"알아도 우리가 할 수 있는 일이 없습니다."

"왜 없습니까?"

스미스 선장은 입을 다물고 세심하게 생각했다. 월리스의 말이 옳았다. 이건 정말 미묘한 주제였다. 선장이 잠재적인 고객들을 쫓을 말을 조금이라도 한다면 본사에서 날벼락이 떨어질 것이다.

"우선, 우주는 너무나 거대해서 여기도, 그러니까 당신 말대로 소행성대의 중심부에서도 충돌 가능성은 아주 적습니다. 우리는 소행성을 보여 드리고 싶었습니다만, 우리가 보여 드릴 수 있는 최선의 것은 지름이 겨우 300미터인 하누만입니다. 하지만 우리가 그곳에 가기 위해 제일 지름길로 가도 25만 킬로미터는 가야 하지요."

"하지만 하누만은 여기에 떠돌고 있는 이름 없는 잡석들에 비하면 거대합니다. 그 점은 걱정하지 않으십니까?"

"지구에서 벼락 맞을 걱정을 하는 것 정도는 걱정하지요."

"사실 저는 콜로라도 주의 파이크스 산에서 한번 아슬아슬하게 피한 적이 있습니다. 번쩍하는 빛과 쾅 소리가 동시에 났죠. 그렇지만 선장님은 위험이 존재한다는 걸 인정하십니다. 우리가 여행하고 있는 엄청난 속도 때문에 그 위험이 더 커지고 있지는 않나요?"

물론 월리스는 어떤 대답이 나올지 아주 잘 알고 있었다. 하지만 그는 다시 한번 자신을 행성 위에 있는 수많은 미지의 청취자 위치에 놓고 있었다. 그 행성은 1초 지나갈 때마다 1000킬로미터씩 멀어져 갔다.

"그건 수학을 쓰지 않고 설명하기가 힘듭니다."

선장이 말했다.(그가 얼마나 많이 그 말을 사용했는지. 심지어 사실이 아닐 때조차도!)

"하지만 속도와 위험 사이의 관계는 단순하지 않습니다. 우주선 속도로 가는 어떤 물체든 부딪치면 큰 재앙이 일어나겠지요. 원자폭탄이 폭발할 때 옆에 서 있다면, 그 폭탄이 킬로톤 급이건 메가톤 급이건 아무 차이가 없습니다."

반드시 듣는 사람을 안심시키는 말은 아니었지만, 선장이 할 수 있는 최선의 말이었다. 윌리스가 그 점을 더 따지고 들어오기 전에 그는 서둘러 말을 계속했다.

"그리고 우리가 음……, 어느 정도……, 가벼운 위험을 더 무릅쓰는 것은 대의명분 때문이라는 것을 기억해 주십시오. 한 시간이라도 더 빨리 가면 생명을 더 구할 수 있을지도 모릅니다."

"그래요. 우리 모두 확실히 그 점에 감사하고 있습니다."

윌리스는 말을 잠시 멈추었다. "물론 저도 같은 우주선에 타고 있지요."라고 덧붙일까 생각했지만 그러지 않기로 했다. 겸손이 그의 장점이었던 적은 없지만, 그래도 그 말은 자만처럼 들릴 수 있었다. 어쨌든, 그는 당연히 해야 할 일을 하면서 공을 세우는 척할 수는 없었다. 이제 집까지 걸어갈 것이 아니라면 다른 대안도 없었다.

"이 모든 것을 보니 다른 일이 생각나는군요. 딱 한 세기 반 전에 북대서양에서 무슨 일이 일어났는지 아십니까?"

"1911년에요?"

"음, 사실 1912년인데요……."

스미스 선장은 무슨 질문이 나오려는지 짐작했지만 아무것도 모르는 척 시치미를 떼고 장단을 맞춰 주지는 않았다.

"타이타닉 호를 말씀하시는 것 같군요."

"바로 그겁니다."

윌리스는 씩씩하게 실망을 감추고는 계속 말을 이었다.

"저는 자기만 그 유사점을 알아차렸다고 생각하는 사람들에게서 적어도 스무 가지는 비슷하다는 점들을 들었습니다."

"무슨 유사점이 있습니까? 타이타닉 호는 순전히 기록을 깨려고 용납할 수 없는 위험을 무릅쓰고 있었어요."

선장은 "그리고 그 우주선에는 구명보트가 충분하지 않았어요." 라고 덧붙일 뻔했지만, 유니버스 호의 유일한 셔틀이 다섯 명의 승객밖에 싣지 못한다는 것을 떠올리고 제때 입을 다물 수 있었다. 윌리스가 그것까지 들고 나오면 설명해야 하는 것이 너무 많아진다.

"예, 그런 유추가 부자연스럽다는 것은 인정합니다. 하지만 모든 사람이 지적하는 놀라운 유사점이 또 하나 있지요. 타이타닉 호의 첫 번째이자 마지막 선장의 이름을 알고 계십니까?"

"전혀……."

스미스 선장은 말을 하려다가 다음 순간 입이 떡 벌어졌다.

"바로 그렇습니다."

빅터 윌리스가 의기양양하다는 표현만으로는 모자란 미소를 지으며 말했다.

스미스 선장은 그 아마추어 조사자들을 몽땅 목 졸라 죽이고 싶었다. 하지만 영어 이름 중에서 가장 흔한 이름을 지어 주었다고 자기 부모를 비난할 수는 없었다.

선장의 테이블

지구의(그리고 지구 밖의) 시청자들이 유니버스 호 선상의 격식을 덜 갖춘 토론을 즐길 수 없었던 것은 유감스러운 일이었다. 선상 생활은 이제 몇 가지 특이한 사건이 정기적으로 끼어드는 규칙적인 일과로 자리 잡았다. 그중 가장 중요하고 확실히 가장 오래전부터 반복되었던 것은 '선장의 테이블'이었다.

18시 정각에 승객 여섯 명과 당직을 서지 않는 장교 다섯 명이 스미스 선장과 만찬을 나누는 것이었다. 물론 북대서양의 떠다니는 궁전 위에서는 의무적으로 입어야 했던 정장 차림은 전혀 아니었다. 그러나 대개는 참신한 패션을 시도했다. 이바는 늘 새 브로치, 반지, 목걸이, 장식용 머리 리본, 향수 등을 무궁무진해 보이는 자기 물건들 속에서 꺼내 왔다.

구동 장치가 켜져 있으면 식사는 수프로 시작된다. 그러나 우주선

238

이 관성으로 움직이고 무중력 상태라면, 오르되브르를 선택하게 된다. 어느 쪽이든, 주요리가 나오기 전에 스미스 선장이 최신 소식을 보고한다. 아니면 보통 지구나 가니메데의 뉴스에서 새로이 제기한 의혹에 대해 해명한다.

갤럭시 호 납치 사건을 설명하기 위해 온갖 의혹과 반론이 사방에서 이어졌고, 정신 나간 듯한 가설들도 제시되었다. 존재하는 것으로 알려진 모든 비밀 조직들과 순전한 상상의 조직들이 지목되었다. 그러나 모든 가설에는 공통점이 하나 있었는데, 어느 것 하나도 그럴듯한 동기를 제시하지 못한다는 것이었다.

그 수수께끼는 한 가지 사실이 드러나면서 더 복잡해졌다. 아스트로폴이 몹시 힘든 탐정 조사를 통해 놀라운 사실을 밝혀냈던 것이다. 고(故) '로즈 매컬린'은 사실은 루스 메이슨으로, 북런던에서 태어나 런던 경찰청에 선발되고, 유망하게 직업 생활을 시작했으나 인종주의적 활동 때문에 해고되었다. 그녀는 아프리카로 이민을 갔다가 사라졌다. 아마 그 불운한 대륙의 지하 정치조직에 참여하게 된 것 같았다. '샤카'가 자주 언급되었지만, 남아프리카합중국은 관련성 여부를 극구 부인했다.

테이블 주위에서는 이 모든 것과 에우로파가 가질 수 있는 관계가 끝도 없고 결실도 없는 토론의 주제가 되었다. 특히 매기 M이 샤카의 불행한 아내들 1000명 중 한 명의 시점에서 그 줄루 폭군에 대한 소설을 쓰려고 했던 적이 있다고 털어놓았을 때 토론에 열이 올랐다. 그러나 그녀는 그 프로젝트에 대해 조사하면 할수록 점점 더 혐오스러워졌다고 했다. 그녀는 냉담하게 인정했다.

"샤카를 포기할 때쯤 나는 현대 독일인이 히틀러에 대해 어떻게 느끼는지 정확히 알 것 같았어요."

항해가 계속되면서 그런 개인적 고백들이 점점 더 흔해졌다. 주요리가 끝나면 그룹 중 한 명이 30분 동안 발언권을 받았다. 그들은 10여 개의 천체 위에서 그 수만큼의 일생의 경험을 공유했기 때문에, 만찬 후 나눌 이야기들의 재료로 더 나은 것을 찾기 힘들었다.

가장 변변찮은 발표자가 빅터 월리스였기 때문에 사람들은 좀 놀랐다. 그는 정직하게 그것을 인정하고 그 이유도 댔다.

"난 수백만 명의 청중 앞에서 연기하는 데 너무 익숙해져서, 이렇게 친밀한 소모임에서 상호작용을 하는 건 어렵군요."

그는 변명하는 것 같기도 하고 잘난 척하는 것 같기도 한 태도로 말했다.

"친밀하지 않으면 더 잘 할 수 있겠어요? 그건 쉽게 할 수 있는데."

언제나 도움이 되려고 안달인 미하일로비치가 물었다.

반면 이바는 연예계에 대해서만 기억하고 있었는데도 예상보다 진솔한 고백을 들려줬다. 그녀는 특히 자기와 일한 유명하고 악명 높은 감독들, 그중에서도 데이비드 그리핀을 좋게 평가했다.

"그게 사실인가요? 그가 여자들을 증오했다는 게?"

매기 M이 물었다. 그녀는 분명 샤카를 생각하고 있었다.

"전혀요. 그는 배우들을 증오했을 뿐이에요. 그는 배우들이 인간이라는 걸 믿지 않았어요."

이바가 재빨리 대답했다.

미하일로비치의 회상도 위대한 오케스트라와 발레단, 유명한 지휘자와 작곡가, 그리고 그들의 무수한 팬 같은 제한된 영역에만 걸쳐 있었다. 그러나 그는 무대 뒤의 음모와 불륜 스캔들 같은 재미있는 이야기들과, 첫 공연 날 밤의 사보타주와 프리마돈나들 사이의 치명적인 불화에 대한 배경지식들을 가득 갖고 있었다. 그래서 그는 가장 음악에 문외한인 청중도 웃음을 참느라 온몸을 부들부들 떨게 만들었고, 기꺼이 연장전을 허락받았다.

기이한 사건들에서 사실만 말하는 그린버그 대령의 이야기는 그보다 더한 대조를 이루기 어려울 정도였다. 수성의 상대적으로 온화한 남극에 처음 착륙했던 이야기는 아주 자세히 알려져 있었기 때문에 새로 말할 만한 것이 거의 없었다. 모든 사람의 흥미를 끌었던 질문은 "우리가 언제 돌아갈까요?"였고, 그 질문에는 보통 "돌아가고 싶으신가요?"라는 질문이 뒤따랐다.

그린버그가 대답했다.

"만약 다시 가 달라는 부탁을 받는다면 나는 당연히 갈 겁니다. 하지만 나는 수성이 달처럼 될 거라고 생각합니다. 기억하십시오. 우리는 1969년에 달에 착륙했고, 반생 동안 돌아가지 않았죠. 어쨌든, 수성은 달만 한 쓸모가 없어요. 어느 날 그렇게 될지도 모르지만요. 그곳에는 물이 없어요. 물론 달 위에서 물을 발견한 건 아주 놀라운 일이었죠. 아니, 달 속에서라고 해야 할까요…….

수성에 착륙한 것만큼 화려한 일은 아니지만, 나는 아르타르코스 노새 행렬을 만들면서 더 중요한 일을 했어요."

"노새 행렬이라고요?"

"예. 적도에 커다란 발사 장치를 만들어서 얼음을 곧장 궤도로 쏘아 올리기 전에는, 얼음을 갱구에서 '비의 바다' 우주 공항으로 끌고 가야 했어요. 그건 용암 들판을 가로질러 평탄한 길을 내고 아주 많은 크레이터에 다리를 놓아야 한다는 뜻이죠. 우리는 그걸 '얼음길'이라고 불렀어요. 겨우 300킬로미터였지만, 그걸 만드는 데 몇 명의 생명이 희생되었죠…….

'노새'란 거대한 타이어와 독립 서스펜션이 있는 바퀴 여덟 개짜리 트랙터였어요. 그 트랙터들은 각각 100톤의 얼음을 실은 트레일러 열두 대를 끌고 갔어요. 주로 밤에 이동했죠. 그때는 짐을 가려야 할 필요가 없었으니까.

나는 그들과 함께 몇 번 차를 타고 갔어요. 그 여행은 한 여섯 시간 걸렸어요. 우린 속도 기록을 깨러 나간 게 아니었으니까요. 그다음에는 그 얼음을 커다란 여압 탱크에 담고 해 뜨기를 기다리죠. 얼음이 녹자마자 그 물을 우주선 안으로 퍼 올리게 됩니다.

물론 '얼음길'은 여전히 그곳에 있어요. 하지만 이제는 여행객들만 그 길을 이용합니다. 분별이 있다면 우리가 한 것처럼 밤에 차를 몰아가겠지요. 정말 마법 같았어요. 완전히 둥근 지구가 거의 똑바로 머리 위에 있고, 너무나 밝아서 우리는 불을 거의 켜지 않았어요. 원할 때면 언제든 친구들에게 말을 할 수 있었지만, 우리는 자주 무선을 끄고 우리가 무사하다는 연락을 자동 장치에 맡겼어요. 우리는 그저 그 거대하고 빛나는 공허 속에…… 아직 그게 거기 있는 동안에 홀로 있고 싶었어요. 그게 언젠가 사라지리라는 걸 알았으니까요.

이제는 적도 바로 근처에 테라볼트 쿼크 가속기를 짓고 있고, '비의 바다'와 '맑음의 바다'(월면 제1사분면의 어두운 평원 — 옮긴이) 사방에 돔들이 올라가고 있죠. 하지만 우린 암스트롱과 올드린이 본 것과 똑같은 진짜 달의 황무지를 알고 있어요……. '고요의 바다' 기지 우체국에서 '당신이 여기 있으면 좋을 텐데요' 카드를 팔기 전에 있던 곳을요."

지구 출신의 괴물들

"……연례 무도회에 안 나가게 되어서 운이 좋은 줄 알아. 믿거나 말거나, 작년 무도회만큼이나 소름 끼쳤어. 그리고 다시 한번 우리 의 마스토돈 투숙객, 경애하는 미즈 윌킨슨은 0.5중력 무도장에서 도 파트너의 발가락을 부러뜨렸다고.

이제 일 이야기를 하지. 몇 주가 아니라 몇 달 동안 자네가 돌아오 지 않는다니까, 행정부에서 자네 아파트를 탐욕스럽게 바라보고 있 어. 이웃들도 좋지, 시내 쇼핑 지역 근처지, 맑은 날에는 지구 조망 도 훌륭하지, 기타등등, 기타등등. 자네가 돌아올 때까지 재대여를 하라고 제안하더군. 좋은 거래인 것 같아. 자넨 돈을 아주 많이 아낄 수 있을 거야. 자네가 보관해 두고 싶은 사적인 물품은 뭐든 모아 둘게…….

그리고 샤카 얘긴데, 자네가 우릴 놀리기 좋아한다는 건 알아. 하지만 솔직히 제리와 나는 겁을 먹었어! 왜 매기 M이 샤카에 대해 안 쓰겠다는지 알겠어……. 그래, 물론 그녀의『올림푸스의 욕망』을 읽었네……. 매우 재미있었지만, 우리한텐 너무 페미니즘적이야…….

무시무시한 괴물이더군……. 왜 그의 이름을 따서 아프리카 테러리스트들 이름을 붙였는지 알겠어. 결혼했다는 이유로 자기 전사들을 처형하는 걸 좋아했다니! 자기의 끔찍한 제국에서 그냥 암컷이라는 이유로 불쌍한 암소들을 모두 죽이다니! 최악은……, 그가 발명한 그 지독한 창이야. 그리고 제대로 얼굴도 맞대지 않은 사람에게 창을 찔러 넣다니, 충격적인 방식이야…….

그리고 그 섬뜩한 광고는 뭐야! 정말 등을 돌리고 싶게 만들더라고. 우리는 언제나 우리가 대단히 재능 있고 예술적일 뿐만 아니라 온건하고 친절하다고 주장해 왔는데 말이야. 이제 자네는 우리가 이른바 '위대한 전사들'(사람을 죽이는 데 무슨 위대한 구석이 있어!) 속을 들여다보게 만들어서 우리가 사귀던 친구들이 부끄러울 지경이야…….

그래, 하드리아누스와 알렉산더에 대해서는 알고 있었어……. 하지만 사자심왕 리처드와 살라딘에 대해서는 잘 몰랐어. 그리고 율리우스 카이사르에 대해서도……, 그는 둘 다 좋아했다지……, 클레오파트라뿐만 아니라 안토니우스도. 그래도 단점을 보충하는 장점들이 있는 프레데릭 대제 같은 사례도 있잖은가. 그가 노(老)바흐를 어떻게 대했는지 보게.

제리에게 적어도 나폴레옹은 예외니까, 나폴레옹까지 떠안지는 않아도 된다고 하니까, 제리가 뭐라고 했는지 알아? '조세핀은 실제로는 소년이었을 거라고 장담해.' 이바한테도 한번 시험해 보시지.

자네는 우리 사기를 떨어뜨렸어, 이 악당. 우리까지 끔찍한 기분에 물들이지 말란 말이야. 자네는 우리를 행복한 무지 속에 놔두었어야 했어…….

하지만 우리와 세바스찬은 자네에게 사랑을 보내네. 에우로파인을 만나면 안부 전해 줘. 갤럭시 호의 보고로 판단하면, 그들 중에는 미즈 윌킨슨과 아주 좋은 파트너가 될 사람들도 있겠더구면."

100세 노인의 회상록

헤이우드 플로이드 박사는 첫 번째 목성 탐사나 10년 뒤 두 번째 루시퍼 탐사에 대해 이야기하지 않는 쪽이 좋았다. 모두 아주 오래 전의 일이었다. 그리고 국회 위원회, 우주 위원회 회의, 그리고 빅터 윌리스 같은 미디어 종사자들에게 100번씩 되풀이하지 않은 말도 없었다.

하지만 그는 동료 승객들에게 행해야 하는 피할 수 없는 의무가 있었다. 그들은 그가 새로운 태양과 태양계의 탄생을 목격한 단 한 명의 살아 있는 인간이기 때문에 이제 그들이 아주 빠르게 다가가고 있는 세계들에 대해 특별한 이해를 하고 있을 거라고 기대했다. 그것은 순진한 생각이었다. 갈릴레이 위성들에 대해서는 그곳에서 한 세대 이상 일하고 있는 과학자와 공학자 들이 그보다 훨씬 더 잘 말해 줄 수 있을 것이다. "실제로 에우로파(혹은 가니메데, 이오, 칼리스토)에 있으면 어떻습니까?" 하는 질문을 받으면 그는 질문자에게 우주선의 도서관에 있는 방대한 보고서들을 찾아보라고 상당히 퉁명스럽게 말해 주곤 했다.

그렇지만 그의 경험이 유일한 어느 지역이 있었다. 반세기 후, 그는 때때로 데이비드 보먼이 진짜 자기에게 나타났던 건지 아니면 자기가 디스커버리 호 위에서 잠들어 있었던 건지 생각했다. 우주선에 유령이 붙었다는 가설이 더 믿어질 지경이었다…….

그러나 떠도는 먼지 티끌들이 저절로 모여 10여 년 전에 죽었어야 할 어느 남자의 유령 같은 이미지를 만들어 냈을 때, 그가 꿈을 꾸고 있었을 리가 없었다. 그 이미지가 그에게 해 준 경고가 없었다면(그의 입술이 움직이지 않고 목소리는 제어판 스피커에서 나왔던 것을 그가 얼마나 뚜렷이 기억하는지!) 레오노프 호와 선상의 모든 사람은 목성이 폭발할 때 증발해 버렸을 것이다.

"왜 그가 그런 일을 했을까요?"

플로이드는 어느 날 만찬이 끝난 자리에서 대답했다.

"난 50년 동안 그 문제를 골똘히 생각했습니다. 데이비드 보먼이 석판을 조사하기 위해 디스커버리 호의 스페이스포드에 타고 나간 다음 무엇으로 변했건, 여전히 인류와 어떤 관계를 갖고 있었던 게 틀림없습니다. 그는 완전히 이질적인 존재는 아니었습니다. 우리는 그가 지구로 잠깐 돌아왔었다는 걸 압니다. 그 궤도 폭탄 사고 덕분이었죠. 그리고 그가 자기 어머니와 옛날 여자 친구 둘 다 방문했다는 강력한 증거가 있어요. 그건 모든 감정을 버린…… 개체가 할 행동은 아니지요."

"그러면 이제 데이비드 보먼이 무엇이 되었다고 추측하는 겁니까? 그리고…… 그는 어디 있을까요?"

월리스가 물었다.

"마지막 질문은 인간에게 물어도 아무 의미가 없을 겁니다. 당신은 당신의 의식이 어디 있는지 압니까?"

"난 형이상학에는 문외한이에요. 하여간 내 두뇌의 넓은 구역 어딘가에 있겠지요."

"내가 젊었을 때는 거기서 1미터 정도 아래에 있었죠."

미하일로비치가 한숨을 쉬며 말했다. 그는 진지한 논의의 김을 빼는 데 재주가 있었다.

"데이비드 보먼이 에우로파에 있다고 칩시다. 우리는 그곳에 석판이 하나 있다는 것과, 보먼이 어떤 방식으로든 그것과 관련이 있다는 걸 압니다. 그가 그 경고를 전달한 방식을 봐요."

"우리에게 떨어져 있으라고 말한 두 번째 경고도 그가 전했다고 생각합니까?"

"이제 우리가 무시하게 될……."

"……대의명분을 위해서지요……."

보통은 논의가 어느 방향으로 흐르든 기꺼이 놔두는 스미스 선장이 드물게 말참견을 했다.

선장이 조심스레 말했다.

"플로이드 박사님, 박사님은 독특한 입장에 있고, 우린 그것을 이용해야 합니다. 보먼은 박사님을 돕기 위해 엄청난 시도를 한 번 했습니다. 여전히 그 근처에 있다면 다시 그렇게 해 줄지도 모릅니다. 나는 '에우로파에는 착륙을 시도하지 말길.'이라는 명령이 아주 많이 걱정됩니다. 그 명령이……, 말하자면, 한시적으로 유예된다고……, 그가 약속해 줄 수 있다면 훨씬 기분이 좋을 겁니다."

테이블 주위에서 몇몇 사람이 "옳소, 옳소." 하고 외친 후 플로이드가 대답했다.

"그래요, 나도 비슷한 생각을 하고 있었습니다. 이미 갤럭시 호에는 경계하라고 말해 두었습니다. 예를 들어, 현신 같은 것을요……. 데이비드 보먼이 접촉하려고 할 경우에 대비해서요."

"물론 그는 지금쯤 죽었을 거예요. 유령이 죽을 수 있다면요."

이바가 말했다.

미하일로비치마저도 이 말에는 알맞은 대꾸를 찾을 수 없었다. 그러나 이바는 아무도 자기 의견을 대단치 않게 여긴다는 걸 느낀 듯했다.

이바는 좌절하지 않고 다시 말했다.

"이봐요, 우디. 그냥 그를 무선으로 호출해 보면 어때요? 무선은 그러라고 있는 거잖아요, 안 그래요?"

플로이드도 그 생각은 했다. 하지만 그건 왠지 너무 순진해서 진지하게 받아들일 수 없는 아이디어 같았다.

"그러지요. 그렇다고 무슨 해를 끼칠 것 같지는 않으니까요."

플로이드가 말했다.

작은 석판

이번에 플로이드는 꿈을 꾸고 있다고 확신했다…….

그는 무중력에서 제대로 잘 수 있었던 적이 한 번도 없었고, 지금 유니버스 호는 추진력 없이 최대 속도에서 관성으로 가고 있었다. 이틀이 지나면 유니버스 호는 일주일에 걸친 꾸준한 감속 과정을 시작해서, 에우로파와 만날 때까지 엄청나게 속도를 줄일 것이다.

그가 아무리 억제 끈을 조정해도, 끈은 언제나 너무 꽉 죄거나 너무 느슨한 것 같았다. 이렇게 묶으면 숨 쉬기가 곤란해질 것이다……. 아니면 침대 밖으로 떠다니는 꼴이 될 되거나.

한번은 공중에서 깨어나 몇 분 동안 팔다리를 마구 휘젓다가, 기진맥진해진 상태로 가장 가까운 벽까지 몇 미터를 간신히 헤엄쳐 간 적도 있었다. 그리고 나서야 그냥 기다리고 있었어야 했다는 것을 기억해 냈다. 그가 아무 노력을 안 해도, 방의 환기 시스템이 곧 그를 배기구로 잡아끌었을 것이다. 경험 많은 우주여행자인 그는 이것을 아주 잘 알고 있었다. 그가 할 수 있는 변명은 자신이 공황 상태였다는 것뿐이었다.

그러나 오늘 밤 그는 간신히 모든 것을 제대로 할 수 있었다. 무게가 돌아오면 다시 적응하느라 좀 힘들 것이다. 그는 저녁 식사 때 제일 마지막으로 나왔던 이야기를 정리하면서 겨우 몇 분 동안 깨어 있다가 잠들었다.

꿈속에서 그는 테이블 주위에서 대화를 계속했다. 몇 가지 작은 변화가 있었지만, 그는 놀라지 않고 받아들였다. 예를 들어 월리스는 턱수염을 도로 길렀지만, 얼굴 한쪽에만 길렀다. 이건 어떤 연구 프로젝트를 돕기 위한 것이라고 플로이드는 생각했다. 그 프로젝트의 목적은 상상하기 어려웠지만.

좌우간, 플로이드에게는 따로 걱정거리가 있었다. 그는 '우주 관리자' 밀슨이 퍼붓는 비판에서 자기를 변호하고 있었다. 밀슨이 어떻게 그들의 작은 그룹에 끼어들었는지 좀 놀라웠다. 플로이드는 그가 어떻게 유니버스 호에 타게 되었는지 궁금했다.(몰래 탔을 수도 있을까?) 밀슨이 적어도 40년 전에 죽었다는 사실은 훨씬 사소해 보였다.

"헤이우드, 백악관에서 아주 화가 났어요."

그의 오래된 적수가 말하고 있었다.

"왜 그런지 모르겠는걸."

"선배가 방금 에우로파로 보낸 무선 메시지 말이에요. 국무부 허가를 받았나요?"

"그럴 필요가 있다고 생각하지 않았어. 난 착륙 허가를 요청했을 뿐이야."

"아……. 하지만 바로 그거예요. 선배가 누구에게 요청했죠? 여기 관련된 정부를 우리가 승인했나요? 난 이게 다 매우 변칙적인 것 같아요."

밀슨이 여전히 쯧쯧거리면서 사라져 버렸다.

'이게 꿈일 뿐이어서 매우 기쁘군. 이제 뭐지?'

플로이드는 생각했다.

음, 이런 걸 기대하고 있었을지도 몰라. 안녕, 옛 친구여. 자네는 크기가 가지각색이지, 안 그래? 물론 TMA-1마저도 내 침실에 비집고 들어올 수는 없었어……. 그리고 TMA-1의 '큰형'은 유니버스 호를 쉽게 한입에 삼켜 버릴 수 있었지.

검은 석판은 그의 침대에서 겨우 2미터 떨어진 곳에 서 있었다……. 혹은 떠돌고 있었다. 플로이드는 그것이 보통 묘석과 모양이 같을 뿐만 아니라 크기도 같다는 것을 알아보고 마음 불편한 충격을 느꼈다. 그 유사성은 자주 지적되었지만, 지금까지는 규모가 너무 달라 심리적 충격이 적었다. 이제, 처음으로 그는 그런 유사성이 불안감을…… 심지어 불길한 느낌까지 만들어 낸다는 것을 깨달았다.

이게 꿈일 뿐이라는 건 알아……. 하지만 내 나이가 되면, 그걸 상기시키는 건 바라지 않아…….

하여간…… 여기서 뭘 하고 있지? 당신은 데이브 보먼의 메시지를 가져왔나? 당신이 데이브 보먼인가?

음, 사실 대답을 기대하지는 않았어. 당신은 과거에도 썩 말이 많
지는 않았어, 안 그래? 하지만 모든 일은 언제나 당신이 주위에 있
을 때 일어났지. 60년 전 티코에서 당신은 목성에 신호를 보내, 당신
의 창조자들에게 우리가 당신을 캐낼 것이라고 말했지. 그리고 10여
년 후 우리가 목성에 도착했을 때 당신은 목성에 무슨 짓을 했지!

이제 우리는 무슨 일을 겪게 될까?

6부

헤이븐

구조

일단 육지에 익숙해지고 나자 라플라스 선장과 승무원들에게 닥친 첫 번째 과업은 새로운 환경에 순응하는 것이었다. 갤럭시 호의 모든 것이 거꾸로 되었다.

우주선은 두 가지 방식으로 기동하도록 설계된다. 전혀 중력이 없을 때와 엔진들이 축을 따라 위아래 방향으로 추진을 하고 있을 때. 그러나 이제 갤럭시 호는 거의 수평으로 누워 있었으므로, 마루가 전부 벽이 되었다. 꼭 그들이 옆면으로 넘어진 등대에서 살려고 하는 것 같았다. 가구를 전부 하나하나 옮겨야 했고, 적어도 50퍼센트의 장비가 제대로 작동하지 않았다.

하지만 어떤 의미로 이것은 뜻밖의 좋은 기회였고, 라플라스 선장은 이 기회를 최대한 활용했다. 승무원들은 배관 시설부터 시작해서 갤럭시 호 내부를 다시 꾸미느라 너무 바빠서, 사기에 대해서는 별로 걱정할 것이 없었다. 선체가 밀폐 상태로 남아 있고 뮤온 발전기가 동력을 계속 공급하는 한, 즉각적인 위험은 없었다. 20일 동안 살아남기만 하면, 구조선 유니버스 호가 하늘에서 내려올 것이다. 에우로파를 지배하는 미지의 힘이 두 번째 착륙에 반대할지도 모른다는 가능성은 아무도 언급하지 않았다. 지금까지 알려진 한, 그들은 첫 번째 착륙을 무시했다. 그들은 인도적인 이유로 착륙하는 사람들에게는 간섭하지 않을 것이다…….

그러나 에우로파 그 자체는 이제 별로 협조적이지 않았다. 갤럭시 호가 공해를 떠도는 동안에는 그 작은 세계를 끊임없이 괴롭히는 지진의 영향을 사실상 받지 않았다. 그러나 이제 우주선은 영구적인 육지 구조물이 되어 버렸기 때문에, 몇 시간에 한 번 지진이 일어날 때마다 흔들렸다. 여느 때처럼 수직 위치로 착륙했더라면 지금쯤 우주선은 확실히 뒤집혔을 것이다.

지진은 위험하다기보다는 불쾌했지만, 33년 도쿄나 45년 로스앤젤레스를 경험했던 사람이라면 누구라도 악몽 같은 느낌에 사로잡혔을 것이다. 그 지진이 완전히 예측할 수 있는 패턴을 따르며, 이오가 안쪽 궤도를 따라 움직이는 사흘 반마다 강도와 빈도가 최고조에 이른다는 사실을 알아도 별 도움이 되지 않았다. 또, 에우로파 자체의 중력에 의한 조수 간만 때문에 이오도 최소한 같은 정도의 피해를 입고 있다는 것을 알아도 별 위안이 되지 않았다.

엿새 동안 대단히 힘든 작업을 한 후, 라플라스 선장은 갤럭시 호가 그 상황에서 최대한 정돈된 것에 만족했다. 그는 휴일을 선언한 후(선원들은 대부분 그 휴일을 잠으로 보냈다.), 그들이 위성에서 보낼 두 번째 주 일정을 작성했다.

물론 과학자들은 얼떨결에 들어오게 된 신세계를 탐험하고 싶어 했다. 가니메데에서 전송해 준 레이더 지도에 따르면, 그 섬은 15킬로미터 길이에 5킬로미터 너비였다. 최고 고도는 겨우 100미터였다. 어떤 사람은, 진짜 큰 쓰나미를 피할 정도로 높지는 않다고 음울한 예측을 내놓았다.

이보다 더 울적하고 으스스한 장소를 상상하기는 힘들었다. 에우로파의 약한 비바람에 반세기 동안 노출되었어도 에우로파 표면의 절반을 덮고 있는 베개용암은 전혀 부서지지 않았고, 얼어붙은 바위의 강을 따라 튀어나온 화강암 노두도 부드러워지지 않았다. 그러나 이제 그곳은 그들의 집이었고, 그들은 거기에 붙일 이름을 찾아야 했다.

선장은 하데스, 인페르노, 지옥, 연옥…… 같은 침울하고 비관적인 이름을 단호히 거부했다. 그는 생기 있는 이름을 원했다. 용감한 적에게 바치는 돈키호테 같은 놀라운 헌사 하나가 심각하게 고려되었지만, 다섯 명이 기권하고 32대 10으로 기각되었다. 그 섬은 '로즈랜드'라고 불리지 않을 것이다.

결국, 헤이븐(안식처, 피난처의 뜻 —옮긴이)이 만장일치로 채택되었다.

인듀어런스 호

'역사는 절대 되풀이되지 않는다. 그러나 역사적 상황은 반복된다.'

가니메데에 일일 보고를 하면서 라플라스 선장은 그 문구를 계속 생각하고 있었다. 선장은 이제 매초 거의 1000킬로미터씩 다가오고 있는 유니버스 호에서 보낸 격려의 메시지들을 함께 있는 조난자들에게 기꺼이 전달하고 있었는데, 그 메시지 속에서 매거릿 음발라가 인용한 문구였다.

"미스 음발라에게 그녀의 역사 수업이 엄청나게 사기를 북돋워 준다고 전해 주십시오. 우리에게 그보다 더 좋은 걸 생각해 낼 수 없었을 겁니다…….

벽과 마루가 바뀌어 버려 불편하지만, 우리는 그 옛날 극지 탐험가들에 비하면 호화롭게 살고 있습니다. 우리 중 몇 명은 어니스트 섀클턴에 대해 들어 보았지만, 인듀어런스 호 대모험에 대해서는 몰랐습니다. 1년 넘게 부빙에 갇혀 있다가 동굴 속에서 남극의 겨울을 보내고, 그 후 1000킬로미터나 되는 바다를 갑판 없는 보트로 건너고 지도에도 없는 산맥에 오른 끝에 가장 가까운 인간 정착지에 닿았다뇨!

하지만 그건 겨우 시작이었습니다. 우리가 믿을 수 없었고 고무되었던 사실은 섀클턴이 대원들을 구출하기 위해 그 작은 섬에 네 번이나 되돌아가서 전부 구해 냈다는 것입니다! 그 이야기가 우리 사기에 어떤 영향을 미쳤는지 짐작하실 것입니다. 다음에 메시지를 전송할 때, 우리에게 그의 책을 팩스로 보내 주실 수 있으면 좋겠습니다. 우리 모두 그 책을 읽고 싶어 안달입니다.

섀클턴이라면 이것을 어떻게 생각했을지! 그래요, 우리는 어떤 면으로 봐도 그 옛날 탐험가들보다 엄청나게 형편이 더 낫습니다. 20세기 초중반까지, 일단 극지방에 들어가면 나머지 세상과 완전히 단절되었다니 믿기 힘든 일입니다. 빛이 충분히 빠르지 않아 우리가 친구들과 실시간으로 이야기할 수 없다고, 혹은 지구에서 답신을 받는 데 두어 시간이 걸린다고 툴툴거린 것이 부끄럽습니다……. 그들은 몇 달…… 거의 몇 해 동안 아무 연락을 못 했지요! 다시 한번, 미스 음발라……, 우리는 매우 큰 감사를 보냅니다.

물론 모든 지구 탐험가들은 우리보다 상당히 큰 이점 한 가지를 갖고 있었습니다. 그들은 적어도 공기를 숨 쉴 수 있었지요. 우리 과학 팀이 밖에 나가자고 시끄럽게 떠들어 대고 있어서, 여섯 시간까지 선외 활동을 할 수 있도록 우주복 네 벌을 조정했습니다. 이 대기압에서는 전신 우주복이 필요하지 않을 겁니다. 허리띠 부분만 착용하는 걸로 충분합니다. 우주선의 시야 안에 머물러 있는 한에서 한 번에 대원 두 명이 나가도록 허락하고 있습니다.

마침내 오늘의 날씨 보고입니다. 대기는 250바이고, 온도는 한결같이 25도이고, 바람은 서쪽에서 시속 30킬로미터까지 불고 있습니다. 평소와 같이 100퍼센트 흐리고, 무한 리히터 규모로 1에서 3 사이의 지진들이 일어납니다…….

아시다시피, 나는 그 '무한'이라는 어감이 전혀 마음에 안 듭니다. 특히 이제 이오가 다시 합에 들어오게 되기 때문에…….″

임무

사람들이 그를 보자고 할 때면, 그것은 보통 골칫거리가 있다거나 적어도 어떤 어려운 결심을 해야 한다는 뜻이었다. 라플라스 선장은 플로이드와 판 데르 베르흐가 이등 항해사 창과 자주 진지한 토론을 하며 많은 시간을 보낸다는 것을 알아차렸다. 그들이 무슨 이야기를 하는지 짐작하기는 쉬웠다. 그런데도 선장은 그들의 제안에 여전히 놀랐다.

"제우스 산에 가고 싶다고! 어떻게…… 무갑판 보트로? 섀클턴 책이 자네 머릿속에 들어간 건가?"

플로이드는 좀 당황한 것 같았다. 선장이 제대로 목표를 맞힌 것이다. 『사우스(*South*)』(어니스트 섀클턴의 자서전 —옮긴이)는 여러 가지 의미에서 영감을 주는 책이었다.

"선장님, 저희가 보트를 만들 수 있다고 해도 너무 오래 걸릴 겁니다……. 특히 지금처럼 유니버스 호가 열흘 안에 우리에게 올 것 같은 때에는 말입니다."

"그리고 이 갈릴리 바다에 돛을 올리고 싶은 마음은 없습니다. 이 바다의 모든 주민이 우리를 먹을 수 없다는 메시지를 받은 것 같지는 않으니까요."

판 데르 베르흐가 말했다.

"그러면 한 가지 대안만 남는군요, 안 그래요? 나는 회의적이지만, 설득될 마음은 있습니다. 계속해 보세요."

"우리가 미스터 창과 의논해 보았는데, 그는 그렇게 할 수 있다고 단언했습니다. 제우스 산은 겨우 300킬로미터 떨어져 있습니다. 셔틀로 가면 그곳으로 한 시간도 안 걸려 날아갈 수 있습니다."

"그리고 착륙할 곳을 찾는다? 당신들도 기억해 냈겠지만, 미스터 창은 갤럭시 호를 착륙시킬 때 제대로 성공하지 못했지요."

"괜찮습니다, 선장님. '윌리엄 청'은 우리 질량의 100분의 1일 뿐입니다. 그 얼음도 그 정도라면 버텨 낼 수 있을지도 모릅니다. 우리는 비디오 기록들을 훑어보고 좋은 착륙 지점을 10여 군데 발견했습니다."

"게다가 조종사에게 권총이 겨누어지지도 않을 거고요. 그러면 상황이 훨씬 나을 겁니다."

판 데르 베르흐가 거들었다.

"그건 확실히 그렇겠군요. 하지만 이쪽이 더 큰 문제예요. 그 셔틀을 차고에서 어떻게 꺼낼 겁니까? 크레인을 조작할 수 있어요? 이런 중력에서라도, 그건 엄청난 무게일 겁니다."

"그럴 필요 없습니다, 선장님. 미스터 창이 그걸 비행으로 내보낼 수 있습니다."

라플라스 선장이 깊은 생각에 잠긴 동안 침묵이 계속되었다. 선장은 자신의 우주선 안에서 로켓 모터를 점화한다는 아이디어가 확실히 별로 마음에 들지 않았다. 100톤짜리 소형 셔틀 윌리엄 청은 '빌 티'라는 이름으로 더 잘 알려져 있었고, 순전히 궤도 작동을 위해 설계되었다. 정상적이라면, 빌 티는 부드럽게 '차고'에서 밀려 나올 것이고 모선에서 상당히 떨어질 때까지 엔진이 작동하지 않을 것이다.

"분명 여러분은 이런 문제를 다 해결하고 왔겠지요."

선장은 억울한 듯이 말했다.

"그렇지만 이륙 각도는 어때요? 빌 티가 똑바로 튀어오를 수 있도록 갤럭시 호를 굴리고 싶다고 하지는 마세요. 차고는 한쪽으로 반쯤 내려가 있어요. 우리가 착륙했을 때 차고가 밑으로 깔리지 않아서 다행이지요."

"이륙은 수평으로 60도가 되어야 할 겁니다. 측면 추진 엔진으로 그렇게 할 수 있습니다."

"미스터 창이 그렇게 말한다면 믿어야지. 하지만 점화가 우주선에 어떤 영향을 미칠까?"

"음, 차고 내부가 망가질 겁니다. 하지만 어쨌든 그곳을 다시 사용하지는 않을 테니까요. 그리고 칸막이벽들은 돌발적인 폭발에 대비하도록 설계되었으므로, 우주선의 나머지 부분에 피해가 갈 위험은 없습니다. 만일에 대비해 소방 승무원들을 대기시켜 두겠습니다."

멋진 구상이었다……. 그건 확실했다. 제대로만 된다면, 임무가 완전히 실패한 것은 아니리라. 지난주 내내 라플라스 선장은 자기들을 이 궁지로 몰아넣은 제우스 산의 수수께끼에 대해서 거의 한 순간도 생각하지 않았다. 오직 생존만이 문제였으니까. 그러나 이제 희망이 있고 앞일을 생각할 여유가 있었다. 왜 이 작은 세계가 이렇게 많은 음모의 초점이 되는지 알아내기 위해서 어느 정도 위험을 무릅쓸 가치가 있을 것이다.

셔틀

"내 기억에는 고다드의 첫 번째 로켓이 50미터 정도 날았어. 미스터 창이 그 기록을 깰지 궁금하군."

앤더슨 박사가 말했다.

"더 많이 날 거야……. 아니면 우리 모두 곤란해지겠지."

과학 팀은 대부분 관찰 라운지에 모여 있었고, 모두들 초조하게 우주선 뒤쪽을 돌아보고 있었다. 이 각도에서는 차고 입구가 보이지 않았지만, 곧 빛 티가 나타나면 보일 것이다……. 나타난다면.

카운트다운은 없었다. 창은 가능한 한 모든 것을 점검하면서 뜸을 들이고 있었다. 그리고 마음 내킬 때 점화를 할 것이다. 셔틀은 최소 질량까지 짐을 덜었고 100초만 비행할 수 있는 추진 연료를 싣고 있었다. 모든 것이 제대로 된다면 그걸로 충분했다. 그렇지 않다면, 더 많은 양을 실어 봤자 낭비일 뿐만 아니라 위험했다.

"이제 간다."

창은 아무렇지도 않은 듯이 말했다.

마치 소환 마술을 부리는 것 같았다. 모든 일이 너무나 빨리 일어나서 눈이 어릿어릿했다. 빌 티가 증기 구름 속에 숨어 버렸기 때문에, 빌 티가 차고에서 튀어나오는 모습을 아무도 보지 못했다. 구름이 걷히자 셔틀은 이미 200미터 떨어진 곳에 착륙해 있었다.

라운지에 거대한 안도의 환호성이 울렸다.

"그가 해냈어! 고다드의 기록을 손쉽게 깼어!"

전 선장 대리인 리가 외쳤다.

황량한 에우로파의 풍경 속에 네 개의 짧은 다리로 선 빌 티는 아폴로 달 착륙선을 더 크고 훨씬 덜 우아하게 만들어 놓은 것 같았다. 그러나 라플라스 선장이 함교에서 내다보면서 떠올린 생각은 그런 것이 아니었다.

선장에게는 우주선이 물가로 떠밀려 온 고래이고, 낯선 환경 속에서 난산을 한 것같이 보였다. 그는 새로 낳은 새끼가 살아남기를 바랐다.

매우 바쁜 48시간을 보낸 후, 윌리엄 청에는 짐이 실렸고, 섬 위의 10킬로미터 순환로에서 점검도 마쳤고, 갈 준비가 되었다. 임무에 쓸 시간은 아직 많았다. 제일 낙관적으로 계산하면, 유니버스 호는 앞으로 사흘 정도 도착할 수 없을 것이고, 제우스 산으로 가는 여행은 판 데르 베르흐 박사의 계기들을 대규모로 배치한다고 하더라도 겨우 여섯 시간 걸릴 것이다.

이등 항해사 창이 착륙하자마자 라플라스 선장은 그를 자기 선실로 불렀다. 선장이 좀 불편해 보인다고 창은 생각했다.

"잘했네, 월터. 하지만 물론 예상했던 대로지."

"고맙습니다, 선장님. 그런데 무슨 문제지요?"

선장은 미소 지었다. 호흡이 잘 맞는 승무원에게는 비밀을 지킬 수가 없었다.

"늘 그렇듯이 본사야. 자네를 실망시키기는 정말 싫지만, 판 데르 베르흐 박사와 이등 항해사 플로이드만 여행을 하도록 하라는 명령을 받았어."

"알겠습니다. 그래서 뭐라고 말씀하셨나요?"

창은 씁쓸한 뒷맛을 느끼며 말했다.

"아직 아무 말도 안 했네. 그래서 자네와 이야기하고 싶었던 거야. 나는 그 임무를 맡아 비행할 조종사는 자네밖에 없다고 말할 거야."

"본사에선 그게 말도 안 되는 소리라는 걸 알 겁니다. 플로이드도 나만큼 그 일을 잘할 수 있어요. 기능 이상이 일어날 경우를 제외하면 조금도 위험하지 않습니다. 다만 기능 이상은 누구에게나 일어날 수 있다는 게 문제지요."

"자네가 고집을 부리면 난 여전히 모가지를 걸 준비가 되어 있네. 어쨌든 아무도 날 막을 순 없잖나……. 그리고 지구에 돌아갈 때 우리는 모두 영웅이 될 테고."

창은 복잡한 계산을 하고 있는 것 같았다. 그는 그 결과에 꽤 만족한 듯했다.

"유상하중 200킬로그램 정도를 추진 연료로 대치하면 흥미로운 새 선택지가 생깁니다. 더 일찍 이야기하려고 했지만, 빌 티에 여분의 장비와 최저 인원을 다 실을 방법이 없어서……."

"설마 만리장성 이야기인가."

"물론이죠. 한두 군데 통로를 철저히 조사해 보고 그것의 정체가 무엇인지 알아낼 수 있습니다."

"난 우리 아이디어가 아주 좋다고 생각했어. 하지만 우리가 그곳에 가까이 가야 할지 잘 모르겠어. 그건 우리 운을 너무 밀어붙이는 걸지도 몰라."

"그럴 수도 있지요. 하지만 다른 이유가 있습니다. 어떤 사람들에게는 더 좋은 이유입니다……."

"계속하게."

"첸 호입니다. 만리장성에서 겨우 10킬로미터 떨어져 있지요. 그곳에 화환을 떨어뜨리고 싶습니다."

그의 사관들이 그토록 진지하게 토론하고 있던 문제는 바로 그것이었다. 처음 느낀 것은 아니었지만, 라플라스 선장은 중국어를 좀 더 잘 알아들었으면 좋았을걸 하고 생각했다.

"알겠어. 좀 더 생각해 보아야겠네. 그리고 판 데르 베르흐와 플로이드에게 말하고 그들이 찬성하는지 봐야지."

선장이 조용히 말했다.

"본사에는요?"

"안 해, 젠장. 이건 내가 결정할 테야."

파편들

"서두르는 편이 좋을 겁니다. 다음 합은 안 좋을 겁니다. 우리도 이오와 마찬가지로 지진을 촉발시키게 될 겁니다. 그리고 여러분을 놀라게 하고 싶지는 않지만…… 우리 레이더가 미친 게 아니라면, 여러분의 산은 마지막으로 체크했을 때보다 100미터 더 가라앉았습니다."

'이렇게 가다가는 에우로파는 10년이면 다시 평평해질 거야.'

판 데르 베르흐는 생각했다. 지구와 비교하면 이곳에서는 얼마나 빨리 여러 가지 일들이 일어나는가. 그러니 이곳이 지질학자들에게 그토록 인기가 있는 거겠지.

이제 플로이드 바로 뒤 2번 자리에 자신의 장비 제어판으로 둘러싸여 끈으로 묶인 채, 그는 흥분과 후회가 뒤섞인 이상한 감정을 느꼈다. 몇 시간이면 그의 인생에서 가장 거대한 지적 모험이 끝날 것이다. 어떻게 결론이 나건 여기에 비견할 수 있는 일은 다시 일어나지 않을 것이다.

판 데르 베르흐는 조금도 무섭지 않았다. 그는 사람과 기계 양쪽을 다 완전히 믿었다. 한 가지 예상치 못한 감정은 죽은 로즈 매컬린에 대한 냉소적인 감사였다. 그녀가 없었다면, 그는 이 기회를 얻지 못했을 수도 있었고, 여전히 확신하지 못한 채 무덤까지 갔을 수도 있었다.

무거운 짐을 실은 빌 티는 이륙 때 10분의 1 중력을 간신히 벗어날 수 있었다. 빌 티는 이런 종류의 일을 하도록 만들어진 것이 아니었다. 하지만 화물을 두고 우주선으로 돌아올 때는 훨씬 더 잘 갈 수 있을 것이다. 갤럭시 호에서 내려오는 데는 오랜 세월이 걸리는 것 같았고, 그들은 때때로 가볍게 내리는 산성비 때문에 부식된 곳뿐만 아니라 선체가 입은 피해까지 알아차릴 시간이 있었다. 플로이드가 이륙에 집중하는 동안, 판 데르 베르흐는 특권을 누리는 관찰자의 시점에서 우주선의 상태에 대해 재빨리 보고했다. 그렇게 해야 옳을 것 같았다. 행운이 따른다면, 갤럭시 호가 우주 항행을 할 능력이 있느냐 없느냐가 곧 아무에게도 상관없어질 테지만.

이제 그들은 아래쪽에 펼쳐진 '헤이븐' 전부를 볼 수 있었고, 판 데르 베르흐는 선장 대리 리가 해안에 우주선을 댈 때 얼마나 멋지게 일을 해냈는지 깨달았다. 우주선이 안전하게 육지에 닿을 수 있었던 곳은 몇 군데뿐이었다. 상당한 행운이 따르기도 했지만, 리는 바람과 시 앵커를 최대한 잘 이용했다.

안개가 주위를 둘러쌌다. 빌 티는 항력을 최소화하기 위해서 준

탄도 궤도로 올라가고 있었고, 20분 동안은 구름 말고는 아무 구경거리가 없었다.

'안타까운 일이야. 분명 저 아래에 흥미로운 생물들이 헤엄쳐 돌아다니고 있을 텐데. 다른 사람은 아무도 그것들을 볼 기회조차 갖지 못할 텐데…….'

판 데르 베르흐는 생각했다.

"곧 엔진을 차단할 겁니다. 모든 게 정상이지요."

플로이드가 말했다.

"아주 좋습니다, 빌 티. 당신 고도에는 아무도 운항하고 있지 않습니다. 당신이 여전히 활주로에 착륙할 1번입니다."

"그 농담꾼은 누구요?"

판 데르 베르흐가 물었다.

"로니 림요. 믿거나 말거나, 이 '활주로 1번'은 아폴로 호까지 거슬러 올라가요."

판 데르 베르흐는 그 이유를 이해할 수 있었다. 복잡하고 위험한 사업을 벌일 때 긴장을 없애는 데는, 너무 과하지만 않다면, 때때로 깃드는 유머의 기미만 한 것이 없었다.

"감속 15분 전입니다. 누가 또 방송 중인지 봅시다."

플로이드가 말했다. 그는 오토스캔을 시작했고, 삐 소리와 호각 소리가 연속으로 나다가, 튜너가 재빨리 무선 스펙트럼을 올라가면서 하나하나씩 주파수를 거부할 때 나는 짧은 침묵들로 끊어지면서 작은 선실 안에 울렸다.

"박사님 지역의 무선 송신과 데이터 전송입니다. 내가 바라고 있던 건…… 아, 여깁니다!"

플로이드가 말했다.

그것은 실성한 소프라노처럼 빠르게 위아래로 재잘거리는 어렴풋한 음악적 어조였다. 플로이드는 주파수계를 힐끗 보았다.

"도플러 편이가 거의 사라졌군요……. 빠르게 느려지고 있습니다."

"이건 뭐죠……, 텍스트?"

"슬로스캔 비디오 같습니다. 그들은 가니메데의 큰 접시가 올바른 위치에 있을 때 지구에 많은 자료를 다시 중계하고 있어요. 네트워크들이 뉴스를 달라고 외치고 있으니까요."

그들은 최면을 거는 듯한, 하지만 의미 없는 소리에 몇 분 동안 귀를 기울였다. 그 후 플로이드는 그 소리를 껐다. 유니버스 호에서 전송되어 오지만 그들의 맨감각으로는 이해할 수 없는 그 소리는 단하나의 중요한 메시지만 전달했다. 도움이 오고 있고 곧 그곳에 올 것이라는 메시지였다.

어느 정도는 그 침묵을 채우기 위해서, 하지만 진심으로 흥미를 느끼기도 했기 때문에, 판 데르 베르흐는 무심히 말했다.

"최근에 당신 할아버님과 이야기한 적이 있나요?"

"이야기했죠."

성간 거리로 재어야 하는 곳에서 '이야기했다'는 표현은 당연히 부적절한 말이었다. 그러나 아무도 쓸 만한 대안을 찾아내지 못했다. 보이스그램, 오디오메일, 보카드 모두 잠깐 번성했다가 림보(지옥의 변방—옮긴이) 속으로 사라졌다. 지금도 대부분의 인류는 태양계 넓이의 열린 공간에서는 실시간 대화가 불가능하다는 것을 믿지

274

않을 것이다. 때때로 "왜 당신네 과학자들은 이걸 어떻게 하지 못해요?"하는 화난 항의가 들린다.

"예. 할아버지는 건강해 보이십니다. 빨리 뵙기를 고대하고 있습니다."

그의 목소리는 약간 긴장되어 있었다.

'마지막으로 두 사람이 만난 게 언제인지 궁금하군.'

판 데르 베르흐는 궁금했지만, 물어보는 것은 눈치 없는 짓이라고 생각했다. 대신 그다음 10분 동안 플로이드와 함께 하역과 조립 절차를 예행 연습했다. 착륙할 때 필요 없는 혼란을 겪지 않기 위해서였다.

'제동 개시' 알람이 울렸다. 플로이드가 이미 프로그램 시퀀서(마이크로컴퓨터로 기계의 작동 순서를 제어하는 장치 — 옮긴이)를 시작하고 나서 몇 분의 1초가 지난 다음이었다. 판 데르 베르흐는 생각했다.

'잘되어 가고 있어. 느긋이 내 일에 집중하면 돼. 카메라는 어디 있지? 다시 떠내려간 건 아니겠지…….'

구름이 걷히고 있었다. 레이더가 육안과 마찬가지로 디스플레이 안에 아래쪽 경치를 훌륭하게 보여 주었지만, 겨우 몇 킬로미터 앞에 우뚝 솟은 산의 전면을 보자 여전히 충격에 휩싸였다.

"봐요! 저기 왼쪽 너머…… 저 쌍둥이 봉우리 옆에…… 맞혀 보세요!"

갑자기 플로이드가 외쳤다.

"확실히 당신 말이 옳군요. 우리가 해를 입힌 건 아닌 것 같아요……. 저건 그냥 쪼개졌어요. 다른 하나가 어디에 맞았는지 궁금……."

"고도 1000입니다. 어느 착륙지에 내릴까요? 알파는 여기서 보니
그렇게 좋아 보이지 않아요."

"당신 말이 맞아요……. 감마에 내려 봅시다. 어쨌든 그쪽이 산에
더 가까우니까요."

"500. 감마예요. 20초 동안 공중에서 맴돌고 있을게요……. 거기
가 마음에 안 들면 베타로 바꾸겠어요. 400…… 300…… 200……."

("행운을, 빌 티."

갤럭시 호에서 짧게 말했다.)

"고마워요, 로니……. 150…… 100…… 50…… 여긴 어때요? 그
냥 바위 몇 개가 있고…… 그거 묘하네……. 이곳 사방에 깨진 유
리 같은 게 있어요. 누가 여기서 거칠게 파티를 벌였나 보네요…….
50…… 50…… 아직 괜찮아요?"

"완벽해요. 내려가요."

"40…… 30…… 20…… 10…… 마음 변하지 않은 거 확실하죠?
10…… 닐이 말했던 것처럼, 먼지를 차 올리면서…… 아니면 버즈
의 말이었나요? 5……. 접지! 쉽죠, 안 그래요? 매일 이런 일만 하면
좋겠어."

루시

"안녕, 가니메데 센트럴, 우리는 어느 변성암의 평평한 표면에 완벽하게 착륙했습니다. 내 말은, 크리스가 착륙했다고요. 바위는 아마 우리가 '해브나이트'라고 부른 것과 같은 의사화강암일 겁니다. 산기슭은 겨우 2킬로미터 떨어져 있지만, 조금도 더 가까이 갈 필요가 없다는 걸 이미 알 수 있습니다……

이제 우주복 상의를 입고 5분 후에 하역을 시작할 겁니다. 물론 모니터를 켜 놓고 갈 거고, 15분마다 들를 겁니다. 판 아웃."

"'조금도 더 가까이 갈 필요가 없다'는 말이 무슨 뜻이지요?"

플로이드가 물었다.

판 데르 베르흐는 웃었다. 지난 몇 분 동안 그는 수십 년 세월을 덜어 버리고 근심 걱정 없는 소년이 된 것 같아 보였다. 그가 행복한 표정으로 말했다.

"키르쿰스피케. '주위를 둘러보시오'라는 뜻의 라틴어입니다. 먼저 큰 카메라부터 꺼냅시다……. 우와!"

빌 티가 갑자기 휘청하더니 착륙 충격 흡수 장치 위에서 위아래로 잠시 들썩거렸다. 몇 초만 더 계속되었더라면 곧장 뱃멀미를 일으켰을 움직임이었다.

"지진 이야기는 가니메데 말이 맞네요. 심각한 위험이 있습니까?"

정신을 차리고 나서 플로이드가 말했다.

"아마 없을걸요. 아직 합이 되려면 30시간 남았고, 여기는 단단한 바위 판인 것 같아요. 하지만 우리는 여기서 시간을 낭비하지 않을 겁니다. 다행히 그럴 필요가 없을 것 같아요. 내 마스크가 똑바로 씌워졌나요? 제대로 된 것 같지 않은 느낌이에요."

"끈을 조여 드리지요. 이쪽이 나아요. 깊이 숨을 들이쉬세요……. 좋습니다. 이제 잘 맞아요. 제가 먼저 나가겠습니다."

판 데르 베르흐는 자신이 첫 번째 '작은 한 걸음'을 디디기를 바랐다. 하지만 사령관은 플로이드였고 빌 티의 상태가 좋은지, 즉시 이륙할 수 있도록 준비되었는지 점검하는 것은 그의 의무였다.

플로이드는 작은 우주선 주위를 한 번 걸어서 돌아다니며 착륙 장치를 조사한 다음 판 데르 베르흐에게 '성공!' 신호를 보냈다. 판 데르 베르흐는 플로이드가 있는 곳으로 가기 위해 사다리를 내려가기 시작했다. 그는 헤이븐 탐험 때처럼 가벼운 호흡 장치를 착용했지만 어딘가 좀 어색해서 약간 조정해 보려고 착륙장에서 잠시 멈추었다가 위를 올려다보았다……. 그리고 플로이드가 무엇을 하고 있는지 보았다.

"그거 건드리지 마요! 위험해요!"

판 데르 베르흐가 외쳤다.

플로이드는 조사하고 있던 유리 같은 바위 파편들에서 1미터 정도 펄쩍 뛰어 떨어졌다. 훈련되지 않은 플로이드의 눈에는 커다란 유리 용광로에서 녹지 않은 용해물 같기도 했다.

"방사성 물질은 아니죠, 그렇죠?"

플로이드가 불안해하며 물었다.

"아니에요. 하지만 내가 거기 갈 때까지 떨어져 있어요."

플로이드는 판 데르 베르흐가 두꺼운 장갑을 끼고 있는 것을 깨닫고 놀랐다. 우주 사관인 플로이드가 여기 에우로파에서는 대기에 맨살을 노출시켜도 안전하다는 사실에 익숙해지는 데는 시간이 오래 걸렸다. 태양계의 다른 어느 곳에서도, 심지어 화성에서도 가능하지 않은 일이었다.

판 데르 베르흐는 매우 조심스럽게 아래로 손을 뻗어 그 유리 같은 물질로 된 긴 조각을 집어 들었다. 이 산란한 빛 속에서도 그 조각은 이상하게 반짝였고, 플로이드는 그것이 사납고 매섭게 날이 선 것을 볼 수 있었다.

"지금까지 알려진 우주에서 가장 날카로운 칼이지요."

판 데르 베르흐가 기분 좋게 말했다.

"우리가 칼 한 자루를 찾기 위해 이런 일들을 다 겪은 겁니까!"

판 데르 베르흐는 웃으려고 했지만 마스크 속에서 웃기가 쉽지 않았다.

"그럼 당신은 이게 다 무슨 일인지 아직 모르는군요?"

"저만 모른다는 느낌이 들기 시작합니다."

판 데르 베르흐는 동료의 어깨를 잡고 그의 몸을 돌려 제우스 산의 무시무시한 덩치를 마주 보게 했다. 이 거리에서 보자 산은 하늘의 절반을 채웠다. 그냥 크기만 한 것이 아니라, 이 위성을 통틀어 단 하나뿐인 산이었다.

"딱 1분만 이 경치를 감탄하고 있어요. 나는 중요한 전화를 걸어야 하니까."

그는 자기 컴셋에 암호를 길게 쳐 넣고 '준비' 불빛이 깜박이기를 기다렸다가 말했다.

"가니메데 센트럴 1 0 9. 여기는 판. 송신하고 있습니까?"

판 데르 베르흐는 침묵하면서 남은 평생 기억할 순간을 음미했다.

"지구와 연결, 들여쓰기, 아저씨 7 3 7. 다음 메시지를 전달. '루시는 여기 있다. 루시는 여기 있다.' 메시지 종료. 반복 바람."

'무슨 뜻인지는 몰라도 그가 저 말을 하지 못하게 막았어야 할 거야.'

가니메데에서 그 메시지를 되풀이할 때 플로이드는 생각했다. 그러나 이제 너무 늦었다. 그 메시지는 한 시간 안에 지구에 닿을 것이다.

"이 일은 미안해요, 크리스. 나는 무엇보다도 우선순위를 세우고 싶었어요."

판 데르 베르흐가 웃었다.

"빨리 이야기를 시작하지 않으면 여기 날카롭다는 유리칼로 당신을 난도질할 뻔했습니다."

"사실 유럽니다! 음, 설명은 좀 이따 해도 돼요. 매우 흥미롭지만 아주 복잡하거든요. 그러니 곧바로 사실만 알려 드리죠.

제우스 산은 몽땅 하나의 다이아몬드예요. 대략 100만 곱하기 100만 톤 규모의 다이아몬드. 아니면, 이렇게 말하는 편이 낫다면, 2 곱하기 10의 17제곱 캐럿 정도. 하지만 그게 모두 보석으로 팔릴 만한 품질이라고 장담할 수는 없어요."

7부

만리장성

사원

 빌 티에서 장비를 내려 작은 화강암 착륙장에 설치하면서, 크리스 플로이드는 그들 위에 솟은 산에서 눈을 떼기 어려웠다. 에베레스트보다 큰, 오롯이 다이아몬드로 된 산이라니! 아, 셔틀 주위에 흩어진 조각들도 100만이 아니라 틀림없이 10억 단위의 가치가 있을 것이다…….

 반면에, 그것들은 겨우…… 음, 깨진 유리 조각 정도의 가치만 있을 수도 있었다. 다이아몬드의 가치는 언제나 딜러와 생산자 들이 조종해 왔다. 그러나 문자 그대로 보석 산이 갑자기 시장에 나타난다면, 가격은 완전히 붕괴될 것이다. 이제 플로이드는 왜 그렇게 많은 세력들이 에우로파에 흥미를 느끼고 주의를 집중시켰는지 이해하기 시작했다. 정치적, 경제적 영향이 끝도 없었다.

 이제 최소한 자신의 가설을 증명했으므로, 판 데르 베르흐는 다시 헌신적이고 외곬수인 과학자가 되어 더 이상 한눈파는 일 없이 실험을 완성하려고 안달하고 있었다. 커다란 장비들을 빌 티의 비좁은 선실에서 빼내는 일이 쉽지 않았기 때문에, 플로이드의 도움을 받아 먼저 휴대용 전기 드릴로 속 부분을 1미터 길이로 뚫어 내고, 그것을 도로 셔틀로 조심스럽게 운반했다.

플로이드의 우선순위는 달랐을 테지만, 그는 더 힘든 일을 먼저 하는 쪽이 이치에 맞다는 것을 인정했다. 지진계를 줄줄이 펼쳐 놓고 낮고 무거운 삼각대 위에 파노라마 텔레비전 카메라를 세워 놓고 나서야 판 데르 베르흐는 몸을 숙여 주위 사방에 널려 있는 계산할 수도 없는 부(富)를 어느 정도 주워 모았다.

"적어도 좋은 기념품이 되겠지요."

판 데르 베르흐는 조심스럽게 조금 덜 뾰족한 조각들을 고르면서 말했다.

"로지의 친구들이 그걸 가지려고 우리를 죽이지 않는다면요."

판 데르 베르흐는 동료를 날카롭게 바라보았다. 그는 크리스가 실제로 얼마나 알고 있을지 궁금했다. 그리고 그들 모두와 마찬가지로, 얼마나 추측하고 있을지도 궁금했다.

"이제 그 비밀이 밝혀졌으니 그들이 그렇게 해도 보람이 없죠. 한 시간 정도 있으면 증권 거래소 컴퓨터들이 미쳐서 널을 뛸 테니."

"이런 썩을 놈을 봤나! 그럼 당신 메시지의 뜻은 그거였군요!"

플로이드가 증오보다는 찬탄을 담아 말했다.

"과학자가 부업으로 이익을 좀 얻어서는 안 된다는 법은 없으니까요……. 하지만 지저분한 세부적인 일은 지구에 있는 친구들에게 남겨두고 있어요. 솔직히, 우리가 여기서 하고 있는 일이 훨씬 더 흥미롭지요. 저 렌치 좀 주겠어요?"

제우스 기지를 세우는 일이 끝나기 전에 그들은 세 번이나 지진 때문에 쓰러질 뻔했다. 지진은 발아래의 진동으로 처음 느낄 수 있었다. 그다음 모든 것이 흔들리기 시작하고…… 사방에서 무시무시한, 길게 끌리는 것 같은 신음 소리가 났다. 심지어 공중에서도 났다. 플로이드에게는 그것이 제일 이상했다. 그는 무선 없이도 단거리 대화가 가능할 만큼 주위에 대기가 충분하다는 사실에 전혀 익숙해질 수가 없었다.

판 데르 베르흐는 계속 그에게 지진은 전혀 해가 없을 거라고 장담했지만, 플로이드는 경험으로 전문가들의 말을 맹신해서는 안 된다고 배웠다. 하지만 이내 지질학자는 멋지게 옳다는 것을 증명했다. 빌 티가 폭풍에 던져진 배처럼 충격 흡수 장치 위에서 들썩거리는 것을 바라보면서, 플로이드는 판의 행운이 적어도 몇 분 더 계속되기를 바랐다.

과학자가 마침내 답을 내놓자 플로이드는 매우 안도했다.

"저건 그것 같은데요. 가니메데는 모든 채널로 좋은 데이터를 모으고 있어요. 태양 전지판이 계속 충전해 줄 테니 배터리는 오래 갈 겁니다.

이 장치가 지금부터 일주일 동안 서 있다면 매우 놀라울 겁니다. 우리가 착륙한 다음에도 저 산이 움직였다고 맹세할 수 있는걸요……. 산이 우리 위에 무너지기 전에 얼른 이륙하지요."

"당신의 제트 분사 때문에 우리 일이 다 허사로 돌아갈까 봐 더 걱정인걸요."

판 데르 베르흐가 웃으며 말했다.

"그럴 위험은 없어요. 우리는 짐을 다 비웠고, 이제 고물들을 다 내렸으니까 이륙하는 데 필요한 동력은 겨우 절반입니다. 배에 몇 십억 싣고 싶지 않다면요. 아니면 몇 조나."

"욕심 내지 말자고요. 어쨌든, 이게 어느 정도 가치일지 추측도 못 하겠으니까요. 물론 우리가 이걸 지구에 갖고 가면 박물관이 대부분 낚아챌 테고, 그다음에는……, 누가 알겠어요?"

갤럭시 호와 메시지를 교환하는 플로이드의 손가락이 제어판 위를 날아다니고 있었다.

"임무 첫 단계는 완수했습니다. 빌 티는 이륙 준비되었습니다. 비행 계획은 협의한 대로입니다."

라플라스 선장이 이렇게 대답했을 때, 그들은 놀라지 않았다.

"계속 가려고 하는 거 정말 확실한가? 기억해 두게, 마지막으로 결정할 기회가 있어. 어떤 결정을 내리든 간에 난 자네들을 돕겠다."

"예, 선장님. 우리는 둘 다 좋습니다. 승무원들이 어떤 심정일지 알고 있습니다. 그리고 과학적 대가가 엄청날 것입니다……. 우리 둘 다 매우 흥분했습니다."

"잠깐만…… 우린 아직 제우스 산에 대한 자네들의 보고를 기다리고 있어!"

플로이드는 판 데르 베르흐를 바라보았다. 그는 어깨를 으쓱하고 마이크로폰을 건네받았다.

"선장님, 지금 말씀드리면 우리가 미쳤다고 생각하실 겁니다. 아니면 선장님을 놀리고 있다고 생각하시거나요. 우리가 돌아갈 때까지 두어 시간만 기다려 주십시오. 증거를 갖고 갈 테니까요."

"흠. 당신에게는 명령을 내려 봤자 별 소용이 없겠지요, 그렇죠? 하여간 행운을 빕니다. 선주도 행운을 빌더군요. 선주는 첸 호에 가는 게 멋진 아이디어라고 생각해요."

플로이드가 동료를 보며 말했다.

"로렌스 경은 분명히 찬성할 거라고 생각했어요. 어쨌든 갤럭시 호가 이미 완전히 손실되었으니, 빌 티가 딱히 더 위험할 일은 별로 없죠, 안 그래요?"

판 데르 베르흐는 그의 견해에 완전히 동의하지는 못해도 이해는 할 수 있었다. 그는 이미 과학적 명성을 얻었다. 그러나 그는 여전히 그것을 살아서 즐기고 싶었다.

"아, 그런데 루시가 누굽니까? 특별한 사람인가요?"

플로이드가 물었다.

"나도 몰라요. 컴퓨터로 검색하다가 마주친 이름이고, 그 이름이 암호로 좋겠다고 판단했어요. 모두 그 이름이 루시퍼와 관계있을 거라고 생각할 테니까요. 그건 멋지게 오해하게 만드는 반쪽 진실 노릇을 충분히 했어요.

나는 한 번도 들어 본 적이 없지만, 100년 전에 매우 이름이 이상한 대중 음악가 그룹이 있었다고 해요. 비틀즈라고 하는데, B-E-A-T-L-E-S라고 썼어요. 왜 그러냐고 묻지 마요. 그리고 마찬가지로 이상한 제목의 노래를 불렀어요. 「루시 인 더 스카이 위드 다이아몬드

(Lucy in the Sky with Diamonds. 다이아몬드와 함께 하늘에 있는 루시 ── 옮긴이)」. 희한하죠, 안 그래요? 꼭 알고 있었던 것같이…….”

가니메데의 레이더에 따르면, 난파선 첸 호는 제우스 산에서 300킬로미터 서쪽, 이른바 ‘황혼 지대’ 쪽의 차가운 땅 너머에 있었다. 그 땅은 영원히 차가웠지만 어둡지는 않았다. 하루의 절반쯤은 멀리 있는 태양이 그곳을 밝게 비추었다. 하지만 긴 에우로파 태양일이 다 끝날 무렵에도 온도는 여전히 어는점보다 한참 아래였다. 액체 상태의 물은 루시퍼를 바라보는 반구에서만 존재할 수 있었기 때문에, 중간 지역은 비와 우박, 진눈깨비와 눈이 패권을 다투는 끊임없는 폭풍의 장소였다.

첸 호가 무참하게 착륙한 후 반세기 동안, 그 배는 거의 1000킬로미터를 움직였다. 갤럭시 호처럼 새로 창조된 갈릴리 바다 위를 몇 년 동안 떠다니다가 황량하고 험난한 해안에 얹히게 된 것이리라.

빌 티가 에우로파를 가로질러 두 번째로 도약할 때 오름세가 꺾이자마자, 플로이드는 레이더 에코(레이더의 전파가 대상에 부딪쳐 되돌아온 신호 ── 옮긴이)를 발견했다. 그렇게 큰 물체치고 그 신호는 놀라울 정도로 약했다. 구름을 뚫고 나가자마자 그들은 왜 그런지 깨달았다.

목성 위성에 착륙한 최초의 유인 우주선 첸 호의 잔해는 작고 둥그런 호수 한가운데에 있었다. 그 호수는 분명히 인공적이었고, 3킬로미터도 떨어져 있지 않은 바다와 운하로 연결되어 있었다. 우주선은 뼈대만 남아 있었고, 그나마도 다 남아 있지 않았다. 몸체는 깨끗이 뜯겼다.

하지만 무엇이 뜯어냈을까? 판 데르 베르흐는 자문했다. 그곳에 생명의 흔적은 없었다. 그 장소는 오랫동안 버려진 것처럼 보였다. 하지만 그는 뭔가가 의도적으로 외과 수술 하듯 정확하게 우주선의 잔해를 벗겨 갔다는 것을 조금도 의심하지 않았다.

"착륙해도 안전해 보이는군요."

플로이드가 말했다. 몇 초 후 판 데르 베르흐가 멍하니 동의의 뜻으로 고개를 끄덕였다. 지질학자는 이미 시야에 들어오는 모든 것을 녹화하고 있었다.

빌 티는 웅덩이 옆에 손쉽게 내려앉았고, 그들은 차갑고 어두운 물 건너 인류의 탐험 충동에 바쳐진 이 기념비를 바라보았다. 난파선에 갈 수 있는 편리한 길은 없는 것 같았지만, 그건 사실 문제가 되지 않았다.

제복을 입고 나서 그들은 화환을 물가에 가져가, 카메라 앞에서 잠시 엄숙하게 잡고 있다가, 갤럭시 호의 승무원들이 바치는 헌화를 던져 넣었다. 화환은 아름답게 만들어졌다. 쓸 수 있는 재료라곤 금속 포일, 종이, 플라스틱뿐이었지만 꽃과 잎 들은 진짜 같았다. 그 위에 온통 핀으로 꽂힌 것은 쪽지와 제사(題詞) 들이었다. 로마자보다 공식적으로 더 오래된 고대 글자로 쓰인 것이 많았다.

다시 빌 티로 함께 걸어가면서, 플로이드는 생각에 잠겨 말했다.

"당신도 봤지요……. 금속은 사실상 하나도 남지 않았어요. 유리, 플라스틱, 합성 물질뿐이었어요."

"늑재와 지지 대들보는?"

"합성물이죠. 대체로 탄소와 붕소예요. 이 근처 누군가가 금속에 매우 굶주려 있어요……. 그리고 금속을 보면 구분할 줄 알아요. 흥미롭군요……."

'매우 흥미롭군.'

판 데르 베르흐는 생각했다. 불이 존재할 수 없는 세계에서 금속이나 합금은 만들기가 불가능하고, 귀중할 것이다……. 음, 다이아몬드만큼이나.

기지에 보고하고 이등 항해사 창과 동료들에게서 감사 메시지를 받은 후, 플로이드는 빌 티를 1000미터 높이까지 상승시켜 계속 서쪽으로 갔다.

"마지막 단계입니다. 더 높이 올라가는 건 무의미해요. 10분만 있으면 거기 당도할 겁니다. 하지만 난 착륙하지 않을 겁니다. 만리장성이 우리 생각대로라면, 착륙을 하지 않는 쪽이 좋을 겁니다. 잠깐 접근 비행을 하고 집으로 가는 거죠. 카메라를 준비하세요. 여기가 제우스 산보다 훨씬 더 중요할 수도 있어요."

'그리고 50년 전에 여기서 그리 멀지 않은 곳에서 헤이우드 할아버지가 무엇을 느꼈는지 내가 곧 알게 될 수도 있고.'

그는 속으로 덧붙였다.

'할아버지와 만나면 할 이야기가 많을 거야. 모든 일이 잘된다면, 만날 날까지 일주일도 남지 않았어.'

자유도시

'이 무슨 끔찍한 장소람.'

크리스 플로이드는 생각했다. 몰아치는 진눈깨비와 눈발, 때때로 얼음으로 줄무늬 진 풍경이 흘끗 보이는 것 외에는 아무것도 없었다. 맙소사, 헤이븐은 여기와 비교하면 열대 낙원이었다! 그러나 그는 에우로파의 곡면을 겨우 몇백 킬로미터 돌면 나오는 암흑면은 여기보다 훨씬 더 심하다는 것을 알고 있었다.

목적지에 닿기 직전에 날씨가 갑자기 완전히 개는 바람에 그는 놀랐다. 구름이 걷혔고 앞에 거의 1킬로미터 높이의 거대한 검은 벽이 빌 티의 비행 경로를 가로질러 놓여 있었다. 너무나 거대해서 그 자체가 미기후(주변 기후와 다른 특정 좁은 지역의 기후 ─옮긴이)를 만들어 내고 있었다. 온통 불어 대는 바람이 그 주위에서는 방향을 바꾸어, 부분적으로 바람 없는 잔잔한 구역을 남겨 두었다.

그것은 즉시 석판이라는 것을 알아볼 수 있었고, 그 기슭에서 바람을 피하고 있는 것은 유령 같은 흰색으로 빛나는 반구형 구조물 수백 개였다. 옛날에는 목성이었던 낮게 걸린 태양의 빛 속에서 보니 꼭 눈으로 만든 구식 올림머리처럼 보인다고 플로이드는 생각했다. 그 겉모습의 어떤 점이 지구의 다른 기억들을 떠올리게 했다. 판 데르 베르흐는 그의 앞쪽에, 한 번 뛰면 닿을 거리에 있었다.

"이글루군요. 같은 문제에 같은 해답이랄까. 다른 건축 자재는 이 근처에 없어요, 바위를 빼면. 바위 가지고는 작업하기 훨씬 더 힘들 테고. 중력이 낮은 것도 도움이 되었겠지……. 아주 큰 돔들도 있어요. 그 안에 어떤 생명체들이 살고 있을까 궁금하군요……."

여전히 너무 멀어서 세상 끝 이 작은 도시의 거리에 무엇이 움직이는지 아무것도 보이지 않았다. 그리고 더 가까이 가자, 그들은 그곳에 거리가 없다는 것을 보았다.

"얼음으로 만들어진 베니스군요. 전부 이글루와 운하 들이에요."

플로이드가 말했다.

"양서류입니다. 이걸 예상했어야 했는데. 그들이 어디 있는지 궁금한데요."

판 데르 베르흐가 대답했다.

"우리가 그들을 놀라게 한 것 같아요. 빌 티는 안보다 밖에서 들을 때 훨씬 시끄러우니까."

판 데르 베르흐는 잠시 동안 촬영을 하고 갤럭시 호에 보고하느라 바빠서 대답하지 못하다가 말했다.

"아무 접촉도 하지 않고 떠날 수는 없어요. 당신 말이 옳아요…….

이건 제우스 산보다 훨씬 큰 문젭니다."

"그리고 훨씬 위험할 수도 있고요."

"발전된 기술이 있다는 흔적은 어디에도 안 보여요……. 정정할
게요, 저기 저건 옛날 20세기의 레이더 접시처럼 보이는군요! 더 가
까이 갈 수 있어요?"

"그러다가 총에 맞으라고? 고맙지만 됐어요. 게다가, 우리는 체
공 시간을 다 써 가고 있어요. 앞으로 겨우 10분……. 다시 집에 가
고 싶다면요."

"최소한 착륙해서 돌아볼 수는 없을까요? 저기 깨끗하고 평평한
긴 바위가 있어요. 대체 모두 어디 있을까요?"

"겁을 먹은 거겠죠, 나처럼. 9분 남았어요. 마을을 가로질러 한번
이동할게요. 최대한 모든 걸 촬영하세요……. 예, 갤럭시 호, 우리는
괜찮습니다. 마침 좀 바빴을 뿐이에요. 나중에 연락할게요."

"방금 깨달았는데, 저건 레이더가 아니지만 그만큼 흥미롭군요.
저건 똑바로 루시퍼를 가리키고 있어요……. 저건 태양로에요! 태
양이 결코 움직이지 않고 불을 붙일 수도 없는 장소에서는 아주 말
이 되는 일이지."

"8분. 모두 실내에 숨어 있는 게 아쉽군요."

"아니면 도로 물속에 들어갔거나. 저 큰 건물과 그 주위의 트인
공간을 볼 수 있을까요? 저게 시청 같아요."

판 데르 베르흐는 주변 건물들보다 훨씬 크고 디자인도 완전히
다른 건물을 가리키고 있었다. 그것은 초대형 오르간 파이프들처럼
수직 원통이 모여 있는 모습이었다. 게다가 이글루처럼 특징 없는

흰색이 아니라, 표면 전체에 복잡한 얼룩무늬가 보였다.

"에우로파의 예술이야! 저건 일종의 벽화군요! 가까이, 더 가까이! 기록을 해야 해요!"

판 데르 베르흐가 외쳤다.

플로이드는 순순히 고도를 떨어뜨렸다……. 더 낮게…… 더 낮게. 그는 체공 시간에 대한 우려를 다 잊어버린 것 같았다. 그리고 갑자기 판 데르 베르흐는 그가 착륙하려 한다는 것을 깨닫고 믿을 수 없어 충격을 받았다.

과학자는 재빠르게 다가오는 땅에서 눈을 떼어 조종사를 흘끗 보았다. 플로이드가 여전히 빌 티를 완전히 장악하고 있는 건 확실했지만, 마치 최면에 걸린 것 같았다. 그는 내려가는 셔틀에서 똑바로 앞쪽에 있는 고정된 점을 응시하고 있었다.

"무슨 일입니까, 크리스? 당신 지금 운전 똑바로 하고 있는 거 맞아요?"

판 데르 베르흐가 외쳤다.

"물론이죠. 그가 안 보여요?"

"누구?"

"제일 큰 원통 옆에 서 있는 저 사람요. 아무 호흡 장치도 입고 있지 않아요!"

"바보 같은 소리 마요, 크리스! 거긴 아무도 없어요!"

"우리를 쳐다보고 있어요. 손을 흔들고 있어……. 누군지 알아볼 것 같……. 오, 하느님!"

"아무도 없다고요……. 아무도! 멈춰!"

플로이드는 그를 완전히 무시했다. 플로이드가 빌 티를 완벽하게 착륙시키고 정확히 착륙 직전에 모터를 껐을 때 그는 전적으로 냉정하고 전문적이었다.

플로이드는 계기 측정값들을 매우 철저히 체크하고 안전 스위치들을 넣었다. 착륙 절차를 다 완료하고 나서야 그는 관측창을 다시 내다보았다. 그의 얼굴에 어리둥절하지만 행복한 표정이 떠올라 있었다.

"안녕하세요, 할아버지."

플로이드는 판 데르 베르흐에게 전혀 보이지 않는 어떤 사람에게 작은 소리로 말했다.

환영

　제일 무서운 악몽 속에서도 판 데르 베르흐 박사는 적대적인 세계에서 작은 우주 캡슐 속에 미친 사람 하나하고만 발이 묶이는 상황을 상상해 본 적은 없었다. 그러나 적어도 크리스 플로이드는 폭력적인 것 같지는 않았다. 크리스를 달래 다시 이륙해서 갤럭시 호로 안전하게 날아갈 수도 있을 것이다…….

　플로이드는 여전히 아무것도 없는 곳을 바라보고 있었고, 때때로 그의 입술은 말 없는 대화를 하면서 움직였다. 외계의 마을은 완전히 버려진 채로 남아 있었고, 몇 세기 동안 버려져 있었다고 해도 믿을 것 같았다. 그러나 곧 판 데르 베르흐는 그곳이 최근에 사용된 적이 있다는 숨길 수 없는 흔적들을 알아차렸다. 빌 티의 로켓들이 주위에 얇게 쌓인 눈의 층을 금방 날려 버렸지만, 그 작은 광장 같은 곳에는 여전히 얇게 가루가 뿌려져 있었다. 책에서 찢겨 나온 한

페이지 같았다. 부호와 상형 문자가 쓰여 있었고, 그중 어떤 것은 그가 읽을 수 있는 것들이었다.

무거운 물체가 저 방향으로 끌려갔다……. 자기 힘으로 서툴게 길을 간 것일 수도 있었다. 지금은 닫혀 있는 어느 이글루의 입구에서 나온 것은 확실히 바퀴 달린 탈것이 낸 자국이었다. 자세히 알아보기에는 너무 멀었지만, 저것은 버려진 컨테이너일 수도 있었다. 에우로파인들도 때때로 인간만큼 부주의한 것 같았다…….

생명이 존재하는 것은 틀림없었고, 아주 확실했다. 판 데르 베르흐는 수천 개의 눈이(또는 다른 감각이) 자기를 지켜보고 있는 것을 느꼈지만, 그 뒤에 있는 정신이 우호적인지 적대적인지 추측할 방법은 없었다. 뭔지 알 수 없지만 그들 때문에 방해받은 일을 마저 하려고, 침입자들이 가 버리기만 기다리면서 무관심하게 굴고 있을 수도 있었다.

그때 크리스가 다시 공중에 대고 말했다.

"안녕히 계세요, 할아버지."

크리스는 슬픔의 흔적만 보이며 조용히 말했다. 그러고는 판 데르 베르흐 쪽을 보면서 정상적인 대화 어조로 덧붙였다.

"할아버지가 떠날 시간이래요. 당신은 분명 내가 미쳤다고 생각하겠죠."

동의하지 않는 것이 제일 현명하다고 판 데르 베르흐는 생각했다. 어쨌건 그는 곧 다른 걱정거리가 생겼다.

플로이드는 이제 빌 티의 컴퓨터에서 나오는 정보들을 초조하게 바라보고 있었다. 곧 그가 정상적인 사과의 어조로 말했다.

"이 일은 미안해요, 판. 이번 착륙 때문에 쓰려던 것보다 더 많은 연료를 써 버렸습니다. 우리 임무의 개요를 바꿔야 할 것 같습니다."

그건 "갤럭시 호에 돌아가지 못할 겁니다."를 에둘러 말하는 방식이라고, 판 데르 베르흐는 멍하니 생각했다. 그는 "망할 그 할아버지!"라고 외치고 싶은 걸 애써 억누르고 간신히 물을 수 있었다.

"그러면 우린 어떻게 하지요?"

플로이드는 우주 지도를 살펴보고 더 많은 숫자를 쳐 넣었다.

"여기 머무를 수는 없어요."

('왜 안 되지? 어쨌든 죽을 거라면 배우는 데 시간을 쓰면 좋잖아.'

판 데르 베르흐는 생각했다.)

"……그러니 유니버스 호에서 오는 셔틀이 우리를 쉽게 구조할 수 있는 장소를 찾아야 해요."

판 데르 베르흐는 속으로 거대한 안도의 한숨을 쉬었다. 그 생각을 하지 못하다니 어리석었다. 그는 교수대로 끌려가다가 집행유예를 받은 듯한 기분이었다. 유니버스 호는 나흘도 안 되어서 에우로파에 도달할 것이다. 빌 티의 설비는 호화롭다고 말할 수는 없었지만, 그가 생각할 수 있는 대부분의 대안보다는 훨씬 나았다.

"이 심술궂은 날씨를 피하고 안정적이고 평평한 표면을 찾아서 갤럭시 호로 더 가까이 가는 건, 썩 도움이 될지는 모르겠지만 별로 어렵지 않을 겁니다. 500킬로미터는 충분히 갈 수 있어요. 바다를 건너는 위험을 무릅쓸 수 없는 것뿐입니다."

잠시 판 데르 베르흐는 제우스 산에 가지 못해서 아쉬웠다. 그곳에서 할 수 있었던 일이 아주 많았다. 그러나 이오가 루시퍼와 일렬로 늘어서면서 꾸준히 심해져 가는 지진 때문에 그런 가능성은 완전히 배제되었다. 그는 자신의 장비가 아직 작동하고 있을지 궁금했다. 그는 지금 닥친 문제를 처리하자마자 그 장비를 다시 살펴볼 것이다.

"해안을 따라 적도 쪽으로 날아갈 겁니다. 어쨌든 셔틀을 착륙시키기엔 제일 좋은 장소지요. 레이더 지도가 내륙 60도 서쪽 부근의 평평한 지역을 알려 주었습니다."

"알아요. 마사다 고원이죠."

(판 데르 베르흐는 속으로 '좀 더 탐험할 기회가 있을지도 몰라. 뜻밖의 기회를 절대 놓치지 말자······.' 하고 덧붙였다.)

"그 고원 맞습니다. 안녕, 베니스. 안녕, 할아버지······."

로켓이 제동을 걸 때 나는 작은 웅웅 소리가 사라지자, 크리스 플로이드는 마지막으로 점화 회로의 안전을 점검하고, 의자 벨트를 푼 다음 빌 티의 제한된 공간 안에서 할 수 있는 한 길게 팔다리를 폈다. 그는 기운차게 말했다.

"에우로파치고 그렇게 전망이 나쁜 건 아니군요. 이제 우리에게는 셔틀의 식량이 사람들 말처럼 끔찍한지 알아볼 시간이 나흘 있네요. 그럼 우리 둘 중에서 어느 쪽이 먼저 이야기할까요?"

카우치 위에서

'심리학을 공부했으면 좋을 텐데. 그러면 그의 망상이 어디까지인지 탐험해 볼 수 있을 텐데.'

판 데르 베르흐는 생각했다. 그러나 지금 크리스 플로이드는 완전히 제정신으로 보였다. 단 한 가지 주제만 제외하고.

지구 중력의 6분의 1에서는 어떤 의자도 다 편안했지만, 플로이드는 자기 의자를 완전히 기댄 자세로 기울이고 머리 뒤에 손깍지를 끼었다. 판 데르 베르흐는 갑자기 이것이 옛 시대의, 그리고 아직도 완전히 신빙성을 잃지는 않은 프로이트 정신분석을 할 때 환자가 취하는 고전적인 자세라는 것을 떠올렸다.

판 데르 베르흐는 상대가 먼저 이야기해서 기뻤다. 부분적으로는 순전한 호기심 때문이었지만 대체로는 플로이드가 이 헛소리를 먼저 자기 몸에서 빼낼수록 더 빨리 치료될 것이라고(아니면, 최소한 해가 없을 것이라고) 생각했기 때문이었다. 그러나 그다지 낙관적으로 생각하지는 않았다. 애초에 그렇게 강력한 환영을 보게 된 계기가 된 심각하고 뿌리 깊은 문제가 있을 것이 분명했다.

플로이드가 그의 생각에 전적으로 동의하고, 이미 자기 자신을 분석했다는 것을 알게 되자 판 데르 베르흐는 매우 당황스러웠다.

"저의 승무원 심리 등급은 A.1 플러스입니다. 그 말은 나 자신의 파일을 내가 볼 수 있다는 뜻이지요. 그렇게 할 수 있는 사람은 10퍼센트 정도밖에 안 됩니다. 그래서 저도 당신만큼이나 당황스럽습니다. 하지만 저는 할아버지를 보았고, 할아버지가 제게 말했습니다. 저는 한 번도 유령을 믿은 적이 없습니다. 누가 믿겠어요? 하지만 이건 할아버지가 돌아가셨다는 뜻이겠지요. 할아버지를 더 잘 알 수 있었으면 하고 생각해요…… 우리는 만나기를 고대하고 있었습니다……. 하지만, 이제 저에게는 할아버지의 추억이 남았습니다."

곧 판 데르 베르흐가 물었다.

"할아버지가 뭐라고 하셨는지 정확히 말해 주시지요."

크리스는 파리한 미소를 짓고 대답했다.

"저한테는 완전 기억 능력 같은 건 전혀 없습니다. 그리고 그 일 전체에 너무나 얼떨떨해져서 실제 오간 말들은 많이 이야기해 드릴 수가 없어요."

크리스는 잠시 말을 멈추었고, 집중하는 표정이 얼굴에 떠올랐다.

"이상하군요. 이제 돌이켜 생각하니, 우리가 말을 사용해 대화한 것 같지가 않습니다."

'이건 더 나쁜데. 사후 세계뿐만 아니라 텔레파시라니.'

판 데르 베르흐는 그렇게 생각했지만, 이렇게만 말했다.

"음……. 대화의 전체적인 골자만 말해 줘요. 이봐요, 나는 당신이 말하는 것을 하나도 듣지 못했어요."

"맞아요. 할아버지는 '널 다시 보고 싶었다. 그리고 난 매우 행복하단다. 모든 일이 다 잘될 거고, 유니버스 호가 금방 널 구조할 거야.' 하는 식의 말을 했어요."

'단조롭고 전형적인 영계 메시지군.'

판 데르 베르흐는 생각했다. 그 영(靈)들은 절대 쓸모 있거나 놀라운 말을 하나도 하지 않았고, 듣는 사람의 희망과 공포만을 반영했다. 잠재의식에서 나오는 정보값 제로의 메아리들…….

"계속 얘기해요."

"그다음에 내가 모두 어디 있냐고…… 이 장소에는 왜 아무도 없냐고 물었어요. 할아버지는 웃더니 내게 아직도 이해할 수 없는 대답을 해 주었어요. '너희가 어떤 해도 끼칠 작정이 아니란 걸 알아……. 너희가 오는 걸 보았을 때, 경고할 시간이 거의 없었단다. 모든 ……는(여기서는 내가 기억할 수 있다고 해도 발음할 수 없는 단어를 사용했어요.) 물에 들어갔어……. 그들은 필요할 때는 아주 빨리 움직일 수 있단다! 그들은 너희가 떠날 때까지 나오지 않을 테고, 독성은 바람이 날려 버릴 거다.' 그 말은 무슨 뜻이었을까요? 우리 배기가스는 청결하고 깨끗한 증기고……, 어쨌든 그들의 대기 조성의 대부분이잖아요."

판 데르 베르흐는 생각에 잠겼다.

'음, 꿈이나 마찬가지로 망상도 논리적 의미가 있어야 한다는 법은 없지. '독성'이라는 개념은 크리스가 아무리 훌륭한 심리 등급을 받았어도 마주할 수 없는, 깊이 뿌리박은 공포를 상징하는 걸지도 몰라. 뭐든 간에 내가 상관할 바는 아니겠지. 독성이라니, 내참! 빌 티의 추진 연료는 가니메데에서 궤도까지 실어 온 순수 증류수란 말이야…….

하지만 잠깐. 배기가스가 나갈 때 온도가 얼마나 뜨겁지? 어디선가 읽은 것 같은데……?'

판 데르 베르흐는 조심스럽게 물었다.

"크리스, 물이 제트 엔진을 통과한 다음에는 모두 증기로 나가나요?"

"달리 뭘 하겠습니까? 아, 진짜 빨리 달리면 10~15퍼센트는 수소와 산소로 쪼개지지요."

산소! 셔틀이 쾌적한 실온에 맞춰져 있는데도 판 데르 베르흐는 갑자기 한기를 느꼈다. 플로이드가 자기가 방금 한 말이 무슨 뜻인지 이해했을 가능성은 없었다. 그 지식은 그가 가진 전문가적 기술의 정상 범위 바깥에 있었다.

"알고 있어요, 크리스? 지구의 원시적 유기체와 에우로파 같은 대기에 사는 생물들에게, 산소는 치명적인 독이라는 걸?"

"농담이죠?"

"아뇨. 심지어 우리에게도 고압에서는 독입니다."

"그건 압니다. 강하 훈련 때 배우죠."

"당신…… 할아버지…… 말씀은 말이 돼요. 그건 우리가 저 도시에 겨자 가스를 뿌린 거나 마찬가지예요. 음, 그렇게까지 나쁘지는 않아요……. 산소는 매우 빨리 흩어질 테니까요."

"그럼 이제 제 말을 믿으시는군요."

"안 믿는다고 한 적 없어요."

"믿었다면 당신이 미친 거였겠죠!"

그 말이 긴장을 깼고, 그들은 함께 껄껄 웃었다.

"당신은 할아버지가 뭘 입고 있는지 말해 준 적이 없어요."

"내가 어렸을 때 봤던 기억이 나는 구식 실내복이었어요. 매우 편
안해 보였죠."

"다른 세부 사항은?"

"당신이 말하니까 말인데, 마지막으로 할아버지를 보았을 때보다
훨씬 더 젊어 보이고 머리카락도 더 많았어요. 그래서 나는 할아버
지가…… 뭐라고 말해야 하나…… 실재라고 생각하지 않았어요. 컴
퓨터로 생성된 이미지 같은 것이라고 생각했죠. 아니면 합성 홀로그
램이나."

"석판!"

"그래요……. 나도 그 생각을 했어요. 데이브 보먼이 레오노프 호
에 있는 할아버지에게 어떻게 나타났는지 기억하세요? 이제 할아버
지 차례인 것 같아요. 하지만 왜? 할아버지는 내게 어떤 경고도 하
지 않았고…… 특별한 메시지도 주지 않았어요. 작별 인사를 하고
내 행복을 빌어 주려고 한 것뿐이에요."

몇 초간 당황스러운 시간이 흐르면서 플로이드의 얼굴이 일그러
지기 시작했다. 다음 순간 그는 자제력을 되찾고 판 데르 베르흐에
게 미소 지었다.

"내 이야기는 충분히 했습니다. 이제 당신이 설명할 차례예요. 대부분이 얼음과 유황인 세계에 무슨 이유로 100만 곱하기 100만 톤의 다이아몬드가 있는 건지. 훌륭한 설명이어야 할 겁니다."

"훌륭하다오."

롤프 판 데르 베르흐 박사가 말했다.

압력 쿠커

"플래그스태프(미국 애리조나 주에 있는 천문학의 중심지 ─ 옮긴이)에서 공부하고 있을 때 나는 오래된 천문학 책에서 이런 구절을 우연히 마주치게 되었어요. '태양계는 태양과 목성, 그리고 갖가지 잡석들로 이루어져 있다.' 지구를 (태양과 목성에 비해) 잡석으로 치부하는 건 타당하지요. 하지만 토성, 천왕성, 해왕성에는 전혀 타당하지 않습니다. 그 세 가스 거성은 거의 목성의 절반에 이른단 말입니다.

그렇지만 에우로파에서 이야기를 시작하는 게 낫겠군요. 당신도 알다시피, 에우로파는 루시퍼가 열을 주기 시작하기 전에는 평평한 얼음이었어요. 제일 높은 곳이 겨우 200미터 정도였지요. 그리고 얼음이 녹고 많은 물이 암흑면으로 이동해 얼어붙은 후에도 그곳은 별로 달라지지 않았어요. 세부적으로 관찰하기 시작한 2015년부터 2038년까지, 위성 전체에 높은 지점이라곤 단 하나뿐이었어요……

우린 그게 뭔지 알죠."

"확실히 압니다. 하지만 내 눈으로 봤는데도 아직 그 석판이 벽이라고 생각할 수가 없어요! 난 언제나 그걸 똑바로 위로 서 있거나 자유롭게 공중을 떠도는 모습으로 그리게 돼요."

"석판은 자기가 원하는 걸 뭐든지……, 우리가 상상할 수 있는 어떤 일이든 할 수 있고, 그보다 훨씬 더 많은 걸 할 수 있다는 걸 우린 알게 되었잖아요."

"자, 37년 한 번의 관찰과 그다음 관찰 사이에 에우로파에 무슨 일이 일어났습니다. 전체 10킬로미터 높이의 제우스 산이 갑자기 나타났지요!"

"그렇게 큰 화산이 두어 주 만에 팍 솟아나지는 않아요. 게다가 에우로파는 이오처럼 화산 활동이 활발한 곳도 아니었지요."

"나한테는 이 정도도 충분합니다. 저거 못 느꼈어요?"

플로이드가 투덜거렸다.

"게다가 만약 그 산이 화산이었다면 대기 중에 엄청난 양의 가스를 분출했을 겁니다. 대기 변화가 좀 있었지만, 그런 설명을 할 만한 변화는 없었어요. 그건 전부 완전히 수수께끼였고, 우린 너무 가까이 가는 것을 겁냈고 우리 프로젝트를 하느라 바빠서 기상천외한 가설을 제시하는 것 외에는 별일을 하지 못했어요. 보았겠지만, 그런 가설 중 어느 것도 진실만큼 기상천외하지는 않았지요.

처음에 내가 그런 가능성을 의심한 건 57년 우연히 했던 어느 관측에서였어요. 하지만 2년 동안 그걸 진심으로 받아들이지는 않았죠. 그 후 증거가 더 강력해졌어요. 조금만 덜 황당했어도 완전히 설득력이 있었을 겁니다.

하지만 제우스 산이 다이아몬드로 만들어졌다는 사실을 믿기 전에, 나는 설명을 찾아내야 했어요. 좋은 과학자는 사실을 설명할 이론이 세워지기 전에는 어떤 사실도 존중할 수 없고, 난 내가 좋은 과학자라고 생각해요. 그 이론이 잘못되었다는 게 드러날 수도 있어요. 보통 그렇지요. 최소한 세부적인 면은 잘못되어 있기 십상입니다. 하지만 이론은 유효한 가설을 제공해야 해요.

당신이 지적한 것처럼, 얼음과 유황의 세계에 있는 100만의 100만 톤 다이아몬드에는 설명이 필요해요. 물론 이제는 완전히 뻔하고, 오래전에 그 해답을 깨닫지 못했던 것이 매우 바보 같다고 느껴집니다. 그걸 깨달았더라면 여러 가지 말썽을 겪지 않을 수 있었겠지요. 그리고 적어도 하나의 생명을 구할 수 있었을 테고요."

판 데르 베르흐는 생각에 잠겨 잠시 말을 멈추었다가 플로이드에게 갑자기 물었다.

"누가 당신에게 파울 크뢰허르 박사 이야기를 한 적이 있나요?"

"아뇨, 왜 그러겠습니까? 물론 그 사람 이야기는 들어 봤죠!"

"그냥 궁금했어요. 이상한 일들이 아주 많이 벌어지고 있는데, 우리가 모든 해답을 알게 될 날이 있을지 모르겠군요.

하여간 이제 이건 비밀이 아니니까 상관없어요. 2년 전 나는 파울 아저씨에게 내 발견의 요약본과 비밀 메시지를 보냈어요. 아, 미안해요. 말했어야 하는데 파울 아저씨는 내 삼촌이에요. 나는 파울 아저씨에게 그걸 설명할 수 있는지 아니면 반박할 수 있는지 물었어요.

아저씨의 전산 실력으로는 오래 걸리지 않았어요. 하지만 불행히도, 아저씨가 부주의했거나 누군가가 아저씨의 네트워크를 모니터링하고 있었죠. 누군지 몰라도 당신 친구들은 지금쯤 그 내용을 아주 잘 알고 있을 겁니다.

이틀 후에 아저씨는 과학 학술지 《네이처》에서 80년 된 종이 논문 하나를 찾아냈어요. 그래요, 그때는 아직 종이에 인쇄하던 시대랍니다! 모든 걸, 음, 거의 모든 걸 설명하는 논문이었죠.

그 논문은 합중국의 큰 실험실에서 일하는 사람이 쓴 것이었습니다. 여기서 합중국이란 물론 미국입니다. 남아프리카합중국은 그때 존재하지 않았어요. 그 실험실은 핵무기를 설계한 장소였습니다. 그래서 그들은 고온과 압력에 대해 뭘 좀 알고 있었죠…….

로스 박사(논문 쓴 사람 이름입니다.)가 폭탄과 관계가 있었는지 없었는지는 모릅니다. 그러나 자기 배경 때문에 로스 박사는 거대 행성 내부 깊은 곳의 조건에 대해 생각하기 시작했어요. 1984년…… 미안해요, 1981년 논문에서……, 그런데 그건 한 페이지 길이도 안 됩니다만, 어쨌거나 그는 매우 흥미로운 제안을 했습니다…….

로스 박사는 가스상 거대 행성 안에는 CH_4, 메탄의 형태로 엄청난 양의 탄소가 있다고 지적했습니다. 전체 질량의 17퍼센트에 이릅니다! 박사는 대기의 수백만 배인 핵의 압력과 온도에서는 그 탄소가 분리되어, 중심을 향해 가라앉고, 당신도 추측하겠지만, 결정화될 거라고 추정했습니다. 그건 멋진 이론이었어요. 박사는 그것을 시험해 볼 희망이 있을 거라곤 꿈도 꾸지 못했겠지만요…….

여기까지가 이야기의 1부입니다. 어떤 점에서는 2부가 훨씬 더 흥미롭지요. 커피 좀 더 마실까요?"

"여기 있습니다. 2부는 이미 추측할 수 있을 것 같아요. 목성의 폭발과 뭔가 관계가 있겠죠."

"폭파가 아니라 내파예요. 목성은 그냥 자체적으로 무너졌고, 그 다음에 불이 붙었어요. 어떤 의미로는 핵폭탄 폭발과 같은 겁니다. 새로운 상태가 안정적이라는 것만 제외하면요. 사실상 소형 태양이죠.

그런데 내파 도중에 매우 이상한 일이 일어나요. 마치 파편들이 서로 통과해서 반대편으로 나올 수 있는 것 같아요. 메커니즘이 무엇이건 간에, 산만 한 크기의 다이아몬드 코어 조각이 궤도에 쏘아 올려졌어요.

그것이 수백 번 공전하다가 모든 위성의 중력장에 섭동되어서 결국 에우로파에 오게 된 거지요. 그리고 조건이 정확히 딱 맞은 겁니다. 한 천체가 다른 천체를 따라잡았고, 그 충격 속도가 겨우 초속 2킬로미터였던 거죠. 그게 정면으로 충돌했다면……. 음, 지금 에우로파는 존재하지 않을 수도 있어요. 제우스 산은 물론이고요! 그리고 그게 가니메데에 있는 우리들에게 떨어졌을 가능성도 아주 많다는 생각을 하면 난 때때로 악몽을 꿉니다…….

또, 새 대기권이 그 충격을 완화한 것도 있었을 겁니다. 그래도 그 충격은 무시무시했을 겁니다. 그것이 우리 에우로파 친구들에게 어떤 영향을 끼쳤는지 궁금해요. 그건 구조상의 전체적인 교란을 연속적으로 촉발시킨 게 확실하고…… 그건 여전히 계속되고 있지요."

플로이드가 말했다.

"그리고 정치적인 교란도요. 방금 그중 하나를 알아챘어요. 남아프리카합중국이 걱정했던 것도 당연합니다."

"모든 국가 중에서 가장 걱정했겠죠."

"하지만 그들이 이 다이아몬드를 손에 넣을 수 있다고 누가 진지하게 생각했을까요?"

판 데르 베르흐가 셔틀 뒤쪽으로 손짓을 하며 대답했다.

"우리가 그렇게 엉망으로 한 건 아니에요. 어쨌든, 그쪽 산업에 미치는 순전히 심리학적인 영향만 해도 엄청날 겁니다. 그렇게 많은 사람이 그게 사실인지 아닌지 알려고 안달한 이유가 바로 그거죠."

"이제 사람들이 알게 되었어요. 이다음엔 어떻게 되죠?"

"하느님께 감사하게도, 그건 내가 알 바 아니죠. 하지만 내가 가니메데의 과학 예산에 상당한 기여를 했기를 바라요."

'내 예산에도요.'

판 데르 베르흐는 속으로 덧붙였다.

재결합

"도대체 무엇 때문에 내가 죽었다고 생각한 거냐? 오랫동안 이보다 더 건강했던 때가 없었는데!"

헤이우드 플로이드가 외쳤다.

크리스 플로이드는 경악으로 마비된 채 스피커 그릴을 뚫어지게 바라보았다. 그는 기분이 엄청나게 가벼워졌지만, 분노감도 느꼈다. 누군가 또는 무엇인가가 그에게 잔인한 장난을 쳤다. 그런데 도대체 무슨 이유 때문에?

5000만 킬로미터 떨어져 있으면서 매초 몇백 킬로미터씩 가까이 다가오고 있는 헤이우드 플로이드도 약간 화난 듯했다. 그러나 할아버지는 활기차고 쾌활한 것 같기도 했고, 목소리에서는 행복감이 뿜어져 나왔다. 크리스가 무사하다는 것을 알고 느끼는 행복이었다.

"그리고 좋은 소식이 있다. 셔틀이 너희를 먼저 태울 거야. 갤럭시 호에 긴급 의료 물품을 내려놓은 다음, 금방 너희에게 가서 너희를 다음 궤도에 있는 우리에게 데려와 만나게 해 줄 거야. 유니버스 호는 궤도를 다섯 번 돈 후에 내려갈 거다. 친구들이 배에 탈 때 인사할 수 있을 거다.

지금 전할 소식은 더 없다. 내가 잃어버린 시간을 얼마나 벌충하고 싶은지 말하는 것만 빼면. 네 대답을…… 그래…… 3분 동안 기다리마……."

잠시 빌 티에 완전한 침묵이 흘렀다. 판 데르 베르흐는 감히 동행을 쳐다보지 못했다. 플로이드는 마이크로폰 키를 높이고 천천히 말했다.

"할아버지…… 정말 멋지게 놀랐어요. 난 아직 쇼크 상태예요. 하지만 난 분명히 할아버지를 이곳 에우로파에서 만났어요. 할아버지가 내게 작별 인사를 하신 것도 확실하고요. 방금 할아버지가 나한테 말했다고 확신하는 것만큼이나 그것도 확신해요…….

우리, 우리 그 일에 대해서는 나중에 얘기할 시간이 많을 거예요. 하지만 디스커버리 호에서 데이비드 보먼이 할아버지에게 어떻게 말했는지 기억하세요? 그것도 아마 이런 식이었을 거예요…….

이제 우린 그냥 여기 앉아서 셔틀이 올 때까지 기다릴 겁니다. 우린 아주 편안해요……. 때때로 지진이 일어나지만, 걱정할 건 하나도 없어요. 우리가 만날 때까지, 진심으로 사랑을 보냅니다."

크리스는 할아버지에게 마지막으로 그 말을 한 게 언제였는지 기억할 수도 없었다.

첫날이 지나자, 셔틀 선실에서 냄새가 나기 시작했다. 둘째 날이 지나자, 맛이 변한 건 아니었지만 음식이 이제 그렇게 맛있지 않다는 데 두 사람은 동의했다. 또, 잠을 이루기가 어려워 코를 곤다고 비난하기도 했다.

셋째 날, 유니버스 호와 갤럭시 호, 그리고 지구에서 단신들이 자주 오는데도 지루함이 똬리를 틀기 시작했다. 그리고 그들이 알던 음담패설도 동이 났다.

그러나 그것이 마지막 날이었다. 그날이 끝나기 전에 레이디 재스민 호가 내려와 자신의 잃어버린 아이를 찾았던 것이다.

마그마

"나리. 주무시는 동안 제가 가니메데에서 그 특별 프로그램에 접속했습니다. 지금 보고 싶으십니까?"

아파트의 마스터 컴셋이 말했다.

"그래. 10배속 무음으로."

파울 크뢰허르가 대답했다.

크뢰허르는 건너뛰어도 되는 서론 부분이 많다는 것을 알고 있었다. 그는 가능한 한 빨리 본론으로 들어가고 싶었다. 정 필요하면 나중에 돌려 보면 될 것이고.

크레디트가 번쩍였고, 모니터에는 가니메데 어딘가에 있는 빅터 월리스의 모습이 비쳤다. 그는 완전한 침묵 속에서 미친 듯이 손을 흔들어 댔다. 파울 크뢰허르 박사는 월리스가 유용한 기능을 수행하고 있다고 인정하긴 했지만, 많은 기초과학자들과 마찬가지로 그에 대해 편견이 있었다.

윌리스가 갑자기 사라지고, 덜 불안한 주제로 바뀌었다. 제우스 산. 그러나 그 산은 얌전하게 활동하는 보통 산이라면 무릇 그래야 하는 선보다 훨씬 더 활동적이었다. 크뢰허르 박사는 에우로파에서 마지막 소식을 받은 후 산의 모습이 얼마나 많이 바뀌었는지 보고 얼떨떨했다.

"실시간, 소리."

그가 명령했다.

"……하루에 거의 100미터, 기울기는 15도 증가했습니다. 이제 지각 활동이 격렬히 일어나고 있습니다……. 기슭 근처에 대규모 용암이 흐릅니다. 저는 판 데르 베르흐 박사와 함께 있습니다. 판, 어떻게 생각하십니까?"

'조카는 매우 건강이 좋아 보이는군.'

크뢰허르 박사는 그가 겪은 일들을 고려하며 생각했다. 물론 혈통이 좋으니까…….

"지각 부분은 원래 충격에서 전혀 회복되지 못한 것 같고, 축적된 압박을 받아 무너지고 있습니다. 제우스 산은 우리가 발견했을 때부터 천천히 가라앉고 있었지만, 지난 몇 주 동안 그 속도가 엄청나게 빨라졌습니다. 그날그날 그 움직임이 보일 정도입니다."

"산이 완전히 사라질 때까지 얼마나 남았지요?"

"그런 일이 정말 벌어질 거라고 믿을 수는 없습니다……."

산의 또 다른 경관이 잠깐 비치면서, 카메라에 잡히지 않는 곳에서 빅터 윌리스가 말했다.

"이틀 전 판 데르 베르흐 박사의 말이었습니다. 지금은 하실 말씀이 있습니까, 판?"

"어…… 제가 실수했던 것 같습니다. 산은 엘리베이터처럼 내려가고 있습니다. 믿을 수가 없어요……. 겨우 반 킬로미터 남았습니다! 저는 더 이상 예측하지 않겠습니다……."

"아주 현명하십니다, 판. 자, 그게 겨우 어제였습니다. 이제 우리가 카메라를 잃어버리는 순간까지 계속 저속 촬영 시퀀스를 틀겠습니다……."

파울 크뢰허르 박사는 의자에서 앞으로 몸을 기울여 그가 아주 먼 곳에서, 하지만 치명적인 역할을 수행한 그 긴 드라마의 마지막 부분을 지켜보았다.

재생 속도를 올릴 필요는 없었다. 그는 이미 그것을 정상 속도의 거의 100배로 보고 있었다. 한 시간이 1분으로 압축되었다. 한 사람의 일생이 나비의 일생으로 압축되었다.

눈앞에서 제우스 산이 가라앉고 있었다. 녹은 유황이 산 주위에서 하늘 쪽으로 눈부신 속도로 치솟으며 밝은, 전기 같은 파란색 포물선을 그렸다. 마치 폭풍우 치는 바다에서 세인트 엘모의 불(뇌우 시 배의 마스트 끝에 나타나는 방전 현상 —옮긴이)에 둘러싸여 가라앉는 배 같았다. 이오의 화려한 화산들조차도 이 격렬한 광경에는 맞먹을 수 없었다.

"지금까지 발견된 것 중 최고의 보물이…… 시야에서 사라지고 있습니다. 불행히도, 우리는 피날레를 보여 드릴 수 없습니다. 곧 왜 그런지 보시게 될 겁니다."

월리스가 목소리를 낮추고 경건한 어조로 말했다.

그는 실시간으로 작동을 늦추었다. 산이 겨우 몇백 미터 남았고, 산 주위 분화는 이제 더 느긋한 속도로 일어났다.

갑자기 화면 전체가 기울어졌다. 끊임없이 떨리는 땅에 대항해 용맹하게 몸을 버티고 있던 카메라의 이미지 안정장치가 불공평한 전투를 포기한 것이다. 잠시 산이 다시 올라오고 있는 것처럼 보였다……. 그러나 넘어지고 있는 쪽은 카메라 삼각대였다. 에우로파에서 보낸 마지막 장면은 녹은 유황의 빛나는 파도가 장비를 삼키려는 모습의 클로즈업이었다.

"영원히 사라졌습니다!"

월리스가 한탄했다.

"골콘다(다이아몬드 생산지로 유명한 인도 도시 — 옮긴이)나 킴벌리가 지금까지 생산한 것보다 무한히 많은 부가 사라졌어요! 이 무슨 비극적이고, 가슴이 터질 것 같은 손실입니까!"

"무슨 바보 천치 같은 소리야! 뭣도 모르고……."

크뢰허르 박사가 씩씩거리며 말했다.

《네이처》에 다시 편지를 쓸 시간이었다. 이 비밀은 너무 커져서 숨기지 못할 것이다.

섭동 이론

발신: 파울 크뢰허르 교수, 영국 왕립학술원, 등등.

수신: 편집자,《네이처》데이터 뱅크(일반인 이용)

주제: 제우스 산과 목성의 다이아몬드

이제 잘 알려졌듯이, 제우스 산이라고 알려진 에우로파의 형성물은 원래 목성의 일부였다. 가스상 거대 행성의 핵심부가 다이아몬드로 이루어져 있을 수도 있다는 의견은 캘리포니아 대학의 로렌스 리버모어 국립 연구소 마빈 로스가 고전적인 논문 「천왕성과 해왕성의 얼음층 — 하늘의 다이아몬드?」(《네이처》, Vol. 292, No. 5822, pp. 435-36, July 30, 1981)에서 처음 제시했다. 놀랍게도, 로스는 그의 추정을 목성까지 확장시키지 않았다.

제우스 산이 가라앉는 모습은 진실로 비탄의 합창을 자아냈다. 하지만 그건 모두 완전히 터무니없는 일이다. 다음과 같은 이유들 때문이다.

다음 편지에서 제시할 세부 사항 없이 추정하면, 목성의 다이아몬드 핵은 적어도 10의 28제곱 그램의 원(原)질량을 가졌을 것이다. 이것은 제우스 산의 질량의 100억 배이다.

이 물질은 대부분 틀림없이 파괴되었겠지만, 그 행성이 폭발하고 (인공적인 것 같은) 태양 루시퍼가 형성되면서, 살아남은 조각이 제우스 산 뿐이라는 것은 상상도 할 수 없다. 도로 루시퍼로 떨어진 파편이 많겠지만 상당 부분은 궤도로 들어갔을 것이고, 여전히 그곳에 머물러 있을 것이다. 기초적 섭동 이론은 그 파편이 주기적으로 기원 지점으로 돌아온다는 것을 보여 준다. 물론 정확한 계산은 가능하지 않지만, 나는 적어도 제우스 산 질량의 100만 배가 여전히 루시퍼 근방에서 궤도를 돌고 있을 거라고 추정한다. 따라서 어쨌든 제일 불편하게도 에우로파에 있었던 작은 조각 하나가 손실되었다는 것은 사실상 전혀 중요하지 않다. 나는 가능한 한 빨리 그 물질을 찾기 위해 전용 우주 레이더 시스템을 설립할 것을 제안한다.

1987년부터 극도로 얇은 다이아몬드 필름이 대량생산되었지만, 대량의 다이아몬드를 만드는 일은 절대 불가능했다. 다이아몬드가 메가톤 양으로 있으면 많은 산업이 완전히 바뀔 수 있고 전적으로 새로운 것들도 만들어 낼 수 있다. 특히, 아이삭 외 약간명이 지적했듯이, 거의 100년 전(《사이언스》를 보라. Vol. 151, pp. 682-83, 1966), 다이아몬드는 무시할 만한 비용으로 지구 밖 화물 운송이 가능하게 하는 소위 우주 엘리베이터를 만들 유일한 건축 재료였다. 이제 목성의 위성들 사이에서 궤도를 돌고 있는 다이아몬드 산들은 전 태양계를 열어젖힐 수도 있다. 그에 비교하면, 탄소의 4차 결정 형태의 구식 사용법들은 전부 얼마나 사소해 보이는가!

글을 완결 짓기 위해, 나는 거대한 양의 다이아몬드가 있을 가능성이 있는 다른 위치를 언급하고 싶다. 불행히도, 가스상 거대 행성의 내핵보다 더 접근하기 어려운 장소다······.

중성자성의 지각은 주로 다이아몬드로 이루어져 있을 가능성이 있다고 시사되어 왔다. 알려진 것 중 제일 가까운 중성자성은 15광년 떨어져 있고 표면중력은 지구의 7000억 배이므로, 이 별은 타당한 공급원으로 간주할 수 없다.

그렇지만······ 언젠가 우리가 목성의 내핵을 만질 수 있게 될 거라고 누가 상상이나 했겠는가?

가니메데에서의 막간극

"이 못난, 원시적인 식민지 개척자들!"

미하일로비치가 한탄했다.

"정말 질겁할 일입니다…… 가니메데 전체에 연주회용 그랜드 피아노가 한 대도 없다니! 물론 내 신시사이저의 광전자를 아주 조금만 써도 어떤 악기든지 재생할 수 있지만요. 그래도 스타인웨이는 스타인웨이입니다……. 스트라디바리우스가 스트라디바리우스인 것과 마찬가지예요."

진지한 논의로 이어지지는 않았지만, 그의 불평은 이미 그곳 지식인층에 역반응을 일으키고 있었다. 인기 프로그램인 「모닝 메데」는 악의적으로 이렇게 언급하기까지 했다.

"친히 왕림하는 영광을 주심으로써, 우리의 저명한 손님들은 잠깐이나마 '양쪽' 세계의 문화 수준을 끌어 올렸습니다……."

그 공격은 주로 윌리스, 미하일로비치, 그리고 음발라를 겨냥했다. 음발라는 낙후된 원주민들을 계몽하는 데 너무 열성적이었다. 매기 M은 제우스(주피터)가 이오, 에우로파, 가니메데, 칼리스토와 나눈 열렬한 연애사를 거리낌 없이 서술해 상당한 스캔들을 일으켰다. 하얀 황소로 둔갑해 님프 에우로파에게 나타난 것만 해도 나쁜 짓이었고, 배우자 헤라가 당연히 분노할 때 이오와 칼리스토를 지켜 주려던 그의 노력은 솔직히 한심해 보일 지경이었다. 그러나 그 지역 많은 거주민을 화나게 한 것은 신화 속 가니메데가 여성이 아니라는 점이었다.

완전히 사심이 없는 것은 아니었지만, 공정하게 말하자면, 자칭 문화 대사들의 의도는 전적으로 칭찬할 만한 것이었다. 몇 달 동안 가니메데에서 발이 묶이리라는 것을 알고, 그들은 지금의 색다른 상황에 익숙해지고 나면 지루하게 느껴질 것 같았다. 또, 그들은 주위의 모든 사람을 위해 자기들의 재능을 가능한 한 최고로 이용하고 싶었다. 그러나 태양계 첨단 기술의 변경인 이곳에서도 모든 사람이 그런 수혜를 받고 싶어 하지는 않았다. 그럴 시간도 없었고.

한편 이바 멀린은 완벽하게 어울리며 철저히 즐기고 있었다. 지구에서 누리는 그녀의 명성에도 불구하고, 가니메데인들은 그녀에 대해 들어 본 사람이 거의 없었다. 사람들이 고개를 돌리거나 그녀를 알아봤다는 흥분한 휘파람을 교환하는 일 없이 그녀는 가니메데 센트럴의 압력 돔과 공공 통로 들을 돌아다닐 수 있었다. 사실 그녀를 알아보는 사람들은 있었지만, 그들은 그녀를 지구에서 온 방문객 중 한 명으로만 보았다.

그린버그는 평소와 마찬가지로 조용하고 능률적이고 겸손한 태도로 위성의 행정적, 기술적 구조 안으로 어울려 들어가 이미 대여섯 개의 자문 위원회에 들어갔다. 그의 도움은 아주 높이 평가받았고, 그는 떠날 허락을 받지 못할지도 모른다는 경고까지 받았다.

헤이우드 플로이드는 느긋하게 재미를 느끼며 동료 승객들의 활동을 관찰했지만, 그 사이에 끼는 일은 거의 없었다. 지금 그의 주관심사는 크리스에게 가는 길을 닦고 손자의 미래 계획을 돕는 것이었다. 이제 탱크에 100톤의 연료도 남지 않은 유니버스 호가 가니메데에 안전히 내려앉았으므로 해야 할 일이 많았다.

갤럭시 호에 탄 모든 사람이 구조자들에게 느낀 감사 덕택에 두 배의 승무원들은 금세 힘을 모을 수 있었다. 수리와 점검, 연료 재보급이 끝나면 그들은 함께 다시 지구로 날아갈 것이었다. 로렌스 경이 엄청나게 향상된 갤럭시 2호의 제작을 위한 계약서를 작성했다는 소식에 사기는 하늘을 찌를 듯했다. 그러나 그의 변호사들이 로이드와의 분쟁을 해결할 때까지는 건조가 시작될 것 같지 않았다. 로이드 보험사는 우주 납치라는 신종 범죄는 자신들의 보험 조건에 해당하지 않는다는 입장을 여전히 굽히지 않았다.

범죄 자체에 대해서는, 아무도 유죄 선고를 받거나, 심지어 기소되지 않았다. 분명 그것은 효율적이고 충분한 자금을 가진 조직이 몇 년에 걸쳐 계획한 것이었다. 남아프리카합중국은 소리 높여 결백을 주장하며 기꺼이 공식적인 조사를 받겠다고 했다. '동맹'도 분개를 표했고, 당연히 '샤카'를 비난했다.

크뢰허르 박사는 메일함에서 그를 배반자라고 고발하는 익명의 메시지들을 발견하고 화가 났지만 놀라지는 않았다. 그 편지들은 대개 아프리칸스어로 쓰였지만, 때때로 문법이나 어법에서 미묘한 실수를 범하고 있었다. 그래서 그는 그 편지가 허위 정보 작전의 일부가 아닐까 의심했다.

어느 정도 생각한 다음 그는 그 편지들을 아스트로폴에 넘겼다.

'아마 이미 다 갖고 있겠지만.'

크뢰허르 박사는 냉소적으로 혼잣말을 했다. 아스트로폴은 그에게 감사를 표했으나, 예상했던 대로 아무 말도 하지 않았다.

이등 항해사 플로이드와 창을 비롯한 갤럭시 호의 다른 승무원들은 플로이드가 이미 만났던 수수께끼의 두 이계인에게 여러 차례 가니메데 최고의 만찬을 대접받았다. 솔직히 실망스러웠던 그 식사를 대접받은 사람들은 나중에 의견을 교환해 보고, 자신들의 예의 바른 조사자들이 샤카에 반대되는 사례를 만들어 내려고 하지만 아직까지는 썩 성공하지 못하고 있다고 판단했다.

그 모든 일을 시작하고 거기서 직업적, 재정적으로 아주 큰 이익을 얻은 판 데르 베르흐 박사는 자신이 얻은 새 기회로 무엇을 할까 생각하고 있었다. 그는 지구의 대학과 과학 기관 들에서 매력적인 제안을 많이 받았다. 그러나 아이러니하게도 그런 제안을 받아들이는 건 불가능했다. 그는 이제 가니메데의 6분의 1 중력에서 너무 오래 살아서 돌아갈 수 없는 의학적 지점을 넘어 버렸다.

달은 아직 그가 갈 수 있는 가능성이었다. 헤이우드 플로이드가 그에게 설명한 대로 파스퇴르도 그랬다.

"우리는 1G 중력을 견딜 수 없는 이계인들이 지구 사람들과 계속

해서 실시간으로 소통할 수 있도록, 그곳에 우주 대학을 세우려고 해. 강의실, 회의실, 실험실을 지을 거야. 그중 어떤 건 컴퓨터에만 들어 있겠지만, 아주 진짜 같아 보여서 절대로 알지 못할걸. 그리고 지구에서 비디오 쇼핑을 하면서 네가 번 부정 이득을 쓸 수 있겠지."

플로이드는 손자를 다시 찾았을 뿐만 아니라 새로 조카 같은 친구도 생겼다. 플로이드는 이제 독특한 경험을 공유함으로써 크리스뿐만 아니라 판 데르 베르흐와도 연결되어 있었다. 무엇보다도, 우뚝 솟은 석판 아래 버려진 에우로파 도시에 나타났던 유령의 수수께끼가 있었다.

크리스는 전혀 의심하지 않았다. 크리스는 할아버지에게 말했다.

"난 지금 할아버지를 보고 듣는 것과 마찬가지로 분명히 보고 들었어요. 하지만 할아버지 입술이 전혀 움직이지 않았어요…….

이상한 일은 내가 그것이 이상하다고 느끼지 않은 거였어요. 완벽하게 자연스러워 보였거든요. 그 경험을 통틀어 말하면…… 편안하게 느꼈어요. 약간 슬프고…… 아뇨, 아쉬워했다는 말이 더 낫겠네요. 아니면 체념했다거나."

"우리는 디스커버리 호 위에서 어르신과 보먼이 만났던 일을 생각할 수밖에 없었습니다."

판 데르 베르흐가 덧붙였다.

"우리가 에우로파에 착륙하기 전에 나는 보먼에게 무선으로 연락을 하려고 했지. 순진한 일인 것 같았지만, 다른 대안을 생각할 수가 없었어. 난 그가 어떤 형태로든 그곳에 있다고 확신했거든."

"그런데 어떤 회신도 받지 못했어요?"

플로이드는 머뭇거렸다. 그 기억은 빠르게 사라져 가고 있었지만, 그는 갑자기 작은 석판이 선실에 나타났던 밤을 떠올렸다.

아무 일도 일어나지 않았다. 그러나 그 순간부터 쭉 헤이우드는 크리스가 안전하고 그들이 다시 만날 거라고 느꼈다.

"응. 어떤 답신도 못 받았어."

헤이우드는 천천히 말했다.

결국, 그저 꿈이었을 수도 있었다.

8부

유황의
왕국

불과 얼음

　20세기 후반 행성 탐험의 시대가 열리기 전에, 태양에서 그렇게 먼 세계에서 생명이 번성할 수 있다고 믿은 과학자들은 거의 없었을 것이다. 그러나 5억 년 동안, 에우로파의 숨은 바다들은 적어도 지구의 바다만큼이나 영양분이 풍부했다.

　목성이 불붙기 전, 얼음층은 그 대양들을 그 위의 진공으로부터 보호했다. 대부분의 장소에서 얼음의 두께는 몇 킬로미터였지만, 얼음이 터지고 갈라지면서 생긴, 깨지기 쉬운 금들이 있었다. 그다음 태양계의 다른 어떤 세계에서도 직접 접촉하지 않았던, 무자비할 정도로 적대적인 두 원소 사이에 짧은 전투가 일어났다. 바다와 우주 사이의 전쟁은 언제나 똑같은 교착 상태에서 끝났다. 노출된 물은 끓어오르면서 동시에 얼어붙어 얼음의 갑옷을 수선했다.

　목성 인근의 영향이 없었으면, 에우로파의 바다들은 오래전에 완전히 단단하게 얼어붙었을 것이다. 목성의 중력은 이 작은 세계의 내핵을 끊임없이 주물러 댔다. 이오를 경련하게 만들었던 힘들은 훨씬 온순했지만 여기서도 작동하고 있었다. 행성과 위성 사이의 줄다리기는 끊임없는 해저 지진과 심해 평원을 놀라운 속도로 휩쓰는 사태를 일으켰다.

그 평원들에는 무수한 오아시스들이 흩어져 있었다. 오아시스 하나하나가 내부에서 솟구쳐 나오는 광물 소금 구덩이의 풍요의 뿔 주위로 몇백 미터씩 뻗어 있었다. 파이프와 굴뚝이 뒤엉킨 덩어리 속에 화학물질을 쌓아 두면서, 오아시스는 때때로 폐허가 된 성이나 고딕 대성당의 패러디 같은 자연물을 만들어 냈다. 거기에서 델듯이 뜨거운 시커먼 액체들이 마치 강력한 심장 고동으로 뿜어져 나오듯이 느린 박자로 맥박 쳤다. 피가 생명의 신호이듯, 이 또한 생명의 진짜 신호 그 자체였다.

부글부글 끓는 액체가 위에서 새어 내려오는 극도로 차가운 물을 물리치고 바다 밑바닥에 온기의 섬을 형성했다. 그에 못지않게 중요한 점은 그 분출수가 에우로파의 내부로부터 생명의 화학물질들을 전부 가지고 나왔다는 것이었다. 그것만 아니었다면 이곳은 생명이 자라나기 어려운 환경이었을 것이다. 에너지와 음식도 풍부했다. 갈릴레이 위성들을 인류가 처음으로 잠깐 경험할 수 있었던 10년 동안, 이런 열수구들은 지구의 대양에서도 발견되었다.

열수구 가까이 열대 구역이라고 할 만한 곳에 거미 다리처럼 가늘고 섬세한 구조물들이 무수히 번성하고 있었는데 거의 다 운동성이 있긴 해도 식물과 유사했다. 이 식물들 사이를 기어 다니는 놈들은 기괴한 민달팽이와 벌레 들로서, 어떤 것들은 식물을 먹고 있었고 다른 것들은 자기 주변의 광물질이 함유된 물로부터 곧장 양식을 얻고 있었다. 열원(생명체들이 그 주위를 둘러싸고 온기를 얻는 바다 밑의 불)으로부터 더 먼 거리에는 더 단단하고 억세어 보이는 유기체들이 있었다. 그 모습이 게나 거미를 닮지 않은 것도 아니었다.

저 작은 오아시스 하나를 연구하는 데 생물학자들이 부대 단위로 달려들어 평생을 보낼 수도 있으리라. 고생대 지구의 바다와는 달리 에우로파의 숨은 바다들은 안정된 환경이 못 되었고, 그러므로 진화는 많은 환상적인 형태들을 빚어내며 빠르게 획획 진행되어 왔다. 그리고 그들은 모두 사형 집행 잠정 중지 상태에 있었다. 조만간 그 생명 샘들 하나하나가 약해져 죽어 버릴 터였다. 샘을 살려 놓았던 힘들이 그 초점을 어딘가 다른 곳으로 옮기면……. 심연에는 그런 비극의 증거들이 마구 흩어져 있었다. 생명의 책에서 한 장(章)이 삭제되어 버린, 해골과 광물이 덮인 유적들이 담긴 묘지들.

사람보다 더 큰 트럼펫처럼 보이는 거대한 고둥 껍데기가 있었다. 여러 가지 모양의 조개가 있었다. 쌍각류, 껍데기 세 장짜리 삼각류까지도 있었다. 그리고 백악기 말 지구의 대양에서 너무나도 아리송하게 사라져 버린 아름다운 암모나이트와 너무나 닮은, 지름이 몇 미터나 되는 나선형 돌 무늬가 있었다.

여러 장소에서, 눈부시게 밝은 용암의 강이 해저 계곡을 따라 몇 십 킬로미터를 흐르면서 심연 속에서 불이 타올랐다. 이 깊이에서는 너무나도 커서 달아오른 마그마에 접촉하는 물이 일순간에 수증기로 바뀔 수 없었고, 그리하여 두 액체가 불편한 강화를 맺고 공존

하고 있었다.

이곳에, 인간이 오기 훨씬 전 다른 세상에서 이계의 배우들이 이 집트 이야기 같은 것을 공연하고 있었다. 나일 강이 좁은 사막의 띠에 생명을 가져온 것처럼, 이 따스함의 강은 에우로파의 심해에도 생명을 주었다. 그 강가를 따라, 1킬로미터 넓이도 안 되는 띠를 이루며, 생물종이 연이어 진화하고 번성하고 사라져 갔다. 어떤 종들은 켜켜이 쌓인 바위 형태나 해저에 새겨진 도랑의 신기한 패턴으로 뒤에 기념비를 남겼다.

심연의 황무지에 숨은 좁고 비옥한 띠 모양의 지대를 따라서 여러 문화와 기초적인 문명들이 흥성했다 소멸했다. 그들 세계의 다른 곳들에서는 전혀 알지 못했으리라. 왜냐하면 그 온기의 오아시스들은 모두 행성들이 각각 고립돼 있는 것과 마찬가지로 고립되어 있었기 때문이다. 용암 강의 열기에 몸을 쪼이고 뜨거운 분출수 주위에서 먹고살던 생물들은 자신들의 외로운 섬들 사이에 펼쳐진 발붙이지 못할 황무지를 건널 수 없었다. 혹시 그들이 역사학자들과 철학자들을 배출했다면, 각각의 문명마다 온 우주에 오직 자신들만 외로이 존재하는 줄로 믿었을 터이다.

그리고 그 문명 하나하나는 전부 멸망했다. 에너지원이 산발적이고 끊임없이 움직이고 있었기 때문만이 아니라, 거기에 힘을 준 조석력이 꾸준히 약해지고 있었기 때문이다. 진정한 지성을 발전시켰더라도, 에우로파인들은 그들의 세계가 마지막으로 얼어붙으면서 멸망했을 것이다.

그들은 불과 얼음 사이에 갇혀 있었다. 루시퍼가 그들의 하늘에서 폭발하며 그들의 우주를 열 때까지.

그리고 밤처럼 검은 거대한 직사각형 모양의 판이 신생 대륙의
해안 가까이 갑자기 나타났다.

삼위일체

"그건 잘됐어요. 이제 그들은 돌아가려는 유혹을 받지 않을 겁니다."

"난 많은 것을 배우고 있어. 하지만 내 이전 인생이 끝나 가는 것이 여전히 슬프군."

"그것도 지나갈 겁니다. 나도 한때 사랑했던 사람들을 보기 위해 지구로 돌아갔어요. 이제 나는 사랑보다 더 위대한 것들이 존재한다는 걸 압니다."

"어떤 것들일까?"

"연민이 그중 하나고요. 정의, 진실, 다른 것들도 있지요."

"받아들이기 어렵지 않군. 내 종(種)에서 나는 매우 늙은 사람이야. 젊음의 열정은 사라진 지 오래지. 진짜 헤이우드 플로이드에게는 무슨 일이 일어날까?"

"당신들은 둘 다 똑같이 진짜입니다. 하지만 그는 자기가 불멸이 되었다는 걸 결코 알지 못한 채 곧 죽겠지요."

"역설이로군……. 하지만 알겠어. 그런 감정이 살아남는다면, 어느 날 나는 고마워하겠지. 자네에게…… 아니면 석판에게 감사해야 할까? 내가 지난번 생에서 만났던 데이비드 보먼은 이런 힘을 갖고 있지 않았어."

"그랬지요. 그 시간 동안 많은 일이 일어났습니다. HAL과 나는 많은 것들을 배웠지요."

"HAL! HAL이 여기 있나?"

"납니다, 플로이드 박사. 우리가 다시 만날 거라고 예상하지 못했습니다……. 특히 이런 방식으로는요. 당신과 공명하는 것은 흥미로운 문제였습니다."

"공명? 오……. 알겠어. 왜 그렇게 했지?"

"당신 메시지를 받았을 때, HAL과 나는 당신이 여기서 우리를 도와줄 수 있다는 걸 알았어요."

"자네를…… 돕는다고?"

"그래요. 당신은 그게 이상하다고 생각할지도 모르지만요. 당신에게는 우리에게 없는 많은 지식과 경험이 있어요. 그걸 현명함이라고 부르지요."

"고맙네. 내가 손자 앞에 나타난 것이 현명한 일이었을까?"

"아뇨. 그건 많은 불편을 불러일으켰어요. 하지만 그것은 연민 어린 것이었어요. 이런 일들은 서로 비교 검토해야 해요."

"내 도움이 필요하다고 했는데, 어떤 목적으로?"

"우리는 여러 가지를 알게 되었지만, 이해할 수 없는 것도 아주 많아요. HAL은 석판의 내부 시스템에 대한 지도를 만들고 있었고, 우리는 간단한 것들을 어느 정도 제어할 수 있게 되었어요. 그건 여러 가지 목적으로 쓸 수 있는 도구예요. 주요 기능은 지성의 촉매인 것 같아요."

"그래……. 그렇지 않을까 생각했지. 하지만 증명할 길은 없었어."

"이제는 우리가 석판의 기억을…… 적어도 그중 어느 정도는 이용할 수 있으니까, 증명할 수 있어요. 400만 년 전 아프리카에서, 그건 굶어 죽어 가는 원숭이 부족 하나에 인간 종이 될 수 있는 자극을 주었어요. 그리하여 여기서 그 실험을 되풀이했지만…… 무시무시한 대가를 치렀죠.

이 세계가 잠재력을 실현할 수 있도록 목성이 태양으로 변할 때, 다른 생물권이 파괴되었어요. 나는 본 적이 있으니까, 그걸 당신에게 보여 줄게요……."

대륙 규모의 뇌운에서 날아드는 번갯빛이 주위에 작렬하는 가운데 포효하는 대적점의 중심부로 떨어져 내리면서 그는 지구의 허리케인을 구성하는 것보다 훨씬 성글고 허술한 기체로 되어 있음에도 어째서 이 회오리가 몇백 년 동안이나 끈질기게 유지되어 왔는지를 알았다. 수소 바람의 가냘픈 비명은 그가 한층 고요한 깊은 곳으로 가라앉아 감에 따라 차츰 스러지고, 희끄무레한 눈송이가 위쪽 높은 곳으로부터 몰아쳐 내리며 더러는 이미 거의 분간되지 않는 탄화수소 거품으로 된 산(山)들에 합쳐 엉겼다. 온도는 이미 액체 상태의 물이 충분히 존재할 만큼 따뜻해져 있었지만 거기에는 대양이 없었다. 순전히 기체로 된 희박한 세계라 바다를 지탱할 수 없기 때문이다.

그는 층층이 겹이 진 구름을 뚫고 또 뚫으며 강하하여 마침내 인간의 눈으로 봐도 너비 1000킬로미터가 넘는 한 지역을 포착해 낼 수 있었을 만큼 전망이 트인 영역에 접어들었다. 그것은 훨씬 더 규모가 큰 소용돌이인 대적점 속에 들어 있는 한 작은 회오리에 지나지 않았다. 거기에 인간이 오래도록 짐작은 해 왔으나 증명할 수 없었던 비밀이 담겨 있었다.

떠 흐르는 거품 산들의 기슭을 둘러싼 것은 수없이 많은, 선명하게 구분되는 작은 구름들이었다. 전부 같은 크기에 비슷비슷한 붉은색과 갈색 얼룩이 져 있었다. 그것들이 작다지만 인간이 가늠할 수준이 아닌 그 주변 사물들에 비추어 작을 따름이었다. 개중에 제일 작은 것도 웬만한 도시 하나를 덮을 만했다.

그 구름들은 분명 살아 있었다. 기체로 된 산의 비탈을 따라 뚜렷한 의도를 가지고 느리게 움직이고 있었던 것이다. 흡사 비탈에서 풀을 뜯는 어마어마한 크기의 양들 같았다. 그리고 놈들은 서로서로 부르며 무리를 지었다. 놈들의 전파 음성은 아련했지만 목성 자체에서 나오는 파쇄음, 충격음과는 확실히 달라 또렷이 들려왔다.

살아 있는 풍선에 다름 아닌 그 녀석들은 더 높이 올라가면 얼어붙고, 더 깊이 내려가면 불에 그을릴 한계 사이의 좁은 영역에 떠다녔다. 좁다면 좁다. 하지만 그 정도만 해도 지구의 생물대를 전부 합친 것보다 훨씬 넓은 영역이었다.

그것들끼리만 있는 것이 아니었다. 그 사이사이에 잽싸게 돌아다니는 것은 너무 작아서 못 보고 넘어가기 십상일 듯한 생물들이었다. 어떤 것들은 지구 상에 다니는 비행기와 있을 수 없을 정도로 닮았고 심지어 크기조차 엇비슷했다. 하지만 그놈들도 살아 있는 생물이었다. ……포식자일 수도 있고 기생생물일 수도 있고, 어쩌면 양치기일 수도 있었다…….

……지구 바다의 오징어와 같이 분사식 추진을 하는 어뢰 같은 놈들이 있어서 거대한 기체 주머니들을 사냥해 먹어 치웠다. 하지만 풍선들도 방어 수단이 없는 건 아니었다. 어떤 놈들은 전광을 내쏘고 길이가 킬로미터 단위인 사슬톱과도 같은 갈고리 촉수를 휘둘러 대항했다.

더욱 기괴한 형태를 한 놈들도 있었다, 기하학적으로 가능한 거의 모든 형태를 개척한 듯했다. 기괴하고 투명한 연 모양, 사면체, 구체, 다면체, 비틀린 띠가 엉켜 있는 것……. 목성 대기 속의 거대한 플랑크톤인 그 생물들은 재생산을 할 때까지 상승기류를 받아 공중에 날리는 가벼운 거미줄처럼 둥실 떠다니며 살아남도록 그러한 형태를 하고 있는 것이었다. 그리고 번식이 끝나면 저 심연으로 휩쓸려 내려가 탄화되고 새로운 세대의 재료로 재활용되었다.

그는 지구 면적의 100배도 넘는 세상을 조사하고 다녔고, 경이로운 것들을 많이 보긴 했으나 여기에 지성의 흔적이 비치는 것은 전혀 없었다. 광대한 풍선들이 내는 전파 음성은 경고나 공포라는 단순한 메시지를 전할 뿐이었다. 사냥꾼들이라면 좀 더 고도로 조직되어 있을 것 같지만, 놈들조차도 지구의 대양에 헤엄치는 상어와 같았다. 의식 없는 자동 장치다.

그래서 그렇게 숨 막힐 듯 크고 신기해도 목성의 생물권은 취약한 세계였다. 안개와 거품으로 된 곳, 상부 대기층에서 번개가 형성한 석유화학 물질의 눈이 끊임없이 내리며, 그를 재료로 섬세한 비단 실과 종이처럼 얇은 조직이 짜여 나오는 곳이다. 거기 건설되어 있는 형태 중에 비누 거품보다

견고한 것은 거의 없었다. 이 생물대의 무시무시한 포식자들이라도 가장 변변치 않은 지구 육식동물이 갈기갈기 찢어 버릴 수 있을 것이다…….

"이 모든 경이가 파괴된 건가…… 루시퍼를 창조하기 위해서?"

"그래요. 목성인과 에우로파인이 저울에 올려졌어요. 그리고 목성인이 부족하다는 게 밝혀졌지요. 그 가스 환경에서 그들은 절대 진짜 지성을 발전시킬 수 없었을 겁니다. 그것 때문에 그들이 파멸해야 했을까요? HAL과 나는 아직 이 질문에 대답하려고 하고 있어요. 그것이 우리에게 당신 도움이 필요한 이유 중 하나입니다."

"하지만 우리가 어떻게 석판…… 목성을 집어삼킨 자와 어깨를 견줄 수 있을까?"

"그건 도구일 뿐입니다. 엄청난 지성을 가졌지만 의식이 없어요. 그것은 엄청난 힘을 가졌지만 당신과 HAL, 내가 그것의 상관입니다."

"그건 매우 믿기 어렵군. 어쨌건, 뭔가가 석판을 창조한 게 분명하잖아."

"난 디스커버리 호가 목성에 왔을 때 그걸 한 번 만났어요……. 아니면 내가 마주할 수 있을 만큼만 만났다고 해야 할까요. 그것은 이 세계들에서 내가 지금처럼 자기 목적에 봉사하도록 나를 도로 보냈어요. 그때부터 그것에게서 소식을 듣지 못했습니다. 이제 우리는 우리뿐이에요……. 최소한 현재로서는 그렇습니다."

"그거 안심이군. 석판만으로도 충분해."

"하지만 이제 더 큰 문제가 있어요. 뭔가 잘못됐어요."

"내가 아직도 공포를 경험할 수 있을 거라고는 생각하지 않았는데……."

"제우스 산이 무너지면서 이 세계 전체가 파괴될 수도 있었어요. 그 충격은 계획되지 않은 것이었어요……. 사실, 계획할 수 없는 것이었죠. 어떤 계산도 그런 사건을 예측할 수는 없었어요. 그 사건은 에우로파 해저의 광대한 지역을 황폐하게 만들고, 전체 종들을 완전히 없애 버렸죠. 우리가 높은 기대를 걸었던 종들을 포함해서요. 석판 자체도 뒤집혔어요. 프로그램에 오류가 생겼고, 손상을 입었을지도 몰라요. 그들은 만일의 사태에 전부 대비하지는 못했어요. 무한한 우주 속에서, 언제나 가장 주의 깊게 짠 계획을 우연이 망쳐 버리는 곳에서, 그들이라고 어떻게 그럴 수 있었겠어요?"

"그건 사실이지…… 인류에게나 석판에게나."

"우리 셋은 이 세계의 수호자뿐만 아니라 예측하지 못한 일의 관리자가 되어야 해요. 당신은 이미 양서류 인간들을 만났지요. 용암 시냇물에 사는 실리콘 갑옷의 태퍼와 바다를 수확하고 있는 플로터도 만나야 해요. 우리가 할 일은 그들이 자신의 완전한 잠재력을 발견하도록 돕는 겁니다. 어쩌면 여기서, 어쩌면 다른 곳에서."

"그럼 인류는?"

"나도 인간의 일에 간섭하고 싶은 유혹을 느꼈던 순간들이 있었지요……. 하지만 인류가 받았던 경고는 내게도 적용됩니다."

"우리가 그걸 철저히 지키지는 않았지."

"하지만 충분히 잘 했어요. 그동안, 에우로파의 짧은 여름이 끝나고 긴 겨울이 다시 오기 전에 할 일이 많아요."

"우리에게 시간이 얼마나 있지?"

"충분하지 않아요. 1000년도 안 돼요. 그리고 우리는 목성인들을 기억해야 해요."

3001

자정의 광장에서

센트럴 맨해튼의 숲 위로 홀로 화려하게 빛나며 우뚝 솟은 유명한 건물은 1000년 동안 거의 변하지 않았다. 그것은 역사의 일부였고, 모든 역사적 기념물이 그렇듯이 경건하게 보존되었다. 그것은 오래전에 초박막 다이아몬드 층으로 덮여 이제 시간의 유린에 사실상 영향을 받지 않았다.

첫 국제연합 총회 회의에 참석했던 사람이 있다면 9세기가 넘게 흘러갔다고 절대 생각할 수 없었을 것이다. 그러나 그들은 광장에 서 있는, 국제연합 건물 모습을 흉내 내다시피 한 특징 없는 검은 판에 흥미를 가질 수도 있을 것이다. 다른 사람들처럼 손을 뻗어 만졌다면, 흑단 같은 표면 위를 손가락이 잽싸게 미끄러지는 이상한 느낌에 어리둥절했을 것이다.

그러나 그들은 하늘의 변화에 훨씬 더 어리둥절했을 것이다······.

사실, 완전히 위압되었을 것이다…….

마지막 관광객은 한 시간 전 떠났고, 광장은 완전히 비었다. 하늘에는 구름 한 점 없었고, 밝은 별들 몇 개는 간신히 보였다. 희미한 별들은 전부 자정에 빛날 수 있는 작은 태양에 완패했다.

루시퍼의 빛은 고대 건물의 검은 유리뿐 아니라 남쪽 하늘을 가로지르는 좁은 은빛 무지개 위에도 번쩍였다. 태양 두 개를 가진 태양계의 모든 세계 사이에 상거래가 오가면서, 아주 천천히 다른 빛들이 그 빛을 따라가고 그 주위로 움직였다.

누군가가 매우 주의 깊게 본다면, 지구와 지구의 흩어진 아이들을 잇는 여섯 다이아몬드 탯줄 중 하나이며 적도에서 2만 6000킬로미터를 날아올라 '세계 주위의 고리'와 만나는 파나마 타워의 얇은 실을 간신히 알아볼 수 있었다.

갑자기, 태어날 때처럼 빠르게, 루시퍼가 사라지기 시작했다. 인간이 30세대 동안 알지 못하던 밤이 도로 하늘에 밀려들었다. 사라진 별들이 돌아왔다.

그리고 400만 년 만에 두 번째로, 석판이 깨어났다.

일러두기

핼리 혜성이 다음에 나타날 위치를 알려 준 래리 세션과 게리 스나이더에게 특별한 감사를 전한다. 내가 소개한 주요 궤도 섭동에 틀린 부분이 있어도 그들에게는 책임이 없다.

다이아몬드 내핵 행성이라는 충격적인 개념뿐만 아니라 그 주제에 대한 그의 역사적인 논문(그렇게 되기를 바란다.)에 대해 로렌스 리버모어 국립 연구소의 마빈 로스에게 특히 감사한다.

오랜 친구 루이스 알바레스 박사가 내가 자기 연구를 거칠게 외삽한 것을 기뻐하리라고 믿고, 그가 지난 35년 동안 준 많은 도움과 영감에 대해 감사한다.

『요람(Cradle)』의 공저자인 미국항공우주국의 젠트리 리에게 특별한 감사를 전한다. 그는 로스앤젤레스에서 콜롬보까지 케이프로 2000 랩탑을 직접 가져다주었고, 그 덕분에 나는 이 책을 여러 이국

적이고 (이 점이 훨씬 더 중요한데) 고립된 장소에서 쓸 수 있었다.

「얼음 밖으로」, 「불과 얼음」, 「삼위일체」는 부분적으로 『2010 스페이스 오디세이』에 근거한다.(저자가 자기 자신을 표절할 수 없다면 누구를 표절할 수 있겠는가?)

마지막으로, 『2010 스페이스 오디세이』의 헌사에 당시 아직 고리키에 유배 중이었던 안드레이 사하로프 박사와 같이 언급되는 바람에 곤란을 겪었던 우주 비행사 알렉세이 레오노프가 이제 나를 용서했기를 바란다. 그리고 여러 반체제 인사들의 이름을 빌린 것 때문에 내 상냥한 모스크바 집주인이자 편집자인 바실리 차르첸코를 깊은 곤경에 빠뜨린 일에 진심으로 유감을 표한다. 당시의 반체제 인사들이 대부분 이제 자유의 몸이라는 것을 말할 수 있어 기쁘다. 어느 날 《테크니카 몰로데치》의 구독자들이 아주 이상하게 사라졌던 『2010 스페이스 오디세이』의 연재분을 읽을 수 있었으면 좋겠다…….

아서 C. 클라크

콜롬보, 스리랑카

1987년 4월 25일

이 초고가 완성된 후, 이상한 일이 일어났다. 나는 소설을 쓰고 있다고 생각하고 있었지만, 내가 틀렸는지도 모르겠다. 이 일련의 사건들을 생각해 보라.

1. 『2010 스페이스 오디세이』에서 우주선 레오노프 호는 '사하로프 구동기'로 동력을 얻는다.

2. 반세기 후, 『2061 스페이스 오디세이』 「우주선단」에서 우주선들은 루이스 알바레스 등이 1950년대에(그의 자서전을 보라. 『알바레스(*Albarez*)』, NY: Basic Books, 1987) 발견한 뮤온 촉매의 '저온 핵융합' 반응으로 동력을 얻는다.

3. 1987년 7월 《사이언티픽 아메리칸》에 따르면, 사하로프 박사는 지금 원자력 발전소에서 일하고 있다. "그곳은 뮤온 촉매 혹은

'저온' 핵융합에 기반하고 있는데, 저온 핵융합이란 전자와 연관이 있는 색다르고 수명이 짧은 소립자를 이용하는 것으로…… '저온 핵융합' 지지자들은 모든 주요 반응이 겨우 섭씨 900도에서 가장 잘 일어난다고 지적한다……."(《런던 타임스》, 1987년 8월 17일.)

나는 이제 엄청나게 흥미를 느끼며 학술 위원 사하로프와 알바레스 박사의 말을 기다리고 있다…….

아서 C. 클라크
1987년 9월 10일

옮긴이 | 송경아

1971년에 태어났다. 연세대학교 전산학과를 졸업하고 동 대학원 국어국문학과 박사 과정을 수료했다. 1994년부터 소설을 발표했으며, 지은 책으로 소설집『성교가 두 인간의 관계에 미치는 영향에 대한 문학적 고찰 중 사례 연구 부분 인용』,『책』, 장편소설『테러리스트』등이 있다. 옮긴 책으로는 샬레인 해리스의『죽은 자 클럽』,『죽어 버린 기억』, 앤지 세이지의『셉티무스 힙』, 스콧 웨스터펠드의『프리티』와『어글리』, 스타니스와프 렘의『사이버리아드』, 프리츠 라이버의『아내가 마법을 쓴다』, 애거서 크리스티의『카리브해의 미스터리』, 재스퍼 포드의『제인 에어 납치 사건』과『카르데니오 납치 사건』, 그레고리 키스의『철학자의 돌』『로지 프로젝트』등 다수가 있다.

2061 스페이스 오디세이

1판 1쇄 찍음 2017년 2월 3일
1판 1쇄 펴냄 2017년 2월 10일

지은이 | 아서 C. 클라크
옮긴이 | 송경아
발행인 | 김세희
편집인 | 김준혁
펴낸곳 | 황금가지

출판등록 | 2009. 10. 8 (제2009-000273호)
주소 | 06027 서울 강남구 도산대로 1길 62 강남출판문화센터 5층
전화 | 영업부 515-2000 **편집부** 3446-8774 **팩시밀리** 515-2007
홈페이지 | www.goldenbough.co.kr

도서 파본 등의 이유로 반송이 필요할 경우에는 구매처에서 교환하시고
출판사 교환이 필요할 경우에는 아래 주소로 반송 사유를 적어 도서와 함께 보내주세요.
06027 서울 강남구 도산대로 1길 62 강남출판문화센터 6층 민음인 마케팅부

ISBN 979-11-5888-242-6 04840(3권)
ISBN 979-11-5888-244-0 04840(set)

㈜민음인은 민음사 출판 그룹의 자회사입니다.
황금가지는 ㈜민음인의 픽션 전문 출간 브랜드입니다.